SELON PTOLOMEE QVI VEVT QVE LA T
AV CENTRE DV MONDE
DE FER. 1669.

...it son mouuement Doccidant en orient en 49000 Ans

du Septentrion au Midi et au contraire en 7431 an et 209 Iours

...e Balancement du leuant au couchant et au contraire en 1715 an et 302 Iours

...irmament en 7000 Ans

...ne fait sa Reuolution en 29 ans 188 Iours 8 heures

...er en 11 ans 315 Iours 17 heures

...rs en vn an 321 Iour 22 heures

...Soleil en 365 Iours 5 heures 49 minutes

...Venus en 365 Iours &c

...ercure en 365 Iours &c

...ercure en 27 Iours 7 heures et 47 minutes

La Lune en 27 Iours 7 heures et 47 minutes

Trozieme Region.
Segonde Region.
Premiere Region.

Premier Ciel.
Deuzieme Ciel.
Troizieme Ciel.
quatrieme Ciel.
Cinquieme Ciel.
Sizieme Ciel.
Septieme Ciel.
8.
9.
10.
11.

Les Babiloniens ou Caldeens, qui sont
miers Astronomes, ont appellé le
Planettes des noms de leurs D
de puis les Egiptiens les on
es de ces caractgires. ♃
♃ Jupiter. ♂ Mars.
♀ Venus. ☿ Mercure
Les quelles marques o
ressont encore en
On ne fait estat l
que comme u
Centre, a com
du firmama
de Saturne
er, et mes
Celuy que
mais el
quelqu
on si
mp
Celli

de
q
s
p
b
fin
Im
du
no
ns e
nier
de la
cette op
n est p a
Les astr
modernes
sez entruic
deux diuers
ns touchant le
du monde et l
ement des corps C
quelques uns mette
terre au centre de lun
timent quelle est Immo
que le soleil auec toutes le
tant fixes qu rrantes, tourn
dicelle. Les autres estiment
Soleil se repose au centre dum
et que la terre et les autres planette f
Reuolutions a lentour diceluy. Mais que l
des Estoilles fixes demeure Immobille. Pto
et ces Sectateurs ont embrassé la premiere op
La Seconde ne laisse destre plus Ancienne Comme u
Dorpar le tesmoignage que luy rendent les Anciens Au
encore qua presant il ne se trouue aucune description Inu
Sciances par le nombre des siecles. Mais Nicolas Copernicus homme du tout Inc
able a Remis en lumiere il y a enuiron cent ans, ceste Opinion ou vne fort semblab

ORDRE DES SPHERES CELESTES SELON COPERNI

RRE EST MOBILE ET LE SOLEIL IMMOBILE AV

Par Ni.? Firmant Immobile De

Coperntc Saturne, fait son mouuement sous les
es fixes en 59733. ans d'Egypte Iupiter.
734 Mars en 45088. ans d'Egypte.
Zodiaque, Saturne Reuient qu
il estoit parti en 14017 ans d'Egy
en 21237. Mars en 16416. Q
gypte est de 365 Iours.

de Mercure, enuironne
s du Soleil l'orbe de
enuironne l'orbe de
Mercure ne
s Iamais du Soleil
s de 29 degrez
ne Seloigne
s du Soleil de
e 48 degrez
eu donc dire
Orbes de
re et de
nenuiron
as la Terre
s l'enuir
ent ces
lanettes
reuient
il de
29.
z pour
et de
48
enus
l est
quils
ent
quelqi
stre
ez
Soleil
eue
est
re a
iance

ertain
enus
en Cro
en sa
tion
ure auec
il etnon
son Superiev
onc uray que
a deux conion
au Soleil, lune
us et l'autre au
le tout a nostre

t dire que l'orbe
us enuirone le Soleil
nest ni totalement au
ni totalement au dessous
e de Venus estoit totalement
us du Soleil, venus pare troit
rs Ronde et non pas en croissant.
l'orbe ou Ciel de Venus estant
nent au dessous du Soleil, venus
oit toutours en Croissant tant en sa
tion Superieure, quand son Inferieure le
nostre Respect
t dire pareille chose de Mercure.
x de Mars, de Iupiter et de Saturne enuironnent
d'autant qu'on les voit quelque fois, estre Oppozez
eil ou Seloigner de luy Iusque a l'opposition.

Orbe de Saturne

Orbe de Iupiter

Orbe de Mars

Orbe de la Terre

Ce qui est dit cy dessou
Soleil de mercure et

DARKSIDE

DADOS INTERNACIONAIS DE
CATALOGAÇÃO NA PUBLICAÇÃO (CIP)
Jéssica de Oliveira Molinari CRB-8/9852

Barker, Clive
Livros de sangue : volume 3 / Clive Barker ; tradução de
Paulo Raviere. — Rio de Janeiro : DarkSide Books, 2022.
272 p. : il., color. (Livros de Sangue ; vol. 3)

ISBN: 978-65-5598-154-4
Título original: Books of Blood: Volume Three

1. Contos ingleses 2. Contos de terror
I. Título II. Raviere, Paulo III. Série
21-5113   CDD 823

Índices para catálogo sistemático:
1. Contos ingleses

A visão macabra da capa é criação da Macabra
com artes de Hans Memling, Rogier van der Weyden
e William-Adolphe Bouguereau.

As ilustrações de Clive Barker foram
resgatadas e cedidas pela equipe do site Revelations.

LIVROS DE SANGUE VOLUME 3
BOOKS OF BLOOD VOLUME 3
Copyright © 1988 by Clive Barker
First published in Great Britain in 1988 by Sphere,
an imprint of Little, Brown Book Group
Copyright Intro BR © Paula Febbe, 2022
Tradução para a língua portuguesa
© Paulo Raviere, 2022

Na fazenda de fartos gramados, o rebanho
se alimenta das palavras do grande mestre
do horror. E, mais uma vez, esta colheita é
fruto de profundas relações humanas que se
dedicam a um sonho em comum. Que as danças
ao redor da fogueira continuem iluminando
o caminho de todos os sonhadores.

Fazenda Macabra	**Leitura Sagrada**	**Direção de Arte**	**Impressão**
Reverendo Menezes	Cesar Bravo	Macabra	Ipsis Gráfica
Pastora Moritz	Luciana Kühl		
Coveiro Assis	Talita Grass	**Coord. de Diagramação**	
Caseiro Moraes	Tinhoso e Ventura	Sergio Chaves	A toda Família DarkSide

MACABRA
DARKSIDE

Todos os direitos desta edição reservados à
DarkSide® Entretenimento Ltda. • darksidebooks.com
Macabra™ Filmes Ltda. • macabra.tv

© 2022 MACABRA/ DARKSIDE

LIVROS DE SANGUE

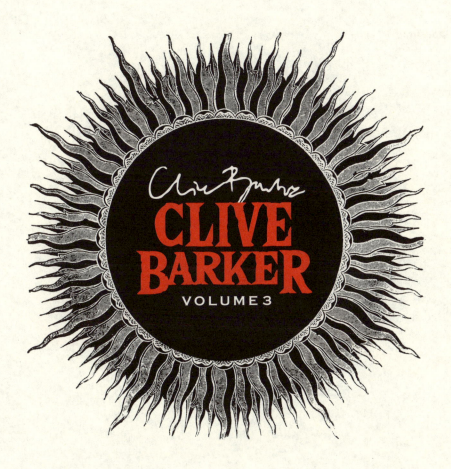

TRADUÇÃO | PAULO RAVIERE

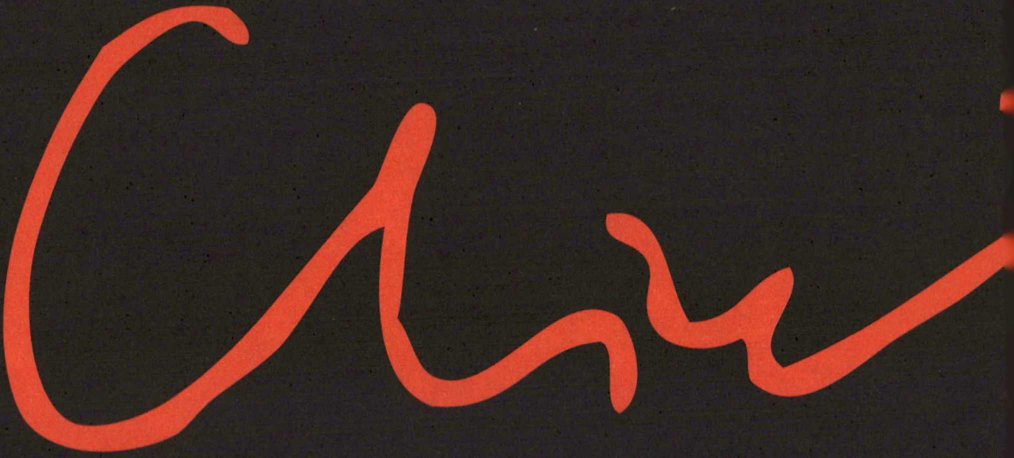

Índice

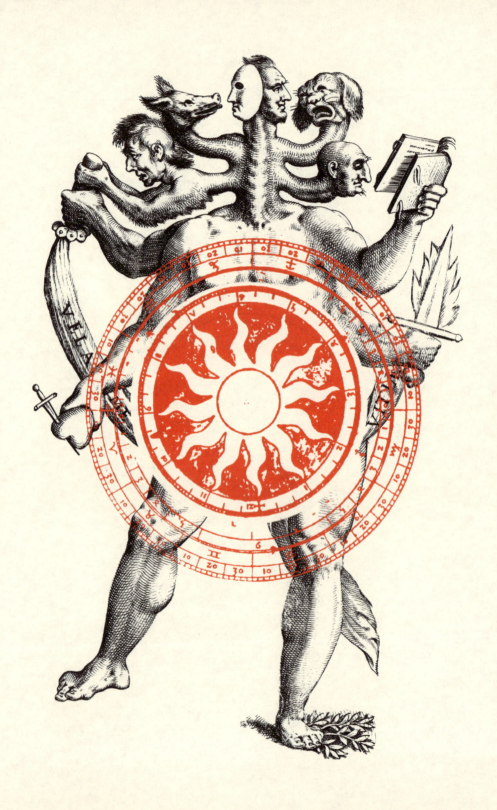

**O QUE É IMAGINADO
NUNCA É
PERDIDO.**

Para Roy e Lynne.

O QUE VOCÊ ESCONDEU HOJE?

POR PAULA FEBBE

Tenho duas lembranças bastante primárias quando o assunto é Clive Barker. A primeira é a foto da capa do VHS de *Hellraiser*, para a qual eu olhava toda vez que ia até a videolocadora do bairro escolher algum filme para assistir. Pensava que um dia pediria para minha mãe, se poderia levar aquele filme para casa. "Da próxima vez ela vai me deixar assistir esse", eu pensava. Só que, quando assisti *Hellraiser*, foi *escondido* da minha mãe. Ou, ao menos, após uma saudável omissão. O que sei é que ela nunca me deu o aval. Lembro que eu via o rosto do Pinhead e não sabia o que sentia com aquilo, mas sabia que toda vez que passava por ele, não queria desviar o olhar e esperava ardentemente, algum dia, levá-lo para casa.

A segunda lembrança é, talvez, do primeiro filme de terror a que assisti em toda minha vida: *O Mistério de Candyman*. A lembrança das abelhas e do temor gerado pela história me faziam fingir que eu não havia dito, sem querer, cinco vezes o nome dele frente ao espelho, toda vez em que lavava as mãos, depois de ter assistido ao filme.

Também lembro que uma vez entrei no banheiro especificamente para fazer o teste. Eu tinha cerca de 9 anos. Tranquei-me e recitei seu nome com toda a calma existente dentro de uma criança dessa idade (portanto, deve ter sido rápido). Por fora, nada aconteceu, mas como eu já estava no banheiro, fui olhar meu rosto mais profundamente no espelho e me perdi dentro de meus próprios olhos. Dentro do meu olhar, para dentro de mim, pensando no nome dele.

Eu era uma criança ainda. Não sabia quem era Clive Barker e não sabia que a capa de *Hellraiser* e *O Mistério de Candyman* tinham alguma ligação com a mesma pessoa. O que eu de fato sabia é que ambos me traziam um fascínio misturado com repulsa. Eu queria parar de olhar, mas não conseguia. Queria pensar em outra coisa, mas as imagens geradas por Barker moravam dentro de mim sem pagar nenhum valor. Quando eu soube *quem* era Clive Barker, entendi que aquilo me atraía porque falava muito profundamente comigo.

Quando comecei a dar aulas sobre o significado da perversão dentro da psicanálise, eu entendi que, quando falamos sobre o que é perverso — não como estrutura psicanalítica, mas como algo comum a todos —, estamos falando sobre o que há de mais profundo em nós. Tão profundo que só é possível reconhecer que algo é carregado de tal perversidade quando este é contado ao outro, comunicado, e este outro o inclui no entendimento de uma ordem social sobre o que é ou não aceitável dentro daquela sociedade. Se não houver tal ordem social, o perverso não existe, ele é apenas quem somos em nosso íntimo.

Por conta disso, temos a explicação para o fato de o horror ter uma legião de fãs enquanto gênero: lemos nas páginas, ou vemos nas telas, tudo o que nosso inconsciente mais deseja, e nossa organização social não pode nos dar.

Seguindo esse raciocínio, talvez *Livros de Sangue* seja uma das obras, dentro do horror, mais contestadoras dessa casca que reveste a falsa moral.

Em "Filho do Celuloide", Clive Barker mergulha no narcisismo dentro do cinema antigo e dentro da vida/morte de personagens que transitam entre desejarem ser vistos e não o serem. Como símbolo da dor, usa o contraponto entre Barberio e Birdy, ambos que, de um jeito ou de outro, não conseguem olhar para seus próprios corpos.

Quando diz que Barberio "jamais pensou em uma doença terminal. Ainda mais em referência a si mesmo", está falando sobre uma adoração silenciosa do próprio corpo. Aquilo que, sem que eu perceba, me coloca acima dos outros, pois eu funciono bem, sempre vou funcionar bem, enquanto os outros, não. Vendo o que queria, mas sendo consumido pelo que não percebia, Barberio se desfaz sem ser visto; enquanto Birdy deixa claro que gostaria que seu corpo fosse diferente, mas ainda assim, reafirma seu nome, deixando clara sua identidade.

Com uma exímia ironia, Clive ainda coloca tais personagens dentro de um cinema e faz com que corpos adorados, através dos filmes, ganhem espaço de destruição.

Já em "Rawhead Rex", vemos, de maneira personificada, a negação de nossa perversão a favor de uma organização coletiva. Colocamos, literalmente, uma pedra em cima do que é nosso real desejo, fingimos que ele não existe, mas viramos reféns dele, assim que vem à tona.

Também acho muito interessante o paralelo com o fazendeiro. A terra que trouxe o mal, seria a mesma terra que o alimentaria e, por consequência, o faria viver.

"Confissões de uma mortalha (de um pornógrafo)" traz a contestação da moral por outro viés: e se, mesmo você sendo uma pessoa "correta", pelos conhecidos padrões, interpretarem que você é o exato oposto? E se toda a moral, perfeitamente introjetada, fosse dissolvida pelos olhos dos outros? E se, ainda pior, você estivesse morto e não pudesse se defender das atrocidades e injustiças contadas sobre você?

Nesse conto, temos a exposição de uma das melhores vinganças da história da literatura e uma das melhores frases iniciais de contos de todos os tempos: "Ele havia sido carne uma vez...". Sobretudo quando falamos a respeito de alguém que não estava mais vivo e nem aí para sexo.

"Bodes expiatórios" e sua impactante frase: "Não é possível desviar de um lugar que não existe, não é mesmo?", seguido da pergunta "É possível?", deixa muito claro que nossa visão sobre o que é ou não a existência pode ser altamente contestável. Principalmente a partir do momento em que esse questionamento aparece, quando os personagens, de fato, já estão pisando em tal local "inexistente". Citando Deus, além de bodes e ovelhas de aspecto estranho, creio que, nesse conto, Clive esteja fazendo uma alusão ao que a religião consegue esconder e ao que, dentro de nós, faz com que ela se alimente.

Clive começou o terceiro volume de *Livros de Sangue* e o terminou no mesmo lugar: no espelho, no narcisismo. Depois de um passeio através do olhar dos outros, de uma viagem pela organização social, que suplanta o desejo, e uma caminhada pelo cristianismo, ele termina com "Restos Mortais", um conto que faz uma alusão a Dorian Gray e trata dessa incansável busca por alguém que nos veja como queremos ser vistos. Claro que Barker sabe, e usa, o quanto isso pode ser destruidor.

Saiba que, quando você lê Clive Barker, encontra, através dos olhos e palavras dele, sua própria perversão. Por isso, apesar de assustador, acreditamos que aqui você possa ficar realmente confortável! Aqui você pode relaxar. Gostamos quando você se sente aconchegado em sua própria podridão.

No dia-a-dia, a culpa nos consome. Agarramo-nos a ela como se fosse a única coisa à nossa frente, quando é para o desejo que devemos olhar, e é por isso que a palavra "perversão" é tão perfeita para definir a obra de Barker: pois o erótico e o insuportável saem exatamente do mesmo lugar dentro de nós. Clive sabe que nada é mais nosso do que nosso desejo mais escondido.

Hoje eu sei que a fita VHS de *Hellraiser* voltou comigo todas as vezes em que saí da locadora, e que Candyman olha de volta para mim cada vez que me olho mais profundamente no espelho. Eles me acompanham, como toda a obra de Barker, mesmo quando estou olhando para outro lugar. Era inevitável que o mundo dele entrasse em mim mesmo quando eu assistia à outra fita ou lia outro livro. E claro, aqui está, nessas linhas, embebido na visão do erótico e pavoroso que nos traz a identificação daquilo que não contamos para ninguém. Tanto que me pergunto quem realmente está escrevendo esse texto. Você sabe meu nome? Diga cinco vezes frente ao espelho.

Os filmes existem para que possamos ter experiências que seriam muito perigosas ou estranhas no mundo real.
— *David Lynch* —

FILHO DO CELULOIDE

Um: trailer

Barberio sentia-se bem, apesar da bala. Claro, sentia uma fisgada no peito quando respirava com muita força, e o ferimento na coxa não era muito bonito de se ver, mas já tinha sido perfurado antes e saído sorrindo. Ao menos estava livre: era isso o que importava. Ninguém, jurava ele, jamais o prenderia de novo, preferia se matar a voltar a ficar sob custódia. Se não desse sorte e o encurralassem, ele enfiaria a arma na boca e estouraria o cocuruto. De modo algum o arrastariam vivo de volta para aquela cela.

A vida era longa demais se você estivesse trancado, contando os segundos. Precisou de apenas uns dois meses para aprender essa lição. A vida era longa, repetitiva e debilitante, e se você não tomasse cuidado, logo preferiria morrer que seguir existindo na fossa onde te enfiam. É melhor se enforcar com o cinto de madrugada do que encarar o tédio de mais vinte e quatro horas, todos os seus 86.400 segundos.

Então ele apostou tudo.

Primeiro comprou uma arma no mercado clandestino da prisão. Custou-lhe tudo o que tinha e mais um punhado de dívidas que ele teria de compensar do lado de fora, se quisesse permanecer vivo. Então efetivou o movimento mais óbvio do manual: escalou o muro. E seja qual for o deus que guardava os ladrões de lojas de bebidas deste mundo, ele o protegia aquela noite, pois não é que Barberio saltou o muro e escapuliu sem sequer um cachorro aparecer fungando em seu cangote?

E os policiais? Oras, aprontaram de tudo quanto é coisa desde domingo, procurando por onde ele jamais estivera, interrogando o irmão e a cunhada sob suspeita de abrigá-lo, sendo que nem sabiam que ele havia escapado, fazendo circular um Alerta de Fuga com uma descrição de sua aparência antes da prisão, dez quilos mais pesado. Tudo isso ouvira de Geraldine, uma dama que ele cortejava nos bons dias, que lhe dera calças e uma garrafa de uísque Southern Comfort, agora quase vazia em seu bolso. Ele aceitou a bebida e a solidariedade e seguiu seu caminho, confiando na lendária estupidez da lei e no deus que o levara tão longe.

Chamava esse deus de Sing-Sing. Imaginava-o como um gordão dono de um sorriso enganchado de orelha a orelha, salame de primeira em uma das mãos, e uma xícara de café preto na outra. Na mente de Barberio, Sing-Sing tinha o cheiro de barriga cheia na casa da Mama, na época em que a Mama ainda estava boa da cabeça e ele era seu tesouro.

Infelizmente, Sing-Sing estava olhando para o outro lado quando o único policial com olhos de águia em toda a cidade avistou Barberio tirando a água do joelho em um beco, e o reconheceu daquele obsoleto Alerta de Fuga. Policial jovem, não poderia ter mais que 25 anos, tentando dar uma de herói. Burro demais para aprender a lição com o tiro de alerta que Barberio deu. Em vez de se esconder e deixá-lo em paz, forçou a barra ao avançar no beco em sua direção.

Barberio não teve escolha. Disparou.

O policial disparou de volta. Sing-Sing deve ter se apresentado em algum momento, arruinando a mira do policial, fazendo a bala que deveria ter encontrado o coração de Barberio acertar a sua perna, e guiando seu tiro em resposta direto ao nariz do policial. Olho-de-águia caiu como se acabasse de se lembrar de um compromisso com o chão, e Barberio fugiu, xingando, sangrando e assustado. Jamais havia atirado em um homem antes, e começara logo com um policial. Uma introdução e tanto à prática.

Contudo, Sing-Sing ainda estava com ele. A bala em sua perna doía muito, mas a assistência de Geraldine estancara a sangria, a bebida realizara maravilhas com a dor, e aqui estava ele, um dia e meio depois, cansado, porém vivo, tendo fugido por metade de uma cidade tão cheia de policiais vingativos, que era como um desfile de psicopatas em um Baile da Polícia. Agora tudo o que ele pedia a seu protetor era um lugar para descansar um pouco. Não por muito tempo, apenas o bastante para retomar o fôlego e planejar os movimentos futuros. Umas duas horas de olhos fechados também não fariam mal.

A questão era a dor na barriga que ele sentia, a dor profunda e lacerante que o afligia cada vez mais nos últimos dias. Talvez até iria procurar um telefone depois de descansar um pouco, e ligaria de novo para Geraldine, para fazê-la contatar aquele médico de fala mansa para atendê-lo. Planejava sair da cidade antes de meia-noite, mas agora essa não parecia uma opção plausível. Por mais perigoso que fosse, teria de permanecer na localidade durante uma noite e talvez pela maior parte do dia seguinte; depois fugir por campo aberto após recuperar um pouco de energia e tirar a bala da perna.

Mas, nossa, como a barriga queimava. Achava que era uma úlcera, causada pela lavagem asquerosa que na penitenciária chamavam de comida. Muitos caras tinham dor de barriga e caganeira naquele lugar. Ele ficaria melhor após uns dias de pizza e cerveja, com toda certeza.

A palavra *câncer* não fazia parte do vocabulário de Barberio. Jamais pensou em uma doença terminal, especialmente em referência a si mesmo. Isso seria como um boi de matadouro se preocupar com um casco deformado ao seguir para o abate. Um homem de seu ramo de negócios, rodeado por ferramentas letais, não esperava perecer por conta de um tumor maligno na barriga. Mas era isso aquela dor.

O terreno nos fundos do cinema Movie Palace já tinha sido um restaurante, mas um incêndio o derrubou três anos antes, e o local jamais havia sido limpo.

Não era um ponto bom para a reconstrução, e ninguém nunca demonstrara muito interesse pelo terreno. Antes a vizinhança agitava o lugar, mas isso foi nos anos 1960, começo dos 1970. Durante uma década inebriante, locais de entretenimento — restaurantes, bares, cinemas — floresciam. Então veio a queda inevitável. Cada vez menos jovens gastavam dinheiro naquelas bandas: havia novos pontos a frequentar, novos lugares onde ser visto. Os bares fecharam, os restaurantes em seguida. Apenas o Movie Palace permanecia como um lembrete vivo de dias mais inocentes, em um distrito que a cada ano ficava mais brega e mais perigoso.

A selva de trepadeiras e madeiras apodrecidas que entulhavam o lote vago apeteceu a Barberio. Sua perna lhe causava desconforto, ele cambaleava de pura fadiga, e a dor na barriga piorava cada vez mais. Precisava o quanto antes de um lugar para descansar a cabeça pegajosa. Para matar o Southern Comfort e pensar em Geraldine.

Era 1h30; o lote servia de motel para gatos. Eles fugiram assustados, atravessando o mato da altura de um homem, quando ele empurrou de lado algumas das madeiras e penetrou pelas sombras. O refúgio fedia a mijo humano e felino, a lixo, a fogueiras velhas, mas lhe pareceu um santuário.

Buscando o suporte da parede dos fundos do Movie Palace, Barberio apoiou o antebraço e vomitou bastante Southern Comfort e bile. Perto da parede, alguns moleques haviam construído um covil com tábuas, pranchas escurecidas pelo fogo e ferro corrugado. Perfeito, pensou ele, um santuário dentro de um santuário. Sing-Sing sorria para ele com as costeletas lambuzadas de gordura. Gemendo um pouco (a barriga estava mesmo mal aquela noite), ele cambaleou diante da parede até o covil de pé baixo, e se enfiou pela porta.

Alguém mais usava o lugar para dormir: ele podia sentir sacos úmidos sob sua mão enquanto se sentava, e uma garrafa tilintou contra um tijolo em algum lugar à esquerda. Havia por perto um cheiro no qual ele não queria pensar muito, como se os esgotos estivessem subindo. De modo geral, era esquálido: porém mais seguro do que a rua. Ele se sentou com as costas escoradas na parede do Movie Palace e exalou os seus medos em um fôlego longo e lento.

A menos de um quarteirão de distância, talvez meio quarteirão, uma viatura soou como o lamento de um bebê à noite, e o senso de segurança que ele acabara de adquirir submergiu sem deixar rastros. Aproximavam-se para matá-lo, sabia disso. Estavam apenas brincando com ele, deixando-o pensar que estava livre, o tempo inteiro o rodeando como tubarões lisos e silenciosos, até que ele ficasse cansado demais para oferecer resistência. Nossa: ele tinha matado um policial, imagine o que não fariam quando o encontrassem sozinho. Eles o crucificariam.

Certo, Sing-Sing, e agora? Tire esse olhar surpreso de seu rosto, e me livre dessa.

Por um momento, nada. Então o deus sorriu no olho de sua mente e, uma coincidência e tanto, ele sentiu as dobradiças cutucando suas costas.

Merda! Uma porta. Estava recostado a uma porta.

Grunhindo de dor, virou-se e passou os dedos nessa escotilha de escape às suas costas. A julgar pelo toque, tratava-se de uma pequena grade de ventilação de não mais que um metro quadrado. Talvez ela desse em um vão para tubos e fios, ou talvez na cozinha de alguém — que diabos? Era mais seguro do lado de dentro que do lado de fora: era a primeira lição que uma criança recém-nascida poderia jogar em sua cara.

O lamento da sirene prosseguia, fazendo a pele de Barberio se arrepiar. Maldito barulho. Ouvi-lo fazia seu coração acelerar.

Seus dedos grossos procuravam ao lado da grade, tateando alguma espécie de tranca, com certeza pra caralho que haveria um cadeado, tão áspero de ferrugem quanto o resto do metal.

Vamos, Sing-Sing, rogou, mais uma chance é tudo o que peço, deixa eu entrar, juro que serei seu para sempre.

Puxou a tranca, mas porra, ela não cederia com facilidade. Ou era mais forte do que parecia, ou ele estava mais fraco. Talvez um pouco das duas coisas.

O carro se aproximava a cada segundo. A sirene encobria o som de sua própria respiração em pânico.

Ele puxou a arma, a assassina de policiais, para fora do bolso da jaqueta e a pressionou como um pé de cabra de ponta arrebitada. Não conseguiu alavancar o bastante com o objeto, era curto demais, mas fez o que precisava com umas duas puxadas para cima acompanhadas de palavrões. A tranca cedeu, um chuvisco de casquinhas enferrujadas espirrou em seu rosto. Ele apenas silenciou um uivo de triunfo.

Agora era abrir a grade e fugir desse mundo decrépito para dentro do escuro.

Enfiou os dedos na treliça e puxou. A dor, um *continuum* de dor que foi da barriga às entranhas e à perna, fez sua cabeça rodar. Abre, caralho, disse à grade, abre-te, sésamo.

A porta cedeu.

Abriu-se de repente, e ele caiu de costas na sacola encharcada. Um instante e estava de pé mais uma vez, espiando na escuridão que havia dentro da escuridão, o interior do Movie Palace.

Que venha a viatura, pensou, com otimismo, tenho meu esconderijo para me aquecer. E era mesmo aquecido: quase quente demais, na verdade. O ar que saía pelo buraco cheirava como se tivesse fervido lá dentro durante um bom tempo.

Começou a ter cãibras na perna e doeu pra caralho quando ele se arrastou através da porta e para o sólido escuro que havia do outro lado. Exatamente enquanto fazia isso, a sirene virou a esquina próxima e o lamento de bebê arrefeceu. Não era a batida de pés de homens da lei o que ele ouvia na calçada?

Ele se virou um pouco atrapalhado no escuro, a perna um peso morto, o pé com a sensação de ter o tamanho de uma melancia, e ele puxou a porta gradeada diante de si. A satisfação foi igual à de içar uma ponte levadiça e deixar o inimigo do outro lado do fosso, e de alguma forma não importava que pudessem abrir a porta com a mesma facilidade que ele e segui-lo até lá dentro. Como uma criança, ele tinha certeza de que ninguém poderia encontrá-lo. Enquanto não pudesse ver seus perseguidores, seus perseguidores não poderiam vê-lo.

Se os policiais de fato haviam invadido o terreno atrás dele, ele não tinha escutado. Talvez estivesse enganado, talvez apenas procurassem o coitado de algum outro vagabundo na rua, e não ele. Tudo bem, que seja. Havia encontrado para si um bom nicho onde descansar por um tempo, e isso era excelente.

Engraçado, o ar não estava tão ruim ali. Não era o ar estagnado de um vão para fios e tubos ou de um sótão, a atmosfera no esconderijo era viva. Não ar fresco, não, não era isso, com certeza era um ar bem abafado e viciado, porém mesmo assim zumbia. Mal soava em seus ouvidos, e fazia a pele formigar como um banho gelado, perpassava seu nariz e punha as coisas mais estranhas em sua cabeça. Era como ficar chapado de alguma coisa: a sensação era tão boa quanto isso. A perna não doía mais, ou, se doía, ele estava demasiado distraído pelas imagens em sua cabeça. Ele se enchia com uma inundação de imagens: mulheres dançando e casais se beijando, despedidas em estações, casas antigas e sombrias, comediantes, caubóis, aventuras submarinas — cenas que ele jamais viveria em um milhão de anos, mas que agora o comoviam como a experiência crua, verdadeira e inconteste. Ele desejava chorar das despedidas, porém desejava rir dos comediantes, porém as garotas demandavam olhares de desejo, os caubóis demandavam uivos.

Que tipo de lugar era aquele, então? Ele espiou o brilho das imagens prestes a sobrepujarem seus olhos. Estava em um espaço de no máximo um metro e vinte de largura, só que alto, e iluminado por uma luz a piscar que atravessava ao acaso as rachaduras do lado interno da parede. Barberio estava demasiado perplexo para ser capaz de reconhecer as origens da luz, e seus ouvidos murmurantes não conseguiam compreender o diálogo da tela do outro lado da parede. Era o *Satyricon*, o segundo dos dois filmes de Fellini exibidos pelo Palace naquela sessão dupla da madrugada de sábado.

Barberio jamais vira o filme, jamais ouvira falar de Fellini. Ele o teria enojado (filme de bicha, porcaria italiana). Ele preferia aventuras submarinas, filmes de guerra. Ah, e dançarinas. Qualquer coisa com dançarinas.

Engraçado, embora estivesse completamente sozinho no esconderijo, tinha a bizarra sensação de que o vigiavam. Pelo caleidoscópio das rotinas de Busby Berkeley exibidas no interior de seu crânio, ele sentia olhos, não poucos — milhares — o observando. A sensação não era tão ruim a ponto de fazer você desejar tomar uma bebida por isso, mas sempre ficavam lá, encarando-o como se ele fosse digno de ser observado, às vezes rindo dele, às vezes chorando, mas pela maior parte do tempo apenas boquiabertos com olhos famintos.

A verdade era que não havia o que fazer a respeito deles. Seus membros haviam batido as botas; ele não podia sentir as mãos ou pernas. Não sabia, e talvez fosse melhor não saber, que abrira o ferimento entrando nesse lugar, e estava sangrando até a morte.

Por volta das 2h55, quando o *Satyricon* de Fellini chegava ao seu final ambíguo, Barberio morreu no vão entre os fundos do prédio e os fundos da parede do cinema.

O Movie Palace já havia sido um Salão de Missionários, e se ele tivesse olhado para cima ao morrer, teria vislumbrado o afresco malfeito figurando uma Milícia Angelical que podia ser vista em meio à sujeira, e ele teria presumido a própria assunção. Mas morreu assistindo às dançarinas, então tudo bem para ele.

A parede falsa, aquela que deixava a luz se infiltrar do fundo da tela, fora ereta como uma partição improvisada para cobrir o afresco da Milícia Angelical. Parecia mais respeitoso fazer isso do que fazer uma pintura permanente por cima dos Anjos e, além disso, o homem que havia ordenado as alterações suspeitava que a bolha do cinema mais cedo ou mais tarde haveria de estourar. Em caso afirmativo, ele poderia apenas demolir a parede e voltar ao ramo da idolatria a Deus, em vez de Garbo.

Isso jamais aconteceu. A bolha, embora frágil, jamais estourou, e os filmes seguiram em frente. Esse São Tomé (seu nome era Harry Cleveland) morreu, e aquele vão foi esquecido. Agora nenhum vivente sequer sabia de sua existência. Se houvesse vasculhado a cidade de cabo a rabo, Barberio não poderia ter escolhido um lugar mais secreto para perecer.

No entanto, o vão, o ar em si, havia levado uma vida própria naqueles 50 anos. Como um reservatório, recebera os olhares elétricos de milhares de olhos, de dezenas de milhares de olhos. Meio século de frequentadores de cinema vivia vicariamente por meio da tela do Movie Palace, forçando suas simpatias e suas paixões à ilusão cintilante, a energia de suas emoções juntando forças como um conhaque encerrado naquela passagem de ar secreta. Mais cedo ou mais tarde, ela haveria de transbordar. Tudo o que faltava era um catalizador.

Até o câncer de Barberio.

Dois: o filme

Após ficar parada no foyer apertado do Movie Palace por uns vinte minutos, a jovem usando um vestido estampado cor-de-cereja e verde-limão começou a parecer distintamente agitada. Eram quase 3h, e as sessões da madrugada já tinham acabado.

Oito meses haviam se passado desde a morte de Barberio nos fundos do cinema, oito longos meses em que os negócios foram bastante irregulares. Mesmo assim, a sessão dupla da madrugada nas sextas e sábados sempre lotava. Aquela noite foram dois filmes com Eastwood: faroestes *spaghetti*. Para Birdy, a garota com vestido cor-de-cereja não parecia muito fã de faroestes; não era exatamente um gênero feminino. Talvez tivesse ido mais por causa de Eastwood do que pela violência, embora Birdy jamais tivesse entendido a atração por aquele rosto de olhos eternamente aguçados.

"Posso ajudar?", perguntou Birdy.

A garota olhou para Birdy com nervosismo.

"Estou esperando meu namorado", respondeu. "Dean."

"Se perdeu dele?"

"Foi para o banheiro no final do filme e ainda não voltou."

"Ele estava... hum... passando mal?"

"Ah, não", disse a garota com rapidez, protegendo o namorado dessa desconfiança quanto à sua sobriedade.

"Vou falar para alguém procurar lá dentro", afirmou Birdy. Estava tarde, ela estava cansada, o ânimo se esvaindo. A ideia de passar mais tempo que o estritamente necessário naquele pulgueiro não lhe apetecia muito. Desejava voltar para casa; para cama e dormir. Só dormir. Com 34 anos, sabia que já estava cansada de sexo. A cama era para dormir, sobretudo para garotas gordas.

Ela empurrou a porta vai e vem e enfiou a cabeça no cinema. Um cheiro penetrante de cigarro, pipoca e gente a encobriu; lá dentro estava alguns graus mais quente que no foyer.

"Ricky?"

Ricky estava trancando a saída dos fundos, do outro lado do cinema.

"O cheiro passou completamente", gritou para ela.

"Que bom." Alguns meses antes havia um fedor insuportável no lado da tela do cinema.

"Algum bicho morto no terreno vizinho", disse.

"Pode me ajudar um minuto?", gritou ela de volta.

"O que você quer?"

Ele percorreu o corredor com carpete vermelho em direção a ela, chaves chacoalhando no cinto. A camiseta proclamava: "Apenas os Jovens Morrem Bons".

"Algum problema?", perguntou, assoando o nariz.

"Tem uma garota lá fora. Ela disse que perdeu o namorado no banheiro." Ricky pareceu intrigado.

"No banheiro?"

"Isso. Pode dar uma olhada? Sem problemas, né?"

E para começo de conversa, ela podia parar com as piadinhas, pensou ele, dando-lhe um sorriso doentio. Eles mal estavam se falando nesses dias. Chapados vezes demais juntos: a longo prazo, isso sempre dava uma pancada de aleijar na amizade. Além disso, Birdy fazia comentários muito malvados (precisos) a respeito de seus coligados e ele devolvia o bombardeio com canhões fumegantes. Antes disso, ficaram sem se falar por três semanas e meia. Agora havia uma trégua desconfortável, mais em nome da sanidade que de qualquer outra coisa. Isso não era meticulosamente observado.

Ele deu uma volta, desceu o corredor de novo, e pegou a fileira E para atravessar o cinema até o banheiro — empurrando os assentos para cima ao passar. Já tinham visto dias melhores, esses assentos: mais ou menos na época de *A Estranha Passageira*. Agora pareciam detonados por inteiro: precisando de restauração ou de uma substituição completa. Só na fileira E, quatro dos assentos estavam rasgados de modo irreparável, e agora ele contava uma quinta mutilação naquela noite. Algum moleque inconsequente entediado com o filme ou com a namorada, e chapado demais para ir embora. Foi-se o tempo em que ele mesmo fazia algo do gênero: considerava um ataque por liberdade contra os capitalistas que comandavam esses moquifos. Foi-se o tempo em que ele cometia essas babaquices.

Birdy o viu se enfiar no Banheiro Masculino. Vai aproveitar para usar algo, pensou ela com um sorriso malandro, exatamente o tipo de ocupação para ele. E pensar que ela já tivera tesão por ele, antigamente (há seis meses), quando homens finos como lâminas, com narizes como o de Jimmy Durante e conhecimento enciclopédico sobre os filmes estrelados por De Niro faziam o seu tipo. Agora ela o via tal como ele era, destroços de um navio sem esperanças. Ainda um maluco dos comprimidos, ainda o bissexual em teoria, ainda devoto aos primeiros filmes de Polanski e ao pacifismo simbólico. De qualquer maneira, que tipo de porcaria ele guardava entre os ouvidos? A mesma que ela, repreendeu-se, pensando que havia algo de sexy naquele vagabundo.

Esperou por alguns segundos, observando a porta. Quando ele não ressurgiu, ela voltou ao foyer por um momento, para conferir como estava a garota. Ela fumava um cigarro como uma atriz amadora sem jeito para a coisa, escorada no corrimão, a saia içada para cima enquanto ela coçava a perna.

"Meia-calça", explicou.

"O Gerente foi atrás de Dean."

"Obrigada." Ela se coçou. "Me causa assaduras, sou alérgica."

Havia marcas nas belas pernas da moça, o que na verdade estragava o efeito.

"É porque estou com calor e entediada", aventurou-se. "Sempre que fico com calor e entediada tenho alergia."

"Ah."

"Dean pode ter se mandado, sabe, quando virei as costas. Ele faria isso. Está pouco se f—. Não se importa."

Birdy podia ver que ela estava prestes a chorar, o que era uma droga. Ela lidava mal com as lágrimas. Gritaria, até mesmo brigas, tudo bem. Lágrimas, sem chances.

"Vai dar tudo certo", foi tudo o que conseguiu pensar em dizer para evitar a saída das lágrimas.

"Não, não vai", disse a garota. "Não vai ficar tudo bem, porque ele é um desgraçado. Trata todo mundo que nem lixo." Ela esmagou o cigarro fumado pela metade com a ponta dos sapatos cor-de-cereja, tomando um cuidado especial para apagar cada fragmento brilhante de tabaco.

"Os homens não se importam, não é?", disse ela, olhando para Birdy, com uma franqueza de derreter corações. Sob a maquiagem bem-feita, talvez tivesse 17 anos, com certeza não muito mais que isso. Seu rímel estava um pouco borrado, e havia arcos de cansaço debaixo dos olhos.

"Não", respondeu Birdy, falando a partir de sua dolorosa experiência. "Não se importam."

Birdy pensou com certo pesar que jamais seria tão atraente quando essa ninfeta cansada. Seus olhos eram pequenos demais, e os braços eram gordos. (Seja honesta, garota, você é toda gorda.) Mas os braços eram a pior característica, convencera-se disso. Havia homens, muitos deles, que se excitavam com peitos volumosos, ou com uma bunda grande, mas nunca tinha conhecido um homem que gostasse de braços gordos. Eles sempre queriam conseguir segurar o pulso da namorada entre o polegar e o indicador, era um modo primitivo de medir vínculo. Seus pulsos, no entanto, se ela fosse brutal consigo mesma, eram quase indiscerníveis. Suas mãos gordas se tornavam antebraços gordos, que se tornavam, após um trecho rechonchudo, braços gordos. Os homens não conseguiam segurar seus pulsos porque ela não tinha pulsos, e isso os repelia. Bem, de algum modo essa era uma das razões. Também era inteligente demais: e isso sempre era uma desvantagem, se você quisesse homens aos seus pés. Mas das opções que explicavam a razão pela qual ela jamais tivera sucesso no amor, considerava a explicação dos braços gordos a mais plausível.

Enquanto essa garota tinha braços delgados como os de uma dançarina balinesa, os pulsos pareciam tão finos quanto vidro, e tão frágeis quanto.

De dar engulhos, na verdade. Provavelmente ela era péssima para conversar. Meu Deus, a garota tinha todas as vantagens.

"Qual o seu nome?", perguntou.

"Lindi Lee", respondeu a garota.

Seria isso.

Ricky pensou que havia cometido um erro. Esse não pode ser o banheiro, disse a si mesmo.

Estava de pé no que parecia ser a rua principal de uma cidadezinha fronteiriça que ele vira em duzentos faroestes. Uma tempestade de areia aparentemente raivosa o forçava a apertar os olhos contra a areia que machucava. No meio do redemoinho do ar ocre-cinzento ele conseguia ver, achava, os Empórios, a Delegacia, e o Saloon. Estavam no lugar dos cubículos do banheiro. Arbustos rolantes opcionais dançavam diante dele no cálido vento do deserto. O chão sob seus pés era de terra batida: nem sinal de azulejos. Nem sinal de nada que lembrasse vagamente um banheiro.

Ricky olhou para a direita, rua abaixo. Onde deveria ficar a parede oposta do banheiro, a rua recuava, em uma perspectiva forçosa, até uma distância pintada. Era uma mentira, claro, tudo aquilo era uma mentira. Sem dúvidas, caso se concentrasse, ele começaria a ver através da miragem para descobrir como aquilo era feito; as projeções, os efeitos de luz ocultos, os panos de fundo, as miniaturas; todos os truques do ramo. Mas apesar de se concentrar ao máximo que sua condição levemente chapada permitia, ele apenas não parecia capaz de enfiar os dedos no limite da ilusão para arrancá-la.

O vento apenas continuou assoprando, as plantas rolantes a rolar. Em algum lugar da tempestade uma porta de celeiro batia, abrindo-se e batendo de novo com as rajadas de vento. Ele podia até mesmo sentir o cheiro de merda de cavalo. O efeito era tão perfeito que ele perdeu o fôlego de tanta admiração.

Quem quer que tivesse criado aquele set extraordinário havia provado o seu ponto. Ele estava impressionado: agora era hora de parar com a brincadeira.

Virou-se de volta para a porta do banheiro. Ela tinha desaparecido. Uma muralha de poeira a apagara, e de repente ele ficou perdido e sozinho.

A porta do celeiro continuava a bater. Vozes chamavam umas às outras dentro da tempestade que ficava cada vez pior. Onde estavam o Saloon e a Delegacia? Também haviam sido obscurecidos. Ricky saboreava algo que não experimentava desde a infância: o pânico de perder a mão de um guardião. Nesse caso, o progenitor perdido era a sua sanidade.

Em algum lugar à sua esquerda um tiro estrondou nas profundezas da tempestade, e ele escutou algo sibilar em seu ouvido, então sentiu uma dor aguda. Com bastante cautela, levou a mão ao lóbulo da orelha e tocou no lugar que doía. Parte de sua orelha havia sido despedaçada com um tiro, um belo talho em seu lóbulo. Seu piercing se fora, e havia sangue, sangue de verdade, nos seus dedos. Ou alguém acabara de tentar estourar sua cabeça e errar, ou estava fazendo uma brincadeira bem doentia.

"Ei, cara", ele apelou entre os dentes a essa ficção maldita, girando sobre os calcanhares a fim de sentir se podia localizar o agressor. Mas não conseguiu ver ninguém. A poeira o envolvia por inteiro: ele não conseguia se mover para trás ou para a frente com nenhuma segurança. O pistoleiro devia estar bem perto, esperando que ele fosse em sua direção.

"Não gosto disso", disse em voz alta, esperando que o mundo real o ouvisse de algum modo, e deu um passo adiante para salvar sua mente em frangalhos. Ele mexeu no bolso do jeans em busca de uma ou duas pílulas, qualquer coisa para melhorar a situação, mas estava sem ácido, nem mesmo um mísero comprimido de Valium podia ser encontrado no fundo do bolso. Sentiu-se nu. Que momento para se perder em meio aos pesadelos de Zane Grey.

Um segundo disparo estrondou, mas dessa vez não silvou. Ricky estava certo de que isso queria dizer que ele fora alvejado, mas como não havia dor ou sangue, era difícil saber com certeza.

Então ouviu o ruído inconfundível da porta do saloon, e o gemido de outro humano em algum lugar por perto. Um rasgo se abriu na tempestade por um momento. Teria mesmo visto o saloon através dela, e um jovem tombando, deixando atrás de si um mundo pintado de mesas, espelhos e pistoleiros? Antes que conseguisse focar com clareza, o rasgo foi costurado com areia, e ele duvidou da visão. Então, de repente, o jovem que ele estava procurando apareceu, a trinta centímetros, com os lábios azuis da morte, e desabou nos braços de Ricky. Assim como Ricky, não estava trajado para um papel nesse filme. Sua jaqueta *bomber* era uma bela cópia do estilo dos anos 1950, a camiseta levava o rosto sorridente de Mickey Mouse.

O olho esquerdo de Mickey estava vermelho, ainda sangrando. A bala havia acertado direto no coração do jovem.

Ele usou o último fôlego para perguntar: "Que merda é essa?", e morrer. Essas últimas palavras careciam de estilo, mas foram profundamente sentidas. Ricky encarou o rosto congelado do jovem por um momento, então o peso morto em seus braços se tornou excessivo, e ele não teve escolha a não ser largá-lo. Quando o corpo caiu no chão, por um instante a poeira pareceu se transformar em azulejo manchado de mijo. Então, a ficção retomou a precedência, e a poeira rodopiou, e o arbusto rolante rolou, e ele estava parado no meio da Rua Principal, Deadmood Gulch, com um corpo aos pés.

Ricky sentiu algo muito parecido com abstinência em seu sistema. Os membros começaram uma dança de São Vito, e a vontade de mijar lhe acometeu com muita força. Apenas mais trinta segundos e ele molharia as calças.

Em algum lugar, pensou ele, em algum lugar deste mundo selvagem há um urinol. Há uma parede coberta por pichações, com números de telefone para os viciados em sexo, com "Isto não é um abrigo radioativo" rabiscado nos azulejos, e um monte de desenhos obscenos. Há tanques d'água e suportes de papel higiênico vazios e privadas quebradas. Há o odor esquálido de mijo e peidos velhos. Encontre-o! Pelo amor de Deus, encontre a coisa real antes que a ficção lhe cause um dano permanente.

Se, pela lógica, o Saloon e o Empório forem os cubículos do banheiro, então o urinol deve estar atrás de mim, raciocinou. Então dê um passo para trás. Isso não pode te machucar mais do que ficar parado no meio da rua enquanto alguém manda bala em você.

Dois passos, dois passos precavidos, e ele encontrou apenas ar. Mas no terceiro — ora, ora, o que temos aqui? — sua mão tocou a superfície fria de azulejo.

"Iiiirrá!", disse ele. Era o urinol: e tocá-lo era como encontrar ouro em uma lata de lixo. Não seria o cheiro enjoativo de desinfetante subindo pelo ralo? Era, cara, era sim.

Ainda uivando, abriu o zíper e começou a aliviar a dor na bexiga, respingando nos seus pés com a pressa. Que inferno: teve a ilusão encerrada. Agora, se ele se virasse, com certeza encontraria a fantasia dispersa. O Saloon, o jovem morto, a tempestade, tudo sumiria. Era alguma reação química, uma droga ruim dentro de seu sistema fazendo brincadeiras idiotas com sua imaginação. Ao chacoalhar as últimas gotas em seus sapatos de camurça azuis, escutou o herói do filme falar.

"Por que está mijando no meio da rua, garoto?"

Era a voz de John Wayne, com uma precisão que ia até a última sílaba proferida, e estava bem atrás dele. Ricky sequer poderia cogitar se virar. O cara com certeza estouraria sua cabeça. Havia na voz aquela tranquilidade ameaçadora que alertava: estou prestes a atacar, então faça o seu pior. O caubói estava armado, e tudo o que Ricky tinha na mão era o pau, que não era páreo para uma arma, mesmo que estivesse em um estado mais rígido.

Com muito cuidado ele guardou a sua pistola e fechou o zíper, então ergueu as mãos. Em sua frente a imagem ondulante da parede do banheiro desaparecera de novo. A tempestade rugia: o sangue da orelha escorria pelo pescoço.

"Certo, garoto, quero que você tire esse coldre e solte no chão. Está me ouvindo?", disse Wayne.

"Sim."

"Vai devagar e com calma, e mantenha as mãos onde posso ver."

Cara, esse sujeito estava mesmo empolgado.

Devagar e com calma, conforme o homem mandou, Ricky desafivelou o cinto, puxou-o através dos passantes do jeans e o soltou no chão. As chaves deveriam tinir ao atingir os azulejos, ele esperou por Deus que tinissem. Sem sorte. Houve uma pancada que era o som de metal na areia.

"Certo", disse Wayne. "Agora você está começando a se comportar. O que tem para dizer em sua defesa?"

"Sinto muito?", perguntou Ricky, como um imbecil.

"Sinto muito?"

"Por mijar na rua."

"Não considero 'sinto muito' uma punição suficiente", afirmou Wayne.

"Mas sinto mesmo. Foi tudo um engano."

"Para nós já basta de forasteiros nestas redondezas. Encontrei aquele moleque com as calças abaixadas cagando no meio do Saloon. Bem, isso que eu chamo de inapropriado! Onde filhos da puta como vocês foram educados? É isso o que andam ensinando nas escolas chiques da Costa Leste?"

"Peço mil desculpas."

"Não sei se mil vão dar conta", arengou Wayne. "Você está com o moleque?"

"Por assim dizer."

"Que conversinha afrescalhada é essa?", ele bateu com a arma nas costas de Ricky: parecia mesmo bem real. "Está com ele ou não?"

"Eu só queria dizer —"

"Você não tem nenhum querer neste território, senhor, isso quem manda sou eu."

Ele engatilhou a arma, audivelmente.

"Por que não se vira, garoto, e deixa a gente ver se você tem coragem?"

Ricky já tinha visto essa rotina antes. O homem se vira, ele busca uma arma escondida, e Wayne atira nele. Sem debate, sem tempo para discutir a ética de tal ato, uma bala faria o trabalho melhor que palavras.

"Mandei você se virar."

Muito devagar, Ricky virou o rosto para o sobrevivente de mil tiroteios, e lá estava o homem em pessoa, ou melhor, uma brilhante personificação dele. Um Wayne da metade da carreira, antes de engordar e parecer doente. Um Wayne de *Rio Grande*, empoeirado pela longa trilha e apertando os olhos devido a uma vida encarando o horizonte. Ricky nunca gostou muito de faroestes. Odiava todo aquele machismo forçado, a glorificação da terra e do heroísmo barato. Sua geração havia enfiado flores nos canos de rifles, e na época ele achou isso legal; ainda achava, na verdade.

Esse rosto, com essa zombaria viril, tão descompromissado, personificava um punhado de mentiras letais — sobre a glória das origens fronteiriças dos Estados Unidos, a moralidade da justiça imediata, a ternura no coração dos brutos. Ricky odiava o rosto. As mãos se coçavam para acertá-lo.

Foda-se. Se o ator, seja quem fosse, ia atirar nele de um jeito ou de outro, o que poderia perder descendo a mão na cara do desgraçado? O pensamento se transformou em ato: Ricky fechou o punho, virou-se e suas falanges encontraram o queixo de Wayne. O ator era mais lento do que sua imagem na tela. Não conseguiu desviar do golpe, e Ricky aproveitou a oportunidade para arrancar a arma da mão de Wayne. Então continuou a desferir uma sequência de socos no corpo, exatamente como tinha visto nos filmes. Foi uma exibição espetacular.

Sob a saraivada de golpes, o grandalhão cambaleou para trás e tropeçou, a espora se enganchando no cabelo do moleque morto. Ele perdeu o equilíbrio e caiu na terra, derrotado.

O desgraçado estava caído! Ricky sentiu uma emoção que jamais sentira antes; o êxtase do triunfo físico. Meu Deus! Havia derrubado o maior caubói do mundo. Suas faculdades críticas ficaram arrebatadas pela vitória.

A tempestade de areia de repente ficou mais densa. Wayne ainda estava no chão, encharcado com o sangue do nariz esmagado e do lábio cortado. A areia já o obscurecia, uma cortina fechada diante da vergonha de sua derrota.

"Levanta", ordenou Ricky, tentando capitalizar com a situação antes que a oportunidade toda se perdesse.

Wayne parecia sorrir enquanto a tempestade o cobria.

"Bem, garoto", escarneceu, esfregando o queixo, "ainda o tornaremos um homem..."

Então seu corpo foi erodido pela poeira em movimento, e por um momento havia outra coisa em seu lugar, uma forma que Ricky não conseguia distinguir. Uma forma que era e não era Wayne, que se deteriorava muito rápido, rumo à inumanidade.

A poeira já havia se tornado um bombardeio furioso, enchendo olhos e orelhas. Ricky cambaleou para longe do cenário da briga, engasgando, e por milagre encontrou uma parede, uma porta, antes que pudesse entender onde estava, a tempestade em fúria o cuspira para o silêncio do Movie Palace.

Ali, embora tivesse prometido ser macho desde que nasceu o seu bigode, ele deu um gritinho que não teria envergonhado Fray Wray, e desabou.

No foyer, Lindi Lee contava a Birdy por que não gostava tanto de filmes.

"Quer dizer, Dean gosta de filmes de bangue-bangue. Eu realmente não gosto de nada dessas coisas. Acho que eu não deveria dizer isso para você —"

"Não, tudo bem."

"— Mas, digo, que você deve mesmo amar filmes, acho. Já que trabalha aqui."

"Gosto de alguns filmes, mas não de tudo."

"Ah." Ela pareceu surpresa. Muitas coisas pareciam surpreendê-la. "Eu gosto de filmes sobre a vida selvagem, sabe."

"Sim..."

"Sabe? Animais... tipo isso."

"Sim..." Birdy se lembrou de seu pensamento sobre Lindi Lee, de que ela não era muito boa de papo. Acertou de primeira.

"O que será que está segurando eles lá dentro?", disse Lindi.

A vida inteira que Ricky passou vivendo na tempestade de areia não tinha durado mais que dois minutos no tempo real. Mas nos filmes o tempo era elástico.

"Vou lá conferir", aventurou-se Birdy.

"Ele deve ter ido embora sem mim", afirmou Lindi.

"Vamos descobrir."

"Obrigada."

"Fica tranquila", disse Birdy, pousando a mão de leve no braço fino da garota, enquanto passava. "Com certeza está tudo bem."

Ela desapareceu pelas portas vai e vem do cinema, deixando Lindi Lee sozinha no foyer. Lindi suspirou. Dean não era o primeiro rapaz a fugir dela apenas porque ela não liberava tudo. Lindi tinha suas próprias ideias de como e quando iria até o fim com um garoto; aquele não era o momento e Dean não era o garoto. Era muito arredio, muito ardiloso, e seu cabelo cheirava a óleo diesel. Se ele tinha fugido, ela não choraria baldes por causa da perda. Como a mãe sempre dizia, havia muitos outros peixes no mar.

Estava encarando o cartaz da atração da semana seguinte, quando ouviu uma batida atrás dela, e havia um coelho malhado, um bichinho gordo e sonolento, sentado no meio do foyer a encarando.

"Olá", disse ela ao coelho.

O coelho se lambeu de forma adorável.

Lindi Lee amava animais; amava Filmes com Aventuras da Vida Real, em que criaturas eram filmadas em seu habitat nativo com trilhas tipo Rossini, e escorpiões dançavam quadrilha enquanto copulavam, e cada filhote de urso era chamado carinhosamente de pequeno tratante. Ela apreciava esse tipo de coisa. Mas acima de tudo amava coelhos.

O coelho deu dois saltos em sua direção. Ela se ajoelhou para acariciá-lo. Era quente e os olhos eram redondos e rosados. Saltitou por ela até as escadas.

"Oh, acho que você não devia subir aí", disse ela.

Para começar, estava escuro no topo das escadas. Além disso, havia uma placa com a inscrição "Particular. Apenas funcionários." na parede. Mas o coelho parecia determinado, e a criatura esperta se manteve bem à frente, enquanto ela a seguia escada acima.

No topo estava um breu completo, e o coelho havia desaparecido.

Havia outra coisa parada no lugar do coelho, com olhos cintilantes.

Com Lindi Lee as ilusões podiam ser simples. Sem necessidade de seduzi-la a uma ficção completa, como o rapaz, essa já era uma sonhadora. Carne fácil.

"Olá", disse Lindi Lee, um pouco assustada com a presença diante de si. Ela olhou para a escuridão, tentando discernir uma silhueta, a sugestão de uma face. Mas não havia nenhuma. Nem mesmo respiração.

Deu um passo para trás, um degrau abaixo, mas ele a alcançou de repente, e a pegou antes que ela tombasse, silenciando-a rápida e intimamente.

Essa não tinha muita paixão para ser roubada, mas ele sentia outro uso para ela. O corpo terno ainda estava florescendo: os orifícios desacostumados a invasões. Ele carregou Lindi pelos poucos degraus remanescentes e a guardou para investigações futuras.

"Ricky? Oh, meu Deus, Ricky!"

Birdy se ajoelhou ao lado do corpo de Ricky e o chacoalhou. Ao menos ainda estava respirando, já era alguma coisa, e embora à primeira vista parecesse ter bastante sangue, na verdade o ferimento era apenas um talho na orelha.

Ela o chacoalhou de novo, com mais força, e não houve resposta. Após uma busca frenética, encontrou o seu pulso: estava forte e regular. Com certeza fora atacado por alguém, possivelmente pelo namorado ausente de Lindi Lee. Aliás, onde ele estava? Talvez ainda no banheiro, armado e perigoso. De modo algum ela seria idiota a ponto de entrar lá para procurar, já vira esse procedimento muitas vezes. Mulher em Perigo: material padrão. O ambiente escuro, a fera caçadora. Bem, em vez de seguir direto para aquele clichê, ela faria o que de tempo em tempo exortava em silêncio às heroínas: desafiar sua curiosidade e ligar para a polícia.

Deixando Ricky lá deitado, subiu pelo corredor, e de volta ao foyer.

Estava vazio. Ou Lindi Lee tinha desistido do namorado de uma vez por todas, ou encontrou outra pessoa na rua para levá-la para casa. Fosse o que fosse, ela tinha fechado a porta da frente ao sair, deixando no ar apenas o cheiro de talco Johnson's Baby. Bem, isso sem dúvidas facilitava as coisas, pensou Birdy, ao adentrar a Bilheteria a fim de ligar para a polícia. Estava um tanto satisfeita em pensar que a garota havia encontrado o senso comum para desistir daquele namoro sem futuro.

Pegou o receptor, e logo alguém atendeu.

"Alô", disse a voz, nasal e insinuante, "está um pouco tarde para ligar, não?"

Não era ninguém da operadora, com certeza. Ela sequer tinha apertado um número.

Além disso, soava como Peter Lorre.

"Quem é?"

"Não me reconhece?"

"Quero falar com a polícia."

"Eu gostaria de ajudar, de verdade."

"Pode sair da linha? É uma emergência! Preciso falar com a polícia."

"Eu te ouvi da primeira vez", prosseguiu.

"Quem é?"

"Você já fez essa fala."

"Tem uma pessoa machucada aqui. Poderia *por favor* —"

"Coitado do Rick."

Ele sabia o nome. Coitado do Rick, disse ele, como um amigo que se importasse.

Ela sentiu o suor na testa: sentiu-o jorrar pelos poros. Ele sabia o nome de Ricky.

"Coitado, coitado do Rick", repetiu a voz. "Mas ainda tenho certeza de que teremos um final feliz. Não é mesmo?"

"É uma questão de vida ou morte", insistiu Birdy, impressionada com a confiança que demonstrava.

"Eu sei", disse Lorre. "Não é empolgante?"

"Vá se foder! Sai da linha! Ou então me ajuda a —"

"A o quê? O que uma gorda que nem você pode fazer em uma situação dessas, além de chorar?"

"Seu doente de merda."

"Às suas ordens."

"Eu te conheço?"

"Sim e não", o tom de voz estava ondulante.

"Você é um amigo de Ricky, é isso? Um dos drogados com quem ele costuma andar. Também é o tipo de babaquice que eles costumavam aprontar. Tudo bem, já fez sua pegadinha", proferiu, "agora sai da linha antes que machuque alguém de verdade."

"Você se sentiu ameaçada", declarou a voz, ficando branda. "Eu compreendo..." A voz estava se alterando de forma mágica, subindo uma oitava, "está tentando ajudar o homem que ama..." Seu tom era feminino agora, o sotaque se alterando, o visco se tornando um ronrom. E de repente era Garbo.

"Coitado do Richard", disse a Birdy. "Ele se esforçou muito, não foi?" Ela soava gentil como um cordeiro.

Birdy ficou atônita: a imitação era tão impecável quanto a de Lorre, tão feminina quanto a primeira fora masculina.

"Certo, certo, estou impressionada", afirmou Birdy, "agora me deixa falar com a polícia."

"Esta não seria uma noite bela e agradável para ir embora a pé, Birdy? Só nós duas."

"Você sabe meu nome."

"Claro que sei o seu nome. Estou muito perto de você."

"Como assim, perto de mim?"

A resposta foi uma risada gutural, a adorável risada de Garbo.

Birdy não podia aguentar mais. O truque era muito bem bolado; ela podia sentir que sucumbia à imitação, como se estivesse falando com a estrela em pessoa.

"Não", respondeu pelo telefone, "você não me convence, está ouvindo?" Então sua raiva aumentou. Ela gritou tão alto "você é falsa!" no bocal do telefone, que sentiu o receptor tremer, e então o bateu. Abriu o Escritório e saiu pela porta externa. Lindi Lee não havia apenas batido a porta atrás dela. Estava trancada e aferrolhada por dentro.

"Merda", disse Birdy baixinho.

De repente o foyer pareceu menor do que ela achava, assim como sua reserva de tranquilidade. Ela deu um tapa no próprio rosto mentalmente, a resposta padrão para uma heroína à beira da histeria. Calcule direito, instruiu a si mesma. Um: a porta estava trancada. Não tinha sido Lindi Lee que fez isso, Ricky não poderia ter feito isso, ela com certeza não fizera isso. O que implicava —

Dois: Havia um maluco lá. Talvez o mesmo, ou a mesma, que estava no telefone. O que implicava —

Três: Ele ou ela deve ter acesso a outra linha, em algum lugar do prédio. A única que ela sabia que existia ficava no andar de cima, no estoque. Mas de maneira alguma ela subiria até lá. Por motivos vide: Heroína em Perigo. O que implicava —

Quatro: Ela precisava abrir a porta com as chaves de Ricky.

Entrou de volta no cinema. Por algum motivo, as luzes da casa estavam se agitando, ou era apenas o pânico em seu nervo ótico? Não, elas estavam piscando um pouco; todo o interior parecia estar flutuando, como se respirasse.

Ignore: pegue as chaves.

Desceu o corredor correndo, ciente, como sempre ficava ao correr, de que os peitos faziam uma dancinha, a bunda também. Sou uma imagem e tanto, pensou ela, para qualquer um com olhos para ver. Ricky estava gemendo em seu desmaio. Birdy procurou pelas chaves, mas o cinto dele havia desaparecido.

"Ricky...", disse ela, perto de seu rosto. Os gemidos se multiplicaram.

"Ricky, está me ouvindo? É Birdy, Rick. *Birdy.*"

"Birdy?"

"Estamos trancados aqui, Ricky. Cadê as chaves?"

"... chaves?"

"Você não está usando seu cinto, Ricky", afirmou, devagar, como que a um idiota, "cadê-suas-chaves?"

O quebra-cabeça que Ricky estava montando em sua cabeça dolorida de repente foi resolvido, e ele se sentou.

"O cara!", falou.

"Que cara?"

"No banheiro. Morto no banheiro."

"Morto? Oh, Cristo. Morto? Tem certeza?"

Ricky estava em uma espécie de transe, parecia. Não olhava para ela, apenas fixava o olhar em um ponto próximo, vendo algo que ela não conseguia.

"Cadê as chaves?", perguntou ela mais uma vez. "*Ricky.* É importante. Concentra."

"Chaves?"

Agora ela sentiu vontade de dar um tapa nele, mas o rosto já estava ensanguentado e isso lhe pareceu sádico.

"No chão", disse após algum tempo.

"Do banheiro? No chão do banheiro?"

Ricky acenou. O movimento da cabeça pareceu desalojar pensamentos terríveis: de repente pareceu que ele ia chorar.

"Vai dar tudo certo", disse Birdy.

As mãos de Ricky encontraram o próprio rosto, e ele tateou seus traços, um ritual de reafirmação.

"Estou aqui?", indagou em voz baixa. Birdy não escutou, indo em direção ao banheiro. Precisava entrar, sem dúvidas, com ou sem corpo lá dentro. Entre, pegue as chaves, saia. *Agora.*

Atravessou a porta. Ocorreu-lhe, ao fazer isso, que ela jamais tinha entrado em um banheiro masculino antes, e sinceramente esperava que fosse a primeira e única ocasião.

O banheiro estava quase todo escuro. A luz piscava do mesmo modo irregular que no cinema, mas em um nível menos intenso. Ela parou diante da porta, deixando os olhos se acostumarem com a escuridão, e examinou o lugar.

O banheiro estava vazio. Não havia nenhum rapaz no chão, morto ou vivo.

Mas as chaves estavam lá. O cinto de Ricky estava jogado no ralo do urinol. Ela o içou, com o cheiro opressivo da pastilha sanitária fazendo seus seios da face doerem. Desvencilhando as chaves da argola, ela saiu do banheiro para o comparativo frescor do cinema. E foi isso, simples assim.

Ricky havia se erguido até um dos assentos, e estava afundado nele, parecendo mais doente e miserável do que nunca. Olhou para cima ao ouvir Birdy se aproximar.

"Peguei as chaves", disse ela.

Ele grunhiu; Meu Deus, parecia doente, pensou ela. Mas parte da solidariedade dela se evaporara. Era óbvio que ele estava tendo alucinações, e elas com certeza tinham origens químicas. Era tudo culpa dele.

"Não tem nenhum cara, Ricky."

"O quê?"

"Não tem nenhum corpo no banheiro; ninguém. O que você andou usando?"

Ricky olhou para as mãos tremendo.

"Não usei nada. Sério."

"Estúpido de merda", disse ela. Meio que suspeitava que ele havia armado algo para ela, mas pegadinhas não eram de seu feitio. Ricky era um puritano ao próprio modo: esse era um de seus atrativos.

"Precisa de um médico?"

Ele balançou a cabeça, amuado.

"Tem certeza?"

"Eu disse que não", disparou de volta.

"Ok, eu só perguntei". Ela já percorria a inclinação do corredor, murmurando algo baixinho. Na porta do foyer parou e gritou para ele.

"Acho que temos um intruso. Havia alguém na extensão do telefone. Pode levantar e vigiar a porta da frente enquanto eu chamo um policial?"

"Um minuto."

Ricky sentou-se sob a luz tremeluzente e examinou sua sanidade. Se Birdy disse que o jovem não estava lá, então presumivelmente ela estava dizendo a verdade. A melhor maneira de verificar isso era ver por conta própria. Então teria certeza de que teve uma pequena crise de realidade causada por alguma droga de má qualidade, depois voltaria para casa, deitaria a cabeça e dormiria, e na tarde seguinte acordaria curado. Porém, ele não queria colocar a cabeça naquele lugar pestilento. E se ela estivesse errada, e se fosse *ela* que estivesse em crise? Não havia coisas como alucinações de normalidade?

Vacilante, ele se levantou, cruzou o corredor e empurrou a porta para abri-la. Estava escuro do lado de dentro, mas ele podia ver o bastante para saber que não tinha nenhuma tempestade de areia, ou jovens mortos, ou caubóis armados, sequer um único arbusto rolante. Que coisa, pensou, a minha mente. Ter criado um mundo alternativo tão assustador assim. Era um truque maravilhoso. Uma pena que não tivesse utilidade melhor que fazê-lo se borrar de susto. Você ganha umas, perde outras.

E então viu o sangue. Nos azulejos. Uma mancha de sangue que não tinha saído de sua orelha cortada, pois era uma grande quantidade. Rá! De fato não tinha imaginado aquilo. Havia sangue, marcas de calcanhares, cada sinal que ele pensara ter visto, de fato vira. Mas Deus do Céu, o que era pior? Ver ou não ver? Não seria melhor estar errado, e apenas um tanto chapado esta noite, do que certo e nas mãos de um poder que podia mudar o mundo?

Ricky olhou para o rastro de sangue, e o seguiu até o outro lado do piso do banheiro, ao cubículo à esquerda de sua visão. A porta estava fechada: havia sido aberta antes. O assassino, seja quem fosse, havia colocado o jovem ali, Ricky soube sem precisar olhar.

"Ok", disse, "Agora te peguei."

Empurrou a porta. Ela girou e lá estava o jovem, escorado na privada, pernas abertas, braços frouxos.

Os olhos tinham sido arrancados. Sem limpeza: não era obra de um cirurgião. Haviam sido puxados para fora, deixando um fio de partes internas no queixo dele.

Ricky pôs a mão na boca e disse a si mesmo que não vomitaria. Seu estômago se revirou, mas obedeceu, e ele correu até a porta do banheiro como se a qualquer momento o corpo fosse se levantar e pedir o dinheiro da entrada de volta.

"Birdy... Birdy..."

A vadia gorda estava errada, completamente errada. Havia morte ali, e pior.

Ricky se jogou para fora do banheiro e para dentro do corpo do cinema.

As luzes das paredes dançavam com suavidade atrás dos lustres *déco*, tremeluzindo como velas prestes a se apagarem. A escuridão seria demais; ele enlouqueceria.

Havia, ocorreu-lhe, algo familiar no modo como as luzes piscavam, algo no qual ele não podia colocar o dedo. Ele ficou no corredor por um momento, desamparado e perdido.

Então surgiu a voz; e embora ele achasse que desta vez fosse a morte, olhou para cima.

"Olá, Ricky", disse ela ao percorrer a fileira E em sua direção. Não era Birdy. Não, Birdy jamais usaria um vestido branco tão leve, jamais tivera lábios cheios, ou cabelo tão fino, os olhos tão docemente promissores. Era Monroe que estava indo em sua direção, a rosa maldita da América.

"Não vai falar comigo?", repreendeu ela com gentileza.

"... hum..."

"Ricky. Ricky. Ricky. Há quanto tempo!"

Há quanto tempo? Como assim: há quanto tempo?

"Quem é você?"

Ela deu um sorriso radiante para ele.

"Como se não soubesse."

"Você não é Marilyn. Marilyn está morta."

"Ninguém morre nos filmes, Ricky. Você sabe disso tão bem quanto eu. Sempre dá para rebobinar o celuloide —"

Era isso que o bruxuleio lhe lembrava, a luz do celuloide pelo tubo de um projetor, uma imagem quente do outro lado, a ilusão da vida criada a partir de uma sequência perfeita de pequenas mortes.

"—e aqui estamos de volta, só falando e cantando." Ela riu: uma risada como gelo em um copo, "nunca erramos nossas falas, nunca envelhecemos, nunca perdemos nossa entrada —".

"Você não é real", disse Ricky.

Ela pareceu um pouco entediada com a observação, como se ele estivesse sendo pedante.

Agora alcançava o final da fileira e estava a menos de um metro dele. A essa distância, a ilusão era arrebatadora e completa como nunca. De repente ele sentiu vontade de agarrá-la ali mesmo no corredor. Que importava se ela fosse apenas uma ficção: dá para foder com ficções, se você não deseja o casamento.

"Eu quero você", disse ele, surpreso com a própria brusquidão.

"E eu quero *você*", respondeu ela, o que o surpreendeu ainda mais. "Na verdade, preciso de você. Estou muito fraca."

"Fraca?"

"Não é fácil ser o centro das atenções, sabe? Você acha que precisa disso, mais e mais. Precisa que as pessoas olhem pra você. A noite inteira, o dia inteiro."

"Estou olhando."

"Sou bonita?"

"Você é uma deusa; seja quem for."

"Sou sua: é isso que sou."

Foi uma resposta perfeita. Ela estava se definindo por meio dele. Sou uma função para você; feita para você, de você. A fantasia perfeita.

"Continue olhando para mim; olhando *para sempre*, Ricky. Preciso de seus olhares amorosos. Não consigo viver sem eles."

Quanto mais ele olhava para ela, mais forte a imagem parecia ficar. A luz quase havia parado de tremer; uma calma se assentara no local.

"Quer tocar em mim?"

Ele pensou que ela nunca pediria.

"Sim", respondeu.

"Bom." Ela deu um sorriso persuasivo na direção dele, e ele esticou o braço para fazer contato. Com elegância, ela evitou a ponta de seus dedos no último momento, e correu sorridente pelo corredor, em direção à tela. Ele a seguiu com avidez. Ela queria um joguinho: por ele tudo bem.

Ela correu para um beco sem saída. Não havia saída nesse lado do cinema, e a julgar pelos chamados que dava, ela sabia disso. Ela se virou e se achatou na parede com os pés um pouco espaçados.

Ele estava a alguns metros dela, quando do nada uma brisa fez a saia dela subir até a cintura. Ela riu, fechando os olhos um pouco, enquanto a ondulação de seda rosa a expunha. Estava nua por debaixo.

Ricky esticou o braço para ela de novo, e dessa vez ela não evitou o seu toque. O vestido subiu um pouco mais e ele encarou, fixado, a parte de Marilyn que ele jamais vira, a divisão de pelos que tinha sido o sonho de milhões.

Havia sangue. Não muito, algumas marcas de dedos na parte interior das coxas. O lustro impecável de sua carne estava um pouco manchado. Ainda assim, ele olhava; e os lábios se partiram um pouco quando ela moveu a cintura, e ele percebeu que o brilho de umidade dentro dela não era dos fluidos de seu corpo, mas de algo completamente diverso. Quando seus músculos moveram os olhos ensanguentados que ela havia escondido dentro do corpo, eles remexeram até descansarem sobre ele.

Ela soube pelo olhar no rosto dele que não os escondera bem o bastante, mas onde uma garota com pouco mais que um véu de tecido cobrindo sua nudez poderia ocultar os frutos de seu labor?

"Você que matou o rapaz", disse Ricky, ainda olhando para os lábios, e os olhos que escrutinavam o centro. A imagem era tão chamativa, tão pristina, que quase cancelava o horror na barriga dele. Sua repugnância alimentava sua luxúria com perversidade, em vez de acabar com ela. E daí que ela *fosse* uma assassina: ela era uma lenda.

"Me ame", disse ela. "Me ame para sempre."

Ele foi até ela, agora certo de que significava a morte fazer isso. Mas a morte era uma questão relativa, não era? Marilyn estava morta na carne, mas viva ali, seja em seu cérebro, ou na matriz sibilante do ar, ou nas duas coisas; e ele podia ficar com ela.

Ele a abraçou, e ela também. Beijaram-se. Foi fácil. Os lábios dela eram mais macios que o imaginado, e ele sentiu algo na virilha semelhante a uma dor, tamanho o desejo de penetrá-la.

Braços finos como bastões de críquete envolveram sua cintura, e ele estava por cima da carne seca.

"Você me torna forte", disse ela. "Olhando para mim assim. Preciso que olhem para mim, ou então eu morro. É o estado natural das ilusões."

O abraço se apertou; os braços às costas dele não pareciam mais com bastões de críquete. Ele lutou um pouco contra o desconforto.

"Inútil", arrulhou ela em seu ouvido. "Você é meu."

Ele puxou a cabeça de lado para ver o aperto dela, e para seu espanto os braços não eram mais braços, apenas um laço em volta de suas costas, sem mãos ou dedos ou pulsos.

"Jesus Cristo!", disse.

"Olhe para mim, garoto", ordenou ela. As palavras tinham perdido sua delicadeza. Não era mais Marilyn que o tinha nos braços: nada parecido como ela. O abraço se apertou mais, e o fôlego foi retirado à força do corpo de Ricky, e esse aperto forte evitou que entrasse mais ar. Sua espinha estalou sob a pressão, e a dor percorreu seu corpo como chamas, explodindo em seus olhos todas as cores.

"Você devia ter saído da cidade", disse Marilyn, enquanto o rosto de Wayne florescia sob a firmeza de suas bochechas perfeitas. Seu olhar era de desprezo, mas Ricky teve apenas um momento para registrá-lo, antes que aquela imagem também se rachasse, e algo mais veio a foco atrás de sua fachada de faces famosas. Pela última vez em sua vida, Ricky fez a pergunta:

"Quem é você?"

Seu captor não respondeu. Estava se alimentando de seu fascínio; enquanto o encarava, órgãos gêmeos entraram em erupção para fora de seu corpo, como os chifres de uma lesma, talvez antenas, assumindo a forma de fios e cruzando o espaço entre sua cabeça e a de Ricky.

"Preciso de você", disse, a voz agora não era nem de Wayne nem de Monroe, mas uma voz crua e inculta, a voz de um bandido. "Sou a merda de um fracote; isso acaba comigo, estar no mundo."

Era uma prioridade sua, alimentar-se, seja do que for, de seus olhares, uma vez adoradores — agora horrorizados. Ricky pôde senti-lo drenando sua vida pelos olhos, luxuriando-se com os olhares cheios de alma ele entregava ao perecer.

Ele sabia que devia estar quase morto, pois não tomava fôlego em muito tempo. Parecia minutos, mas ele não podia ter certeza.

Exatamente enquanto tentava escutar o som do próprio coração, os chifres se dividiram em volta de sua cabeça e se enfiaram em seus ouvidos. Mesmo nesse devaneio, a sensação era nauseante, e ele queria gritar para fazer parar Mas os dedos estavam tentando entrar na cabeça dele, estourando seus tímpanos, e atravessando seu cérebro e seu crânio como tênias inquisitivas. Ele estava vivo, mesmo agora, ainda encarando seu atormentador, e sabia que os dedos procuravam por suas órbitas, e agora as pressionava por detrás.

Seus olhos se arregalaram de repente, e saíram da morada, pulando para fora das órbitas. Por um instante, ele viu o mundo de um ângulo diferente, conforme seu senso de visão cascateava por sua bochecha. Ali estava seu lábio, seu queixo —

Foi uma experiência pavorosa, mas piedosamente curta. Então, o filme que Ricky viveu por trinta e sete anos surgiu em uma bobina média, e ele desabou nos braços da ficção.

A sedução e a morte de Ricky levaram menos de três minutos. Nesse meio-tempo, Birdy testara cada chave da argola de Ricky, e não conseguira fazer nenhuma das malditas coisas abrirem a porta. Caso não houvesse persistido, ela poderia ter voltado para dentro do cinema e pedido ajuda. Mas objetos mecânicos, mesmo trancas e chaves, eram um desafio à sua feminilidade. Ela desprezava o modo como homens sentiam uma superioridade instintiva sobre seu sexo em relação a mecanismos, sistemas e processos lógicos, e ela que não ia voltar choramingando até Ricky para lhe dizer que não conseguia abrir a porra da porta.

Àquela altura, tinha desistido do trabalho, assim como Ricky. Ele estava morto, já era. Ela xingou coloridamente as chaves e aceitou a derrota. Era fato que Ricky tinha jeito para essas porcarias que ela nunca conseguia resolver direito. Boa sorte para ele. Tudo o que ela queria agora era sair daquele lugar. Estava ficando claustrofóbica. Não gostava de ficar trancada sem saber quem estava perambulando no andar de cima.

E agora, ainda por cima, as luzes no foyer estavam com algum problema, enfraquecendo piscada a piscada.

Que diabos estava acontecendo naquele lugar?

Sem aviso, as luzes desapareceram todas, e do outro lado das portas, dentro do cinema, ela tinha certeza de que ouvira um movimento. Uma luz se derramou vinda do outro lado, mais forte que uma tocha, convulsiva, colorida.

"Ricky?", arriscou dizer para o escuro. Ele pareceu engolir suas palavras. Embora ela não acreditasse que fosse Ricky, algo lhe dizia que deveria chamá-lo, se preciso fosse, com um sussurro.

"Ricky...?"

Os lábios das portas vai e vem se beijaram com gentileza enquanto algo as pressionava do outro lado.

"... é você?"

O ar estava elétrico: a estática estalava dos sapatos enquanto ela andava em direção à porta, os pelos dos braços eriçados. A luz do outro lado ficava mais forte a cada passo.

Ela parou de avançar, pensando muito em suas indagações. Não era Ricky, sabia disso. Talvez fosse o homem ou mulher do telefonema, algum lunático com olhos de pedra que se excitava perseguindo mulheres gordas.

Ela deu dois passos em direção à Bilheteria, os pés faiscando, e pegou debaixo do balcão o Filho da Puta, uma barra de ferro que ela guardava lá desde que fora presa no Escritório por três aspirantes a ladrões com cabeças raspadas e furadeiras elétricas. Ela os escorraçara com um grito estridente, mas jurou que da próxima vez deixaria um deles (ou todos) inconsciente, em vez de ficar aterrorizada. E o Filho da Puta, com um metro de comprimento, foi a arma escolhida por ela.

Agora armada, encarou as portas.

Elas se abriram de vez, e um bramido de ruído branco encheu sua cabeça. Uma voz através do bramido disse:

"Estou olhando pra você, jovem."

Um olho, um único olho gigante, preenchia todo o espaço da porta. O barulho a ensurdecia; o olho piscava, enorme e úmido e ocioso, examinando a boneca em sua frente com a insolência do Único Deus Verdadeiro, o criador da Terra de celuloide e o Céu de celuloide.

Birdy ficou apavorada, não havia outra palavra para isso. Não era um susto do tipo olhe-para-trás, não havia antecipação deliciosa, medo prazeroso. Era o pavor real, o pavor nas entranhas, sem adornos e feio pra caralho.

Podia escutar a si mesma gemendo sob o exame implacável do olho, com as pernas fraquejando. Logo cairia no carpete, na frente da porta, e seria o seu fim, com certeza.

Então se lembrou de Filho da Puta. Caro Filho da Puta, abençoado seja seu coração fálico. Ela ergueu a barra, segurando com as duas mãos, e correu até o olho, brandindo-a.

Antes de ela acertá-lo, o olho se fechou, a luz se apagou, e ela voltou ao escuro, a retina ardendo com a visão.

No escuro, alguém disse: "Ricky está morto".

Só isso. Era pior que o olho, pior que todas as vozes mortas de Hollywood, pois ela sabia que de alguma forma era verdade. O cinema se tornara um matadouro. O Dean de Lindi Lee havia morrido, como Ricky dissera, e agora Ricky também estava morto. As portas estavam todas trancadas, o jogo se reduzira a dois lados. Ela e o olho.

Ela correu até o topo das escadas, sem saber bem qual o seu plano de ação, mas certa de que permanecer no foyer seria um ato suicida. Quando o seu pé tocou o primeiro degrau, a porta vai e vem suspirou atrás dela e algo passou a persegui-la, rápido e tremeluzente. Estava a um ou dois passos atrás dela, que subia as escadas sem fôlego, xingando o próprio corpo. Espasmos de luz intensa perpassaram seu corpo como os primeiros brilhos incandescentes de um fogo de artifício. A coisa estava preparando outro truque, ela tinha certeza.

Ela alcançou o topo das escadas com seu admirador ainda aos seus calcanhares. À frente, o corredor, iluminado por uma única lâmpada suja, prometia pouquíssimo conforto. Percorria toda a extensão do cinema, e havia poucas salas de estoque fora dele, cheias de bugigangas:

cartazes, óculos 3D, fotografias de produção emboloradas. Em um dos estoques havia uma saída de incêndio, ela tinha certeza. Mas qual? Estivera lá apenas uma vez, dois anos antes.

"Merda. Merda. Merda", disse ela. Correu até o primeiro estoque. A porta estava trancada. Bateu nela, protestando. Permaneceu trancada. O mesmo para a seguinte. O mesmo para a terceira. Ainda que ela pudesse se lembrar qual sala de estoque continha a saída de emergência, as portas eram pesadas demais para serem arrombadas. Com dez minutos e a ajuda do Filho da Puta, talvez pudesse conseguir. Mas o Olho estava às suas costas: ela não tinha nem dez segundos, veja lá dez minutos.

Não havia nada a fazer, exceto o confronto. Ela girou sobre os calcanhares, uma reza nos lábios, a face para a escadaria e seu perseguidor. O patamar estava vazio.

Ela encarou o arranjo abandonado de lâmpadas apagadas e tinta descascada como que para descobrir o invisível, mas a coisa não estava em sua frente, na verdade, estava atrás. O brilho ressurgiu às suas costas, e desta vez o fogo de artifício acendeu, o fogo se tornou luz, a luz se tornou imagem, e glórias quase esquecidas por ela eram derramadas pelo corredor em sua direção. Cenas soltas de mil filmes: cada uma com sua associação única. Ela começou, pela primeira vez, a compreender as origens dessa espécie memorável. Ele era um fantasma da maquinaria do cinema: um filho de celuloide.

"Entregue-me a sua alma", disseram as mil estrelas.

"Não acredito em alma", respondeu ela, dizendo a verdade.

"Então me dê o que você dá à tela, o que todos dão. *Me dê um pouco de amor.*"

É por isso que todas essas cenas estavam passando, e reprisando, e passando de novo, em sua frente. Eram todos os momentos em que uma audiência se unia de forma mágica diante da tela, sangrando por seus olhos, olhando e olhando e olhando. Ela mesmo fizera isso com frequência. Via um filme e se comovia tão profundamente com ele que era quase uma dor física quando os créditos finais rolavam e a ilusão se rompia, pois sentia que tinha deixado para trás algo de si, uma parte de seu ser interior perdido lá dentro, entre seus heróis e heroínas.

Talvez tivesse mesmo. Talvez o ar transportasse a carga de seus desejos e a depositasse em algum lugar, intermeada com a carga de outros corações, todos se reunindo em algum nicho, até —

Até isso. Esse filho de paixões coletivas: esse sedutor em technicolor; trivial, grosseiro, e completamente encantador.

Muito bem, pensou ela, uma coisa é compreender seu carrasco: outra coisa bem diferente é convencê-lo a largar suas obrigações profissionais.

Enquanto desvendava o enigma, ela conferia as imagens na coisa: não conseguia evitar. Vislumbres excitantes de vidas que ela vivera, faces que amara. Mickey Mouse dançando com uma vassoura, Gish em *Lírio Partido*, Garland (com Toto ao lado) observando o tornado que ameaçava o Kansas, Astaire em *O Picolino*, Welles em *Kane*, Brando e Crawford, Tracy e Hepburn — pessoas tão gravadas em nossos corações que não precisavam dos primeiros nomes. E era muito melhor ser atiçada por esses momentos, que mostravam apenas o derretimento prévio ao beijo, mas não o beijo em si: o tapa, não a reconciliação; a sombra, não o monstro; o ferimento, não a morte.

Ele a dominou, sem dúvidas. Ela estava presa por seus olhos, como se ele os tivesse arrancado dos nervos e os acorrentado.

"Sou bonito?", perguntou.

Sim, era bonito.

"Por que não se entrega a mim?"

Ela não estava mais pensando, seus poderes de análise haviam sido drenados de si, até surgir no monte de imagens algo que a fez despertar para si mesmo. *Dumbo*. O elefante gordo. O elefante gordo *dela*: não mais que isso, o elefante gordo que ela achava que *era* ela.

A maldição se quebrou. Ela desviou o olhar da criatura. Por um momento, pelo canto do olho, ela viu algo doentio e sórdido do outro lado do brilho. Eles a chamavam de Dumbo na infância, todas as crianças do quarteirão. Ela tinha vivido com esse ridículo horror cinzento por vinte anos, sem jamais conseguir se livrar disso. O corpo gordo dele lembrava o dela, seu olhar perdido, o da isolação dela. Ela pensou nele aninhado no tronco da mãe, condenado como um Elefante Louco, e desejava bater no bicho sentimental até ele perder os sentidos.

"É a porra de uma mentira!", expeliu.

"Não sei do que você está falando", protestou a coisa.

"O que há por detrás de todo esse espetáculo? Acho que algo muito asqueroso."

A luz começou a piscar, a sequência de trailers travando. Ela podia ver outra forma, pequena e escura, espreitando atrás das cortinas de luz. Havia dúvida nela. Dúvida e medo de morrer. Ela com certeza podia sentir o cheiro do medo daquilo a dez passos.

"Quem é você aí debaixo?"

Ela deu um passo em sua direção.

"O que está escondendo? Hein?"

Descobriu uma voz. Uma voz assustada, humana. "Você não tem nenhum problema comigo."

"Você tentou me matar."

"Quero viver."

"Eu também."

Estava ficando escuro nessa ponta do corredor, e havia um cheiro velho e ruim lá, de podridão. Ela conhecia a podridão, e essa era de algum animal. Na última primavera mesmo, quando a neve derretera, ela havia encontrado algo muito morto no quintal atrás de seu apartamento. Um cão pequeno ou um gato grande, era difícil ter certeza. Algo doméstico que havia morrido de frio das neves repentinas do último dezembro. Agora estava sitiado por larvas: amareladas, acinzentadas, rosadas: uma máquina voadora pálida com mil partes móveis.

Tinha em sua volta o mesmo fedor prolongado. Talvez de algum modo fosse a carne por trás da fantasia.

Tomando coragem, os olhos ainda ardendo com o Dumbo, ela avançou em direção à imagem ondulante, Filho da Puta erguido, caso a coisa tentasse alguma gracinha.

As tábuas sob seus pés estalaram, mas ela estava demasiado interessada em sua presa para escutar esses avisos. Estava na hora de dominar esse assassino, chacoalhá-lo e obrigá-lo a cuspir fora seus segredos.

Já haviam quase passado pelo comprimento do corredor agora, ela avançando, a coisa recuando. Não tinha mais nenhum lugar aonde ir.

De repente, o chão de madeira se rompeu em fragmentos de serragem sob o peso dela e ela estava atravessando o chão em uma nuvem de poeira. Ela soltou o Filho da Puta ao tentar se segurar em algo, mas as estruturas estavam corroídas de cupim, e tudo se esfarelou nas mãos dela.

Ela desabou sem jeito e bateu com força em algo macio. Lá embaixo, o cheiro de podridão estava muito mais forte, repuxava o estômago para a garganta. Ela esticou o braço na escuridão, e em todos os lados havia limo e frio. Sentiu-se como se tivesse sido jogada em uma caixa de peixes parcialmente estripados. Acima dela, a luz ansiosa brilhou pelas tábuas e bateu em seu lugar de pouso. Ela olhou, embora Deus soubesse que não queria, e descobriu que estava deitada sobre os restos de um homem, seu corpo espalhado pelos seus devoradores por uma área e tanto. Ela queria uivar. Seu instinto era arrancar a saia e a blusa, ambas pegajosas com a gosma; mas não podia andar nua, não em frente ao filho do celuloide.

Ele ainda olhava para ela, lá em cima.

"Agora você sabe", disse ele, perdido.

"Este é você —"

"Esse é o corpo que uma vez ocupei, sim. Seu nome era Barberio. Um criminoso; nada espetacular. Jamais aspirou à grandeza."

"E você?"

"Seu câncer. Sou a parte dele que de fato aspirava, que de fato ansiava ser mais que uma mera célula. Sou uma doença sonhadora. Não é por acaso que amo o cinema."

O filho de celuloide estava chorando à beira do piso quebrado, seu corpo verdadeiro exposto, agora que não tinha razão para fabricar uma glória.

Era um ser nojento, um tumor crescido em uma paixão desperdiçada. Um parasita com forma de lesma, e a textura de um fígado cru. Por um momento, uma boca desdentada, toda embolorada, se formou na ponta de sua cabeça e disse: "Encontrarei uma nova maneira de devorar a sua alma".

Ele se jogou no vão ao lado de Birdy. Sem seu casaco reluzente em technicolor, tinha o tamanho de uma criança pequena. Ela recuou enquanto ele esticava uma antena para tocá-la, a fuga era uma opção limitada. O vão era estreito, e mais adiante estava bloqueado com o que parecia ser algumas cadeiras quebradas e missais descartados. Não havia saída, a não ser pelo caminho por onde ela viera, a cinco metros acima de sua cabeça.

Hesitante, o câncer tocou os seus pés, e ela vomitou. Não conseguiu evitar, ainda que sentisse vergonha por ceder a reações primitivas como essa. Jamais sentira tanta repulsa; remetia-lhe a algo abortado, a lixo.

"Vai pro inferno", exclamou, chutando sua cabeça, mas ele continuava a se aproximar, sua massa diarreica prendendo as pernas dela. Era possível sentir a agitação de suas entranhas quando ele subiu sobre ela.

Seu corpo sobre a barriga e virilha dela era quase sexual, e a repugnou enquanto sua própria cadeia de pensamentos se perguntou se uma coisa daquelas aspirava a sexo. Algo na insistência de suas hastes, assumindo formas e mais formas ao tocar sua pele, tateando com ternura sob sua blusa, se esticando para tocar os seus lábios, apenas fazia sentido enquanto desejo. Que venha, então, pensou ela, que venha se for preciso.

Enfrentando o tempo inteiro a ânsia de vômito, ela o deixou rastejar sobre si, até que ele estivesse completamente empoleirado em seu corpo — e então ela efetivou sua armadilha.

Rolou por cima dele.

Pesava cem quilos na última vez que havia checado, e agora com certeza pesava mais. A coisa debaixo dela podia pensar como ou por qual razão isso tinha acontecido, e seus poros pingavam um fluido de tumores nojento.

Ele lutava, mas não conseguia sair de debaixo dela, por mais que se contorcesse. Birdy cravou as unhas nele e começou a rasgar suas laterais, arrancando nacos, nacos esponjosos que fizeram mais fluidos jorrarem. Seus uivos de raiva se tornaram uivos de dor. Após um momento, a doença sonhadora parou de lutar.

Birdy ficou deitada por um momento. Debaixo dela, nada se movia.

Por fim se levantou. Era impossível saber se o tumor estava morto. Não estava, por quaisquer padrões conhecidos por ela, vivo. Além disso, ela não tocaria nele de novo. Preferia lutar com o Diabo em pessoa a abraçar o câncer de Barberio uma segunda vez.

Ela olhou para o corredor acima dela e se desesperou. Agora haveria de morrer ali, como Barberio morreu antes dela? Então, ao olhar para o adversário abaixo de si, percebeu a grade. Não estava visível quando ainda era noite lá fora. Agora o alvorecer surgia, e colunas de uma luz turva se infiltravam através da treliça.

Curvou-se até a grade e a empurrou com força, e de repente o dia estava no vão com ela, em sua volta. Espremeu-se para atravessar a portinhola, e ficou a cada momento achando que sentia a coisa rastejando a seus pés, mas voltou ao mundo com apenas os peitos machucados para reclamar.

O lote abandonado não havia se alterado tanto desde a visita de Barberio. Apenas tinha mais mato. Ela parou por um momento, resfolegando ar fresco, e então foi até a cerca e a rua depois dela.

Ao voltar para casa, a gorda de aspecto estropiado e com roupas fedorentas repeliu tanto os cães como os jovens entregadores de jornais.

Três: cenas censuradas

Não foi o fim.

A polícia foi ao Movie Palace logo depois das 9h30. Birdy foi com eles. A busca revelou os corpos mutilados de Dean e Ricky, assim como os restos mortais de "Sonny" Barberio. No andar de cima, no canto do corredor, encontraram um sapato cor de cereja.

Birdy não disse nada, mas sabia. Lindi Lee não tinha ido embora.

Ela foi posta em julgamento por um homicídio duplo que ninguém achava que cometera, e foi absolvida por falta de provas. A ordem da corte foi que ela ficasse sob observação psiquiátrica por um período de ao menos dois anos. A mulher pode não ter cometido assassinato, mas estava claro que era uma lunática delirante. Histórias sobre cânceres ambulantes não melhoram a reputação de ninguém.

No começo do verão do ano seguinte, Birdy ficou uma semana sem comer. A maior parte da perda de peso naquela época foi de água, mas era o suficiente para encorajar seus amigos de que ela enfim enfrentaria o Grande Problema.

Naquele fim de semana ela desapareceu por vinte e quatro horas.

Birdy encontrou Lindi Lee em uma casa abandonada em Seattle. Não havia sido tão complicado rastreá-la: nesses dias era difícil para a coitada da Lindi manter controle sobre si mesma, veja lá evitar pretensos perseguidores. Tal como ocorreu, seus pais tinham desistido dela vários meses antes. Apenas Birdy continuou a busca, pagando por um investigador para rastrear a garota, e por fim sua paciência foi recompensada, com a vista de uma beleza frágil, mais frágil que nunca, porém ainda bela, sentada nesse quarto vazio. Moscas empesteavam o ar. Um tolete de merda, talvez humano, estava no meio do chão.

Birdy pegou uma arma antes de abrir a porta. Lindi Lee olhou para cima e saiu dos pensamentos dela, ou talvez dos pensamentos *da coisa*, e sorriu para ela. O cumprimento durou apenas um momento, antes do parasita em Lindi Lee reconhecer o rosto de Birdy e ver a arma em sua mão, e saber exatamente o que ela faria.

"Bem", disse, levantando-se para se encontrar com a visita.

Os olhos de Lindi Lee estouraram, a boceta e o cu, os ouvidos e o nariz, tudo estourou, e o tumor jorrou para fora dela em chocantes riachos rosas. A coisa saiu de seus seios sem leite, de um corte em seu polegar, de uma escoriação na coxa. Por onde quer que houvesse uma abertura em Lindi Lee, ela saiu.

Birdy ergueu a arma e disparou três vezes. O câncer se esticou uma vez em sua direção, caiu para trás, cambaleou e desabou. Assim que ficou inerte, Birdy com calma pegou a garrafa de ácido do bolso, desenroscou a tampa e esvaziou seu conteúdo solvente no membro humano e no tumor. A coisa não deu nenhum grito ao dissolver, e ela o deixou lá, em um trecho de sol, uma fumaça pungente subindo da confusão.

Ela saiu para a rua, com dever cumprido, e seguiu seu caminho, confiantemente planejando viver por muito mais tempo, após os créditos dessa comédia em particular terminarem.

O que faz com que a Terra se pareça com o Inferno é a nossa expectativa de que ela deveria se parecer com o Paraíso.
— *Chuck Palahniuk* —

RAWHEAD REX

De todos os exércitos conquistadores que pisaram sobre as ruas de Zeal ao longo dos séculos, no fim foi o passo leve do andante dominical que deixou o vilarejo de joelhos. Ele tinha suportado as legiões romanas, a conquista normanda e sobreviverá às agonias da Guerra Civil sem perder a identidade para as forças ocupantes. Mas após séculos de botas e lâminas, foram os turistas — os novos bárbaros — que venceram Zeal, usando como armas a cortesia e o dinheiro vivo.

 Era idealmente adequada à invasão. A 60 quilômetros ao sudeste de Londres, em meio a pomares e plantações de lúpulo dos Campos de Kent, ficava longe da cidade o bastante para tornar a viagem uma aventura, mas perto o bastante para uma rápida retirada, caso o clima piorasse. Em todas as semanas entre maio e outubro, Zeal era um cano de irrigação para londrinos ressequidos. Eles enchiam o vilarejo em cada sábado com promessa de sol, trazendo seus cães, suas bolas de plástico, seus lixos de crianças e o lixo das crianças também, desaguando em hordas ruidosas sobre o verdume do vilarejo, então retornando ao pub The Tall Man para comparar histórias do trânsito, movidos a copos de cerveja quente.

De sua parte, os habitantes de Zeal não estavam inapelavelmente cansados dos viajantes dominicais; ao menos eles não derramavam sangue. Só que sua própria mansidão tornava a invasão bem mais insidiosa.

Aos poucos, essas pessoas cansadas da cidade começaram a efetivar uma mudança suave, porém permanente para o vilarejo. Muitos punham seus corações em um lar do interior; encantavam-se com alguns casebres de pedra construídos em meio a carvalhos agitados, e encantavam-se com pombos nos teixos do átrio da igreja. Mesmo o ar, diziam, respirando fundo, mesmo o ar cheira mais fresco aqui. Cheira à Inglaterra.

Começou com poucos, depois muitos, fazendo propostas pelos celeiros vazios e casas abandonadas espalhados por Zeal e seus arredores. Eles podiam ser vistos em cada fim de semana de tempo bom, parados nos arbustos e pedregulhos, planejando como construir uma extensão da cozinha e onde instalar a jacuzzi. E embora muitos deles, uma vez de volta ao conforto de Kilburn ou de St. John's Wood, preferissem permanecer lá, a cada ano um ou dois acertavam uma barganha razoável com algum dos habitantes do vilarejo, e compravam um acre da boa vida.

Então, conforme os anos se passavam e os nativos de Zeal eram atingidos pela velhice, os selvagens civis tomaram sua posição. A ocupação foi sutil, mas a mudança foi evidente, ao olho sabido. Ela estava ali, nos jornais que os Correios começaram a estocar — que nativo de Zeal comprava um exemplar da revista *Harpers and Queen*, ou folheava o *Times Literary Supplement*? Estava ali, essa mudança, nos carros novos e brilhantes que entupiam a única ruela, estreita, zombeteiramente chamada de Rodovia, que era o espinhaço de Zeal. Também estava ali, no zumbido da fofoca no The Tall Man, um sinal claro de que os negócios dos forasteiros haviam se tornado um assunto adequado de debate e de escárnio.

Na verdade, com o passar do tempo, os invasores encontraram um lugar ainda mais permanente no coração de Zeal, conforme os demônios perenes de suas vidas hereges, o Câncer e os Problemas do Coração, cobravam sua taxa, seguindo suas vítimas até mesmo nessa terra recém-descoberta. Como os romanos antes deles, como os normandos, como todos os invasores, os viajantes deixavam sua marca mais profunda nessa turfa usurpada, não ao construírem nela, mas ao serem nela enterrados.

Estava úmido na metade daquele mês de setembro, o último setembro de Zeal.

Thomas Garrow, filho único do falecido Thomas Garrow, suava com uma sede saudável enquanto cavava no canto do Campo de Três Acres. Ocorrera uma tempestade violenta no dia anterior, quinta-feira, e a terra estava encharcada. Limpar o terreno para a plantação do ano seguinte não era um trabalho tão mole quanto Thomas pensara que seria, mas ele jurara por tudo que terminaria o serviço no campo antes do fim da semana. Era um trabalho pesado, arrancar as pedras, e separar os detritos do maquinário antiquado que o pai, preguiçoso de uma figa, deixara parado, pegando ferrugem. Devem ter sido anos bons, pensou Thomas, anos excelentes, a ponto de o pai ter condições de deixar se perder maquinário de qualidade. Pensando bem, que ele tivesse condições de deixar sem cultivo a maior parte de três acres; um solo bom e fértil, ainda por cima. Afinal, era o Jardim da Inglaterra: a terra era dinheiro. Deixar três acres sem cultivo era um luxo a que ninguém poderia se dar nesses tempos duros. Mas, Jesus, que trabalho duro: o tipo de trabalho que o pai lhe obrigara a exercer na juventude, e que ele odiava com uma vingança desde então.

Ainda assim, precisava ser feito.

E o dia tinha começado bem. O trator estava funcionando melhor depois da revisão, e o céu matinal estava abarrotado de gaivotas vindas da costa em busca de refeições com minhocas recentemente escavadas. Elas lhe faziam uma companhia rouca, enquanto ele trabalhava, a insolência e o temperamento curto delas sempre um entretenimento.

Mas então, quando ele voltou ao campo após um almoço líquido no The Tall Man, as coisas começaram a dar errado. Para começar, o motor começou a desligar, o mesmo problema pelo qual ele tinha acabado de gastar 200 libras para consertar; e então, apenas alguns minutos depois de voltar ao trabalho, ele encontrou a pedra.

Era uma protuberância nada espetacular; talvez trinta centímetros saindo do solo, seu diâmetro visível a poucos centímetros de um metro, a superfície lisa e nua. Nem mesmo líquen; em sua face apenas alguns sulcos que já poderiam ter sido palavras. Talvez uma carta de amor, mais provavelmente um "Kilroy esteve aqui", e uma data e um nome, ainda mais provável que tudo. O que quer que tivesse sido, monumento ou marco, agora estava no meio do caminho. Ele teria de cavar, ou no ano seguinte perderia três belos metros de terra cultivável. De modo algum um arado poderia desviar de um pedregulho daquele tamanho.

Thomas se surpreendeu que aquele troço maldito tivesse ficado no campo por tanto tempo sem que ninguém se importasse em retirá-lo. Mas também fazia muito tempo desde que o Campo de Três Acres fora cultivado: com certeza não em seus trinta e seis anos de vida. E talvez, agora que ele pensava no assunto, tampouco durante a vida de seu pai. Por algum motivo (se ele chegara a saber a razão, tinha se esquecido) esse trecho de terra dos Garrow passara muitas estações, talvez até mesmo gerações, sem cultivo. Na verdade, cutucava o fundo de seu crânio a suspeita de que alguém, provavelmente seu pai, dissera que nada cresceria naquele ponto em particular. Mas isso era uma grande baboseira. Ao menos a vida vegetal, ainda que urtigas e trepadeiras, crescia cada vez mais densa e fechada nesses três acres abandonados do que em qualquer ponto no distrito. Então não havia razão na terra para que o lúpulo ali não florescesse. Talvez até mesmo um pomar: embora isso demandasse mais paciência e amor do que Thomas achava que tinha. O que ele desejasse plantar, sem dúvida cresceria naquele solo rico com um entusiasmo raro, e ele teria recuperado três acres de terra boa para reforçar suas finanças abaladas.

Se ao menos conseguisse remover aquela maldita pedra.

Cogitou alugar um daqueles removedores de terra do sítio em construção na ponta norte do vilarejo, apenas para se deslocar até lá e pôr suas mandíbulas mecânicas para resolver o problema. Arrancar fora a pedra em exatos dois segundos. Mas seu orgulho resistiu à ideia de correr atrás de ajuda no primeiro indício de problema. De algum modo, era um trabalho pequeno demais. Ele o cavaria com as próprias mãos, ao modo como o pai teria feito. Foi sua decisão. Agora, duas horas e meia depois, ele se arrependia de sua pressa.

O calor rançoso da tarde àquela altura já estava azedo, e o ar, sem muita brisa para circular, ficara sufocante. Lá de Downs veio o tartamudeio de um trovão, e Thomas podia sentir a estática subindo por sua nuca, eriçando os pelinhos. O céu acima do campo agora estava vazio: as gaivotas, demasiado inconstantes para ficarem lá após o fim da diversão, tinham ido a algum termal de cheiro salgado.

Mesmo a terra, que estava exalando um aroma agridoce quando as lâminas a reviravam naquela manhã, agora soltava um cheiro sem graça; e conforme ele cavava o solo preto em volta da pedra, sua mente retornava inevitavelmente à putrefação que a tornava tão rica. Seus pensamentos rodeavam vacuamente as incontáveis pequenas mortes em cada pá de terra que ele cavava. Não era seu modo usual de pensar, e a morbidez disso o cansava. Parou por um momento, escorado na pá, arrependido dos dois litros de Guinness que tomara no almoço. Normalmente essa era uma quantidade deveras inofensiva, mas nesse dia a bebida rebolava em sua barriga, ele podia ouvir, tão escura quanto a terra em sua pá, elaborando uma mistura de ácido estomacal e comida mal digerida.

Pense em outra coisa, disse a si mesmo, senão você vai vomitar. Tentando parar de pensar na barriga, olhou para o campo. Não havia nada fora do comum; apenas um quadrado tosco de terra delimitada por uma cerca viva de espinheiros sem poda. Um ou dois animais mortos sob a sombra do espinheiro; um estorninho; algo mais, longe demais para ser reconhecível. Havia um senso de ausência, mas isso não era tão incomum. Logo seria outono, e o verão havia sido longo demais, quente demais para ser suportado.

Olhando para cima, mais alto que a cerca viva, ele observou a nuvem com formato de cabeça de mongol soltar uma descarga de raio nas montanhas. O que fora o brilho da tarde agora estava pressionado em uma fina linha azulada no horizonte. Vai chover logo, ele pensou, satisfeito. Chuva fria, talvez uma tempestade como a da véspera. Talvez limpasse o ar finalmente.

Thomas encarou a pedra irremovível e bateu nela com a pá. Um minúsculo arco de centelha saiu voando.

Ele xingou alto e inventivamente: a pedra, ele mesmo, o campo. A pedra apenas ficou lá no fosso que ele cavara em sua volta, desafiando-o. Ele quase ficou sem opções: a terra em volta da coisa estava cavada sessenta centímetros; ele tinha martelado estacas debaixo dela, acorrentado-a, e então faria o trator arrancá-la dali. Sem alegria. Obviamente, teria que cavar mais fundo o fosso, enfincar mais as estacas. Não deixaria aquele troço maldito derrotá-lo.

Grunhindo com determinação, começou a cavar outra vez. Um pontículo de chuva acertou as costas de sua mão, mas ele mal percebeu. Sabia por experiência que um trabalho como esse exigia a singularidade de propósito: cabeça baixa, ignore todas as distrações. Deixou a mente vazia. Havia apenas a terra, a pá, e seu corpo.

Enfia a pá, puxa a pá. Enfia a pá, puxa a pá, um ritmo hipnótico de esforço. O transe era tão completo que ele não tinha certeza de quanto tempo trabalhara até a pedra começar a se mover.

O movimento o despertou. Ele ficou reto, as vértebras estalando, sem tanta certeza se o movimento não era mais que um tique em seu olho. Colocando o calcanhar contra a pedra, ele a empurrou. Sim, ela balançou em seu túmulo. Ele estava demasiado exausto para sorrir, mas sentiu uma vitória iminente. Sentia o presságio.

Agora a chuva começava a engrossar, e era boa a sensação em seu rosto. Ele fincou outras duas estacas em volta da pedra para deslocá-la um pouco mais: agora venceria a coisa. Você vai ver, disse ele, você vai ver. A terceira estaca entrou mais fundo que as duas primeiras, e ela pareceu perfurar uma bolha de gás sob a pedra, uma nuvem amarelada tão fedorenta que ele se afastou do buraco para respirar um ar mais puro.

Não havia ar puro. Tudo o que pôde fazer foi puxar uma bola de catarro para limpar a garganta e os pulmões. O que quer que houvesse debaixo da pedra, e tinha algo de animal no fedor, estava muito podre.

Ele se forçou a voltar ao trabalho, tomando fôlego com a boca, e não com as narinas. Tinha uma sensação de aperto na cabeça, como se o cérebro estivesse inchando e pressionando o domo do crânio, empurrando-o para sair.

"Vá se foder", disse, e meteu outra estaca na pedra. As costas doeram como se fossem quebrar. Na mão direita uma bolha estourou. Um moscardo pousou em seu braço e se refestelou, intacto.

"Vai. Vai. Vai", ele enfiou a última estaca sem saber o que estava fazendo. Então a pedra começou a rolar.

Ele sequer estava tocando nela. A pedra estava sendo deslocada. Ele segurou a pá, que ainda estava calçada sob a pedra. De repente sentiu sua posse; era sua, uma parte dele, e ele não a queria perto do buraco. Não agora; não com a pedra balançando como se houvesse um gêiser prestes a estourar debaixo dela. Não com o ar amarelo, e o cérebro inchando como abobrinha no mês de agosto.

Puxou a pá com força: não saía.

Ele a xingou, e usou as duas mãos para fazer o trabalho, mantendo a distância de um braço do buraco ao puxar, o movimento crescente da pedra jogando para cima chuviscos de solo, piolhos e seixos.

Forçou a pá de novo, mas ela não cedia. Ele não parou para analisar a situação. O trabalho o enojava, tudo o que ele desejava era tirar do buraco a pá, *sua* pá, e cair fora daquele inferno.

A pedra se mexeu, mas ainda assim ele não conseguia desprender a pá, fixara-se em sua cabeça que ele precisava tirá-la antes de ir embora. Apenas quando a tivesse nas mãos, sã e salva, ele obedeceria a suas entranhas e sairia correndo.

Abaixo de seus pés, o solo começou a entrar em erupção. A pedra rolou da tumba como se tivesse o peso de uma pluma; uma segunda nuvem de gás, mais perniciosa que a primeira, pareceu estourá-la para fora de seu caminho. Ao mesmo tempo a pá se soltou do buraco, e Thomas viu o que a prendia.

De repente o céu e a terra perderam o sentido.

Havia aquela mão, aquela mão viva, agarrando a pá, aquela mão tão larga que podia segurar a lâmina com facilidade.

Thomas reconheceu bem o momento. A terra se dividindo: a mão: o fedor. Reconhecia de um pesadelo que ouvira aos joelhos do pai.

Agora queria soltar a pá, porém não tinha mais força de vontade. Tudo o que conseguia fazer era obedecer a algum imperativo do subsolo, e puxar até seus ligamentos se partirem e os tendões sangrarem.

Debaixo da fina crosta de terra, Rawhead sentiu o cheiro do céu. Era puro éter aos seus sentidos adormecidos, deixando-o enjoado de prazer. Reinos para serem tomados, a apenas alguns centímetros. Após tantos anos, após o sufoco interminável, a luz voltava a seus olhos, e o sabor de terror humano à sua língua.

Agora a cabeça rompia a superfície, a cabeleira preta coroada por minhocas, o escalpo fervilhando com minúsculas aranhas rubras. Elas o importunaram por cem anos, aquelas aranhas cavoucando sua medula, e ele ansiava por esmagá-las todas. Puxe, puxe, ordenou ao humano com a mente, e Thomas Garrow puxou até seu corpo miserável não ter mais forças, e centímetro a centímetro Rawhead foi içado para fora de seu túmulo com uma mortalha de preces.

A pedra que o pressionara por tanto tempo fora removida, e ele agora se arrastava para cima com facilidade, descamando a terra de cima dele assim como uma serpente faz com a pele. Seu torso estava livre. Ombros com o dobro da largura dos de um homem; braços magros e repletos de cicatrizes, mais fortes que o de qualquer humano. Seus membros estavam bombeando sangue como as asas de uma borboleta, irrigando-se com a ressurreição. Seus dedos compridos e letais ritmadamente arranharam o chão enquanto ganhavam força.

Thomas Garrow apenas observava parado. Não sentia nada além do espanto. O medo era para aqueles que ainda tinham uma chance de viver: ele não tinha nenhuma.

Rawhead saiu por inteiro da tumba. Começou a se endireitar de pé pela primeira vez em séculos. Torrões de terra úmida caíram de seu torso enquanto ele se esticava, um metro mais alto do que os 1,80 de Garrow.

Thomas Garrow ficou à sombra de Rawhead com os olhos ainda fixos no buraco aberto por onde o Rei emergira. Ainda segurava a pá com a mão direita. Rawhead o ergueu pelos cabelos. Seu escalpo se rasgou com o peso do corpo, então Rawhead segurou Garrow pelo pescoço, a mão enorme dando a volta com facilidade.

O sangue escorreu do escalpo pelo rosto de Garrow, e a sensação o agitou. A morte estava próxima e ele sabia disso. Olhou para as pernas batendo sem propósito abaixo de si, depois olhou para cima e encarou diretamente o rosto implacável de Rawhead.

Era enorme, como uma lua cheia, enorme e âmbar. Mas essa lua tinha olhos que ardiam no rosto pálido e esburacado. Eram iguaizinhas a feridas, esses olhos, como se alguém os tivesse arrancado da carne do rosto de Rawhead e então acendido duas velas no lugar.

Garrow ficou hipnotizado pela vastidão dessa lua. Olhou dentro do olho, e então para as fendas úmidas que consistiam em seu nariz, e por fim, com terror infantil, para a boca. Meu Deus, que bocarra. Tão grande, tão cavernosa, que parecia dividir a cabeça em duas quando se abria. Foi o último pensamento de Thomas Garrow. Que a lua estava se dividindo em duas, e caindo do céu em cima dele.

Então o Rei inverteu o corpo, como sempre fizera com inimigos mortos, e enfiou Thomas de cabeça no buraco, enroscando-o no próprio túmulo onde seus antepassados haviam intentado enterrar Rawhead para sempre.

Quando a tempestade de relâmpagos em si irrompeu sobre Zeal, o Rei estava a um quilômetro do Campo de Três Acres, abrigando-se no celeiro dos Nicholson. Na vila todos cuidavam de sua vida, com ou sem chuva. Ignorância era felicidade. Não havia nenhuma Cassandra entre eles, e o "Seu Futuro nas Estrelas" no *Gazette* da semana sequer poderia dar a entender que nos próximos dias ocorreriam as mortes súbitas de um geminiano, três leoninos, um sagitariano e um pequeno sistema estelar de outras pessoas.

A chuva caía com os relâmpagos, uma chuva grossa que logo se transformou em uma enxurrada com a ferocidade de uma monção. Apenas quando as sarjetas se tornaram torrentes, as pessoas começaram a se abrigar.

No terreiro de obras, a retroescavadeira que estivera terraplenando grosseiramente o quintal dos fundos de Ronnie Milton estava parada na chuva, recebendo a segunda lavada em dois dias. O condutor interpretara o aguaceiro como um sinal para se refugiar no casebre e bater papo sobre cavalos de corridas e mulheres.

Na porta da agência de correios, três dos habitantes do vilarejo observavam os bueiros recuando, e comentaram que isso sempre acontecia quando chovia, e que em meia hora haveria uma poça d'água tão funda no fundo da Rodovia que daria para andar de barco nela.

E abaixo, no próprio vão, na sacristia da Igreja de St. Peter, Declan Ewan, o sacristão, observava a chuva descendo a ladeira em riachos ligeiros, acumulando-se em um pequeno mar do lado de fora do portão da sacristia. Logo, fundo o bastante para se afogar, pensou ele, e então, intrigado por ter imaginado um afogamento, virou-se da janela e voltou ao trabalho de dobrar vestimentas. Uma excitação estranha o tomava nesse dia: e ele não podia, não iria, não queria suprimi-la. Nada tinha a ver com a tempestade de relâmpagos, embora sempre as adorasse desde a infância. Não: algo mais o incomodava, e que raios o partissem se soubesse o quê. Era como se voltasse a ser criança. Como se fosse Natal, e a qualquer minuto o Papai Noel, o primeiro Senhor em que acreditou, estaria diante da porta. A própria ideia o fazia querer rir alto, mas a sacristia era um lugar sóbrio demais para o riso, e ele se refreou, deixando um pequeno nó dentro dele, uma esperança secreta.

Enquanto todos os outros se refugiavam da chuva, Gwen Nicholson ficava completamente ensopada. Ainda estava no quintal atrás da casa, conduzindo o pônei de Amelia para o celeiro. Um trovão inquietara a besta estúpida, e ela empacara. Agora Gwen estava encharcada e irritada.

"Vamos logo, animal imbecil!", gritou ela por cima da barulheira da tempestade. A chuva cortava o quintal e açoitava seu cocuruto. Seu cabelo estava achatado. "*Vamos! Vamos!*"

O pônei se recusava a ir. Os olhos exibiam luas crescentes de branco em seu medo. E quanto mais o trovão surgia e estalava em volta do quintal, menos ele desejava se mover. Com raiva, Gwen deu um tapa em sua traseira, mais forte que o estritamente necessário. Ele deu uns dois passos para frente em reação à pancada, deixando toletes vaporosos ao avançar, e Gwen tirou proveito disso. Assim que o fez se mover, poderia conduzi-lo pelo resto do percurso.

"Celeiro quente", prometeu; "Vamos, está molhado aqui fora, você não quer ficar aqui."

A porta do celeiro estava levemente entreaberta. Com certeza parecia uma perspectiva convidativa, pensou ela, mesmo a um pônei com cérebro de ervilha. Ela o arrastou para o celeiro à distância de uma cuspida, e mais um tapa o fez atravessar a porta.

Como prometera à maldita criatura, o interior do celeiro estava seco e agradável, embora o ar tivesse um cheiro metálico por conta da tempestade. Gwen amarrou o pônei à barra do estábulo e, com um gesto grosseiro, jogou um cobertor sobre seu couro reluzente. Ela que não ia escovar a criatura, isso era trabalho de Amelia. Era a barganha que fizera com a filha quando concordaram em comprar o pônei: todo o penteio e a limpeza seriam responsabilidade de Amelia, que, pra ser justa, cumpria a promessa, mais ou menos.

O pônei ainda estava em pânico. Batia os cascos e rolava os olhos como um ator trágico ruim. Havia manchas de espuma em seus lábios. Como um pequeno pedido de desculpa, Gwen deu um tapinha em seu flanco. Ela já havia perdido a paciência. Época do mês. Agora se arrependia. Apenas esperava que Amelia não estivesse observando diante da janela do quarto.

Uma rajada de vento bateu na porta do celeiro e a fechou. O som da chuva no quintal do lado de fora foi abruptamente silenciado. De repente ficou escuro.

O pônei parou de bater os cascos. Gwen parou de acariciar seu flanco. Tudo parou: o coração dela também, parecia.

Atrás dela, uma figura que tinha quase o dobro do seu tamanho se ergueu de detrás dos fardos de feno. Gwen não viu o gigante, mas suas entranhas se reviraram. Maldita menstruação, pensou ela, esfregando a parte de baixo da barriga em um círculo lento. Normalmente era tão regular quanto um relógio, mas nesse mês desceu um dia antes. Deveria voltar para casa, se trocar, se limpar.

Rawhead ficou ereto e olhou para a nuca de Gwen Nicholson, onde um único peteleco a mataria com facilidade. Mas não tinha como ele se levar a tocar na mulher; não nesse dia. Ela estava no ciclo de sangue, ele podia sentir o cheiro penetrante, e isso o enjoava. Era um tabu, esse sangue, e ele jamais havia pego uma mulher envenenada por sua presença.

Sentindo a umidade entre as pernas, Gwen correu para fora do celeiro sem olhar para trás, e atravessou correndo o aguaceiro de volta para casa, deixando o pônei nervoso na escuridão do celeiro.

Rawhead ouviu os pés da mulher se afastarem, escutou a porta da casa bater.

Esperou, para se assegurar de que ela não voltaria, então atravessou em silêncio até o animal, esticou o braço e o agarrou. O pônei coiceava e guinchava, mas na sua época Rawhead já tinha pego animais bem maiores e mais armados que esse.

Abriu a boca. As gengivas se encheram de sangue enquanto os dentes surgiam delas, como garras saindo da pata de um gato. Havia duas fileiras em cada mandíbula, duas dúzias de pontas afiadas como agulhas. Eles reluziram ao se fecharem em volta da carne do pescoço do pônei. Sangue fresco e espesso desceu pela garganta de Rawhead; ele o sorveu com gula. O sabor quente do mundo. Fazia ele se sentir forte e inteligente. Era apenas a primeira das muitas refeições que faria, engoliria tudo o que desejasse e ninguém o pararia, não dessa vez. E quando estivesse pronto, arrancaria aqueles fingidores de seu trono, os cremaria em suas casas, massacraria seus filhos e usaria suas tripas infantis como colares. *O lugar pertencia a ele*. Apenas por que eles domaram a selva por um tempo, isso não queria dizer que possuíam a terra. Ela era sua, e ninguém a tomaria dele, nem mesmo o sagrado. Ele também sabia disso. Eles jamais o subjugariam de novo.

Sentou-se de pernas cruzadas no chão do celeiro, com os intestinos cinza-rosados do pônei enrolados nele, planejando sua tática da melhor maneira possível. Jamais fora um grande pensador. Apetite demais: atordoava o seu raciocínio. Ele vivia no eterno presente de sua fome e sua força, sentindo apenas o cruento instinto territorial que mais cedo ou mais tarde floresceria a uma carnificina.

A chuva não parou por mais de uma hora.

Ron Milton estava ficando impaciente: uma falha em sua natureza que lhe dera uma úlcera e um trabalho de alta qualificação em Consulta de Design. O que Milton podia fazer por você, não podia fazer mais rápido. Era o melhor: e odiava o ócio nas outras pessoas assim como em si mesmo. Pegue por exemplo essa maldita casa. Prometeram que terminariam no meio de julho, jardim terraplanado, estrada feita, tudo, e ali estava ele, dois meses depois daquela data, olhando para uma casa que estava longe de ser habitável. Metade das janelas sem vidro, a porta da frente faltando, o jardim um trajeto de treinamento militar, a estrada um lodaçal.

Deveria ser seu castelo: seu retiro de um mundo que o tornou dispéptico e rico. Um refúgio longe dos aborrecimentos da cidade grande, onde Maggie poderia plantar rosas, e as crianças respirar ar puro. Só que não estava pronta. Maldição, nesse ritmo não ficaria até a próxima primavera. Outro inverno em Londres: o pensamento fazia seu coração pesar.

Maggie se juntou a ele, protegendo-o sob o guarda-chuva vermelho.

"Cadê as crianças?"

Ela fez uma careta. "Lá no hotel, enlouquecendo a sra. Blatter."

Enid Blatter havia suportado os pinotes delas por meia dúzia de fins de semana ao longo do verão. Ela também tinha crianças e lidava com Debbie e Ian com sangue frio. Mas havia um limite, mesmo a seu saldo de júbilo e jovialidade.

"Melhor voltar pra cidade."

"Não. Por favor, vamos ficar mais um ou dois dias. Podemos voltar domingo de noite. Queria que todos fôssemos para o Festival da Colheita no domingo."

Agora foi a vez de Ron fazer uma careta.

"Que inferno."

"Tudo isso faz parte da vida em uma vila, Ronnie. Se vamos morar aqui, temos que nos tornar parte da comunidade."

Ele choramingava como um garotinho quando estava nesse humor. Ela o conhecia tão bem que podia ouvir suas próximas palavras antes que ele as proferisse.

"Não quero."

"Bem, não temos escolha."

"Podemos voltar esta noite —"

"Ronnie —"

"Não tem nada para fazer aqui. As crianças estão entediadas, você está triste..."

Maggie havia endurecido seus traços em concreto; ela não moveria um centímetro. Ele conhecia aquela face tão bem quanto ela conhecia seu chororô.

Ele estudou as poças que se formavam no que um dia poderia ser seu jardim frontal, incapaz de imaginar grama ali, rosas ali. De repente, tudo parecia impossível.

"Pode voltar pra cidade se quiser, Ronnie. Leve as crianças. Vou ficar aqui. Pego o trem para casa domingo de noite."

Esperta, pensou ele, lhe oferecer um passe de saída que é menos atraente que um de permanência. Dois dias na cidade grande cuidando sozinho das crianças? Não, obrigado.

"Ok, você venceu. Vamos pro maldito-Festival-da-Colheita."

"Mártir."

"Contanto que eu não precise rezar."

Amelia Nicholson correu para a cozinha, com o rosto redondo embranquecido, e desabou na frente da mãe. Havia um vômito oleoso em seu impermeável de plástico verde, e sangue em suas galochas de plástico verde.

Gwen gritou para Denny. A garotinha deles estava tremendo em seu desmaio, a boca mascando uma palavra, ou palavras, que não saíam.

"O que foi?"

Denny estava estrondando ao descer as escadas.

"Pelo amor de Deus —"

Amelia vomitou de novo. Seu rosto estava quase azul.

"Qual o problema com ela?"

"Ela só entrou aqui. É melhor você ligar para uma ambulância."

Denny apenas pôs a mão na bochecha dela.

"Ela está em choque."

"Ambulância, Denny..." Gwen estava tirando o impermeável verde e folgando a blusa da menina. Lentamente, Denny se levantou. Através da janela fustigada pela chuva, ele pôde ver o quintal: a porta do celeiro batia e se fechava com o vento. Havia alguém lá dentro; ele percebeu movimento.

"Pelo amor de Deus — ambulância!", repetiu Gwen.

Denny não estava ouvindo. Havia alguém em seu celeiro, em sua propriedade, e ele tinha um ritual estrito contra invasores.

A porta do celeiro se abriu de novo, de pirraça. Sim. Recuando no escuro. Intruso.

Ele pegou o rifle ao lado da porta, mantendo os olhos no quintal ao máximo possível. Atrás dele, Gwen tinha deixado Amelia no chão da cozinha e estava discando em busca de ajuda. A garota agora estava gemendo: ficaria bem. Apenas algum invasor imundo a assustando, isso é tudo. Em sua terra.

Ele abriu a porta e foi para o quintal. Ele estava com uma camisa de mangas e o vento levava um frio penetrante, mas a chuva havia parado. Sob os pés, o chão reluzia, e gotas caíam de cada cornija e pórtico, uma percussão inquietante que o acompanhava através do quintal.

A porta do celeiro balançou apaticamente, entreabriu-se de novo, e dessa vez ficou aberta. Ele não podia enxergar nada do lado de dentro. Perguntou-se, mais ou menos, se um jogo de luz havia —

Mas não. Ele tinha visto alguém se mexendo lá dentro. O celeiro não estava vazio. Algo (não o pônei) o observava agora mesmo. Eles veriam o rifle em suas mãos e suariam. Que seja. Invadir seu lugar assim. Deixe-os pensar que ele estouraria as bolas deles.

Ele percorreu a distância com meia dúzia de passos confiantes e adentrou o celeiro.

O estômago do pônei estava debaixo de seu sapato, uma de suas pernas à direita, parte superior do pernil roído até o osso. Poças de sangue que coagulavam refletiam os furos no teto. A mutilação lhe causou náuseas.

"Certo", ele desafiou as sombras. "Saia." Ergueu o rifle. "Está me ouvindo, seu desgraçado? Falei para sair, ou vou te mandar para o Reino dos Céus."

Ele pretendia mesmo.

Na outra ponta do celeiro, algo se agitou em meio aos fardos.

Agora peguei o filho da puta, pensou Denny. O invasor se levantou, todos os seus 2,75 metros, e encarou Denny.

"Jee-sus."

E, do nada, o invasor foi em sua direção, como uma locomotiva suave e eficiente. Denny disparou contra ele, e a bala se enganchou na parte superior do peito, mas o ferimento sequer o deixou mais lento.

Nicholson se virou e correu. As pedras do quintal estavam escorregadias sob seus sapatos, e ele não tinha aceleração para correr mais que a criatura. Ela chegou às suas costas em dois tempos, e em cima dele em mais um.

Gwen deixou o telefone cair quando escutou o disparo. Correu até a janela a tempo de ver seu doce Denny ser eclipsado pela silhueta pantagruélica. A criatura uivou ao pegá-lo e o jogou para cima como um saco de penas. Ela assistiu desamparadamente enquanto o corpo dele se contorcia no ápice de sua jornada, antes de desabar de volta sobre a terra. Atingiu o chão com uma pancada surda que ela sentiu em cada osso, e o gigante pulou rápido como uma bala sobre seu corpo, pisoteando o rosto amado até ele virar uma gosma.

Ela gritou; tentando se silenciar com a mão. Tarde demais. O som saiu e o gigante olhou para ela, direto para ela, a janela atravessada por sua malignidade. Meu Deus, ele a avistara e agora estava indo atrás dela, saltando para o outro lado do quintal, um mecanismo nu, e sorrindo com uma promessa ao se aproximar.

Gwen puxou Amelia do chão e a abraçou com força, apertando o rosto da garota contra seu pescoço. Talvez ela não devesse ver: não devia ver. O som dos pés batendo no chão molhado do quintal ficou mais alto. A sombra preencheu a cozinha.

"Jesus, me ajude."

Estava pressionando contra a janela, o corpo tão largo que cancelava a luz, o rosto malicioso e nojento apertado contra o vidro molhado. Então começou a bater, ignorando os cacos de vidro que feriam sua carne. Sentia o cheiro de carne de criança. Desejava carne de criança. *Comeria* carne de criança.

Os dentes estavam se arreganhando à vista, alargando-se daquele sorriso a uma risada obscena. Cordões de saliva saíam de sua mandíbula enquanto ele arranhava o ar, como um gato atrás de um rato em uma jaula, apertando mais e mais para dentro, cada patada mais perto da refeição.

Gwen abriu a porta do corredor quando a criatura perdeu a paciência em tentar pegar e começou a destroçar a moldura da janela para invadir. Ela trancou a porta atrás de si enquanto a louça se quebrava e a madeira era destroçada do outro lado, então começou a empurrar toda a mobília contra ela. Mesas, cadeiras, cabideiro, mesmo sabendo, enquanto fazia isso, que tudo seria lascas de fósforo em apenas dois segundos. Amelia estava ajoelhada no chão da sala onde Gwen a colocara. Seu rosto era um vazio agradecido.

Tudo bem, foi tudo o que pôde fazer. Agora, para o andar de cima. Ela pegou a filha, que de repente ficou leve como o ar, e subiu dois degraus por vez. Na metade da subida, o barulho na cozinha de repente parou por completo.

Então ela teve uma crise de realidade. No patamar onde parou estava tudo calmo e pacífico. A poeira se acumulava diminutamente nos peitoris das janelas, as flores murchavam; todos os infinitesimais procedimentos domésticos prosseguiam como se nada houvesse acontecido.

"Estou sonhando", disse ela. Deus, sim: sonhando.

Sentou-se na cama em que dormia com Denny há oito anos, e tentou pensar direito.

Algum terrível pesadelo menstrual, era disso que se tratava, alguma fantasia de estupro que perdeu o controle. Deitou Amelia no edredom rosa (Denny odiava rosa, mas suportava por sua causa) e acariciou a testa suada dela.

"Sonhando."

Então o quarto escureceu, e ela olhou para cima sabendo o que veria.

Ali estava o pesadelo, sobre as janelas superiores, seus braços aracnídeos se estendendo na largura das janelas, presos como um acrobata na moldura, os dentes repugnantes entrando e saindo ao abrir a boca, para o terror dela.

Com um movimento de arremetida, ela arrancou Amelia da cama e mergulhou para a porta. Atrás dela, o vidro se estilhaçou e uma rajada de vento frio entrou no quarto. Ele estava vindo.

Ela atravessou o patamar correndo para o topo da escadaria, mas ele a alcançou no tempo de uma batida de coração, enfiando-se pela porta do quarto, a bocarra como um túnel. Berrava ao esticar os braços para furtar o pacote mudo dos braços dela, gigantesco no espaço confinado do patamar.

Ela não podia correr mais que ele, não poderia vencê-lo em uma luta. As mãos dele se fixaram em Amelia com uma facilidade insolente, e a furtaram.

A criança gritou o tempo todo, as unhas cavando quatro sulcos no rosto da mãe enquanto saía de seus braços.

Gwen tombou para trás, entontecida pela visão impensável diante de si, e perdeu o equilíbrio no topo da escadaria. Ao cair de costas, viu o rosto manchado de lágrimas de Amelia, rígida como uma boneca, alimentando aquelas fileiras de dentes. Então sua cabeça bateu no balaústre e seu pescoço quebrou. Desceu os últimos seis degraus na forma de cadáver.

Parte da água da chuva fora drenada no começo da noite, mas o lago artificial no fundo do declive ainda inundava a estrada em vários centímetros de profundidade. Refletia o céu com serenidade. Belo, mas inconveniente. O Reverendo Coot quietamente lembrou a Declan Ewan de registrar os bueiros bloqueados para o Conselho Regional. Era a terceira vez que pedia, e Declan enrubesceu ao pedido.

"Desculpa, eu..."

"Tudo bem. Sem problemas, Declan. Mas realmente precisamos limpá-los."

Um olhar vago. Um instante. Um pensamento.

"As folhas de outono sempre as entopem de novo, claro."

Coot fez um gesto grosseiramente cíclico, pretendendo emitir uma espécie de observação sobre como de fato não fazia muita diferença quando ou se o Conselho limparia os bueiros, então o pensamento desapareceu. Havia questões mais urgentes. Em primeiro lugar, o Sermão Dominical. Em segundo lugar, o motivo pelo qual escrever sermão aquela noite não podia fazer muito sentido. Nesse dia, certa inquietude no ar coagulava cada palavra reconfortante levada ao papel enquanto ele a escrevia. Coot foi até a janela, de volta a Declan, e arranhou a palma das mãos. Elas estavam coçando: talvez outro ataque de eczema. Se ao menos pudesse falar; encontrar palavras que exprimissem seu incômodo. Jamais, em seus 45 anos, sentira-se incapaz da comunicação; e jamais nesses anos fora tão vital que ele falasse.

"Posso ir embora agora?", perguntou Declan.

Coot balançou a cabeça.

"Fique um pouco mais. Se possível."

Ele se virou para o sacristão. Declan Ewan tinha 29 anos, embora possuísse o rosto de um homem bem mais velho. Traços brandos e pálidos: o cabelo com entradas prematuras.

O que esse cara de ovo fará de minha revelação? Pensou Coot. Provavelmente vai rir. É por isso que não consigo achar as palavras, porque não quero. Estou com medo de parecer estúpido. Aqui estou, um clérigo dedicado aos Mistérios Cristãos. Pela primeira vez em quarenta e tantos anos tive um vislumbre real de algo, talvez uma visão, e tenho medo de que riam de mim. Sujeito estúpido, Coot, estúpido, estúpido.

Tirou os óculos. Os traços vazios de Declan se tornaram um borrão. Agora ao menos não precisava olhar para o sorriso de troça.

"Declan, esta manhã tive o que posso descrever apenas como uma... como uma... visita."

Declan não disse nada, nem o borrão se moveu.

"Não sei muito bem como dizer isso... nosso vocabulário se empobrece quando chega a esse tipo de coisa... mas, para ser franco, nunca tive uma manifestação tão direta e inequívoca de —"

Coot parou. Referia-se a Deus?

"Deus", disse, sem muita certeza.

Declan nada disse por um momento. Coot se arriscou a recolocar os óculos no devido lugar. O ovo não havia se rachado.

"Pode dizer como foi?", perguntou Declan, seu equilíbrio absolutamente inabalado.

Coot balançou a cabeça; tentara encontrar as palavras durante o dia inteiro, mas todas as frases pareciam previsíveis.

"Como foi?", insistiu Declan.

Por que ele não compreendia que não havia palavras? Preciso tentar, pensou Coot, *preciso*.

"Eu estava no Altar depois da Prece Matinal...", começou, "e senti algo perpassar meu corpo. Quase como eletricidade. Deixou meus cabelos de pé. Literalmente de pé.

Coot passava a mão em seu cabelo curto enquanto se lembrava da sensação. O cabelo ficando reto em pé, como um campo de milho ruivo-agrisalhado. E aquele zumbido nas têmporas, nos pulmões, na virilha. Na verdade, lhe causara uma ereção; não que ele fosse contar isso a Declan. Mas ficou lá diante do Altar, com o pau tão duro que era como redescobrir as alegrias da luxúria.

"Não vou afirmar... não *posso* afirmar que era o Nosso Senhor Deus —" (Embora quisesse crer nisso; que seu Deus era o Senhor da Ereção.) "Não posso nem mesmo afirmar que era cristão. Mas algo aconteceu hoje. Eu senti."

O rosto de Declan ainda estava impenetrável. Coot o observou por vários segundos, impaciente com o seu desdém.

"Então?", indagou.

"Então o quê?"

"Nada a comentar?"

O ovo franziu o cenho por um momento, uma ranhura na casca. Então disse:

"Que Deus nos ajude", quase em um sussurro.

"O quê?"

"Também senti algo. Não exatamente como você descreve; não exatamente um choque elétrico. Mas algo."

"Por que 'que Deus nos ajude', Declan? Está com medo de alguma coisa?"

Ele não respondeu.

"Se você sabe alguma coisa que não sei sobre essas experiências... por favor me conte. Quero saber, entender. Meu Deus, *preciso* entender."

Declan fez um bico. "Bem..." seus olhos ficaram mais indecifráveis que nunca; e pela primeira vez Coot captou o vislumbre de um fantasma no fundo dos olhos de Declan. Seria, talvez, desespero?

"Há muitas histórias sobre este lugar, sabe?", disse, "uma história de coisas... neste local."

Coot sabia que Declan andava cavoucando a história de Zeal. Um passatempo inofensivo o bastante: o passado era o passado.

"Houve um assentamento aqui há séculos, que remonta a antes da ocupação romana. Ninguém sabe por quanto tempo. Provavelmente sempre existiu um templo neste local."

"Nada de estranho nisso." Coot deu um sorriso, convidando Declan a reconfortá-lo. Uma parte dele desejava ouvir que tudo no mundo andava bem: ainda que fosse uma mentira.

O rosto de Declan escureceu. Ele não tinha conforto a oferecer. "E havia uma floresta aqui. Enorme. Floresta Selvagem." Ainda era desespero no fundo dos olhos? Ou era nostalgia? "Não um pomarzinho tranquilo. Uma floresta capaz de esconder uma cidade inteira dentro; cheia de feras..."

"Se refere a lobos? Ursos?"

Declan balançou a cabeça.

"Criaturas que eram donas da terra. Antes de Cristo. Antes da civilização. A maioria não sobreviveu à destruição de seu habitat natural: eram primitivas demais, suponho. Mas eram fortes. Não como nós; não humanas. Algo completamente diferente."

"E então?"

"Uma delas chegou a sobreviver até o século xv. Há um entalhe com ela enterrada. Está no Altar."

"No Altar?"

"Debaixo da toalha. Encontrei há um tempo: nunca pensei muito nele. Até hoje. Hoje eu... tentei tocar."

Ele cerrou o punho, e o abriu. A carne da palma de sua mão estava com uma bolha. Saía pus da pele partida.

"Não dói", disse. "Na verdade, está bem dormente. Tudo bem para mim, na verdade. Eu deveria saber."

O primeiro pensamento de Coot foi que o homem estava mentido. O segundo foi que havia alguma explicação lógica. O terceiro foi o ditado de seu pai: "A lógica é o último refúgio de um covarde".

Declan voltou a falar. Dessa vez estava exalando empolgação.

"Eles chamavam de Rawhead."

"O quê?"

"A fera que enterraram. Está nos livros de história. Chamava-se de Rawhead, cabeça descarnada, porque a cabeça era enorme, e da cor da lua, e crua como carne."

Declan agora não conseguia parar. E estava começando a sorrir.

"Ele comia crianças", disse, e refulgiu como um bebê prestes a receber o seio materno.

Foi apenas no começo da manhã de sábado que a atrocidade cometida na Fazenda Nicholson foi descoberta. Mick Glossop estava dirigindo em direção a Londres, e havia pegado a estrada que beirava a fazenda, ("Não sei por quê. Não costumo. É curioso, na verdade.") e as vacas holandesas dos Nicholson estavam fazendo uma barulheira diante do portão, com os úberes dilatados. Claramente não haviam sido ordenhadas em vinte e quatro horas. Glossop parou o jipe na estrada e entrou no quintal.

O corpo de Denny Nicholson já estava coberto de moscas, embora o sol tivesse nascido há menos de uma hora. Dentro da casa, os únicos restos de Amelia Nicholson eram os farrapos de um vestido e um pé casualmente descartado. O corpo não mutilado de Gwen Nicholson estava no fundo da escada. Não havia sinal de ferimento ou interferência sexual com o cadáver.

Às 9h30 Zeal estava cheia de policiais, e o choque do incidente registrado em cada rosto na rua. Embora houvesse relatos conflitantes quanto ao estado dos corpos, não havia dúvida em relação à brutalidade dos assassinatos. Em especial o da criança, presumivelmente desmembrada. O corpo levado pelo assassino, Deus sabe para quais propósitos.

A Divisão de Homicídios montou uma unidade no pub The Tall Man, enquanto interrogatórios de casa em casa foram conduzidos pela vila. De imediato, nada veio à luz. Nenhum estranho visto na localidade; tampouco comportamentos suspeitos além do normal em qualquer caçador ilegal ou mercador de porte curvado. Foi Enid Blatter, a de busto amplo e modos maternais, quem mencionou que não via Thom Garrow fazia mais de vinte e quatro horas.

Eles o encontraram onde o assassino o deixara, bem pior após algumas horas de picadas. De vermes na cabeça e de gaivotas nas pernas. A carne das canelas, onde as calças saíam das botas, estava bicada até o osso. Quando ele foi retirado, famílias de piolhos refugiados escorreram de seus ouvidos.

A atmosfera no hotel aquela noite foi reduzida. No bar, o sargento-detetive Gissing, vindo de Londres para chefiar a investigação, encontrou um ouvido disposto em Ron Milton. Ele estava contente por conversar com um conterrâneo londrino, e Milton os manteve a uísque e água pela maior parte de três horas.

"Vinte anos na polícia", repetia Gissing, "e nunca vi nada desse jeito."

O que não era estritamente verdade. Houvera aquela puta (ou partes seletas da referida) que ele encontrara em uma mala no departamento de achados e perdidos da Estação Ferroviária Euston, uma década antes. E o viciado que havia teimado em hipnotizar um urso polar no Zoológico de Londres: ele havia sido uma visão e tanto quando o içaram da piscina. Havia visto muita coisa, Stanley Gissing —

"Mas isso, nunca vi nada assim", insistiu. "Me deu vontade de vomitar."

Ron não tinha muita certeza do motivo pelo qual escutava Gissing; era apenas algo com que passar a noite. Ron, que havia sido um radical nos dias de juventude, jamais gostara muito de policiais, e sentia uma satisfação peculiar em ver aquele cuzão bêbado como um gambá.

"Ele é a porra de um maluco", disse Gissing, "pode anotar o que digo. Vamos pegar com facilidade. Um homem assim não está controlado, veja bem. Não se importa em cobrir seus rastros, nem se importa se vive ou morre. Deus sabe, qualquer homem que rasga uma menina de 7 anos desse jeito está à beira do colapso. Já vi desses."

"Sério?"

"Ah, sim. Vi eles chorarem como crianças, todos cobertos de sangue como se tivessem saído de um abatedouro, e lágrimas nos rostos. Patético."

"Então você vai pegar ele."

"Exatamente", disse Gissing, e estalou os dedos. Levantou-se, um pouco desequilibrado. "Não tenho sombra de dúvida de que vamos pegar ele." Olhou para o relógio e então para o copo vazio.

Ron não sugeriu outra rodada.

"Bem", disse Gissing, "preciso voltar para a cidade. Fazer o relatório."

Cambaleou até a porta e deixou a conta para Milton.

Rawhead observou o carro de Gissing se arrastar para fora da vila e pela estrada norte, os faróis fraquíssimos para aquela noite. Mas o barulho do motor deixou Rawhead nervoso, ao forçar a rotação na subida depois da Fazenda Nicholson. Rugia e tossia como nenhuma fera com que ele se deparara o antes, e de algum modo o homo sapiens tinha seu controle. Se o Reino deveria ser retomado dos usurpadores, mais cedo ou mais tarde ele teria que derrotar uma dessas bestas. Rawhead engoliu seu medo e se preparou para o confronto.

A lua mostrou os dentes.

No banco de trás do carro, Stanley estava quase dormindo, sonhando com garotinhas. Em seus sonhos essas elegantes ninfetas subiam uma escada para a cama, e ele estava de plantão ao lado da escada, observando-as subir, entrevendo trechos de suas calcinhas levemente manchadas enquanto desapareciam no céu. Era um sonho familiar, um que ele jamais admitiria, nem mesmo bêbado. Não que sentisse vergonha, exatamente; tinha certeza de que muitos de seus colegas nutriam pecadilhos em cada detalhe igualmente incomum, e alguns bem menos palatáveis que o dele. Mas era possessivo: era seu sonho em particular e ele não estava disposto a dividi-lo com ninguém.

No assento do motorista, o jovem oficial que estava de chofer para Gissing durante a maior parte de seis meses esperava que o velho caísse e dormisse de verdade. Então, e somente então, arriscaria ligar o rádio para acompanhar os resultados do críquete. A Austrália estava mal no Teste: um rally de última hora parecia improvável. Ah, isso é que é profissão, pensou enquanto dirigia. Dez mil vezes melhor que esta minha rotina.

Ambos perdidos em devaneios, nem o motorista nem o passageiro viram Rawhead. Ele agora estava perseguindo o carro, seu passo de gigante facilmente acompanhando-o enquanto navegava na estrada sinuosa e sem iluminação.

Sua raiva cresceu de uma vez, e, rugindo, ele saiu do campo para o asfalto.

O motorista deu uma guinada para desviar da forma imensa que saltou para os faróis acesos, a boca emitindo um uivo parecido com o de um bando de cães raivosos.

O carro derrapou no chão molhado, a lateral esquerda roçando os arbustos que haviam ao longo do lado da pista, um emaranhado de ramos arranhando o para-brisa ao seguir seu curso. No assento traseiro, Gissing caiu da escada que estava subindo exatamente quando o carro chegou ao fim do percurso ao longo da fileira de sebes e bateu em um portão de ferro. Gissing voou contra o assento da frente, sem fôlego, mas sem ferimentos. O impacto levou o motorista para cima do volante e através da janela em dois segundos curtos. Seus pés, agora no rosto de Gissing, tinham espasmos.

Da estrada, Rawhead observava a morte da caixa de metal. Sua voz torturada, o uivo de seu flanco retorcido, o rosto destroçado, o assustou. Mas estava morta.

Por precaução, ele esperou um momento antes de avançar pela estrada para cheirar o corpo amassado. Havia um odor aromático no ar, o que fazia os seios de sua face arderem, e sua causa, o sangue da caixa, estava pingando de seu torso quebrado e escorrendo pela estrada. Agora certo de que aquilo deveria ser finalizado, ele se aproximou.

Havia alguém vivo na caixa. Sem aquela saborosa carne de criança que ele tanto apreciava, apenas a dura carne masculina. Era um rosto cômico que o encarava. Redondo, olhos selvagens. A boca idiota abria e fechava como a de um peixe. Ele chutou a caixa para abri-la, e quando isso não funcionou, retorceu as portas para fora. Então enfiou o braço e arrancou o macho choramingando de seu refúgio. Esse era um membro da espécie que o subjugou? Esse ácaro temeroso, com lábios de gelatina? Ele riu de suas súplicas, então virou Gissing de cabeça para baixo, e o segurou por um pé. Esperou os gritos abaixarem, então tateou o meio das pernas que tremiam e encontrou a masculinidade do ácaro. Não muito grande. Um tanto encolhido, na verdade, devido ao medo. Gissing balbuciava vários tipos de coisas: nenhuma fazia sentido. O único som da boca do homem que Rawhead compreendeu foi o que ouviu agora, o esganiço agudo que sempre acompanhava uma castração. Após terminar, ele jogou Gissing ao lado do carro.

Começou um incêndio próximo ao motor destruído, ele podia sentir o cheiro. Não era animal de temer o fogo. Respeitava, sim: mas não temia. O fogo era uma ferramenta, ele o usara várias vezes: para queimar inimigos, para cremá-los em suas camas.

Agora ele se afastava do carro enquanto a chama encontrava a gasolina e o fogo subia no ar. O calor se enovelou em sua direção, e ele sentiu o cheiro dos pelos frontais de seu corpo se chamuscando, mas estava demasiado hipnotizado pelo espetáculo para não olhar. O fogo seguiu o sangue daquele animal, consumindo Gissing, e lambendo os rios de gasolina como um cão ansioso atrás de um rastro de mijo. Rawhead observou, e aprendeu uma lição nova e letal.

No caos do estúdio, Coot enfrentava o sono sem sucesso. Havia passado uma boa porção da noite no Altar, em parte com Declan. Essa noite não haveria reza, apenas um esboço. Agora tinha uma cópia do entalhe do Altar na mesa em frente, e havia passado uma hora apenas olhando. O exercício fora infrutífero. Ou o entalhe era demasiado ambíguo, ou sua imaginação carecia de fôlego. Seja o que for, a imagem não fazia muito sentido para ele. Sem dúvida retratava um enterro, mas isso era basicamente tudo o que ele conseguia decifrar. Talvez o corpo fosse um pouco maior do que o dos enlutados, mas nada excepcional. Ele pensou no pub de Zeal, The Tall Man, "O Homem Alto", e sorriu. Poderia muito bem ter agradado a alguma inteligência medieval retratar o enterro de um cervejeiro sob a toalha do Altar.

No salão, o relógio desregulado marcava 0h15, o que significava que era quase 1h. Coot se levantou da mesa, esticou-se, e desligou o abajur. Ficou surpreso com o brilho do luar atravessando a fenda na cortina. Era uma lua cheia, e a luz, embora fria, estava exuberante.

Ficou em guarda na frente da lareira, e adentrou o corredor escurecido, fechando a porta atrás de si. O relógio tiquetaqueava alto. Em algum lugar na direção de Goudhurst, escutou uma sirene de ambulância.

O que está havendo? Perguntou-se, e abriu a porta da frente para ver se conseguia ver algo. Havia faróis de carros na montanha e o latejo distante das luzes azuis da polícia, mais ritmadas que o tique-taque às suas costas. Acidente na estrada norte. Era cedo para gelo, e com certeza não estava frio o bastante. Observou as luzes, encrustadas na subida como joias nas costas de uma baleia, piscando. Estava bem frio, se pensar direito. Não era clima para se ficar parado no —

Franziu o cenho; algo fisgou o seu olho, um movimento do canto extremo do átrio da igreja, debaixo das árvores. O luar marcava o cenário com um tom monocromático. Teixos pretos, pedras cinzas, um crisântemo branco borlando com suas pétalas um túmulo. E, escuro na sobra dos teixos, mas delineado com clareza contra a laje de uma tumba de mármore depois dele, um gigante.

Coot saiu da casa usando chinelos.

O gigante não estava sozinho. Havia alguém ajoelhado em sua frente, uma forma menor, mais humana, o rosto erguido e claro sob a luz. Era Declan. Mesmo de longe estava claro que ele sorria para seu mestre.

Coot quis se aproximar, para dar uma olhada melhor no pesadelo. Ao dar o terceiro passo, seu pé estalou no pedaço de cascalho.

O gigante pareceu se mexer nas sombras. Estaria se virando a fim de olhar para ele? O coração de Coot acelerou. Não, que seja surdo; por favor, Deus, não permita que ele me veja, me torne invisível.

A reza pelo visto foi atendida. O gigante não demonstrou ter visto sua aproximação. Tomando coragem, Coot avançou pelo pavimento de lápides, desviando de tumba a tumba para se esconder, mal ousando respirar. Estava a poucos centímetros do quadro agora e podia ver o modo como a cabeça da criatura estava curvada para Declan; podia ouvir no fundo de sua garganta o som como papel de lixa na pedra, que ele estava emitindo. No entanto, havia mais à cena.

As vestimentas de Declan estavam sujas e rasgadas, o peito fino despido. O luar batia em seu esterno, seus quadris. Seu estado e sua posição eram inequívocos. Isso era adoração — pura e simples. Então Coot ouviu o jorro; aproximou-se mais e viu que o gigante estava dirigindo um reluzente fio de urina no rosto virado para cima de Declan. Ela batia em sua boca um pouco aberta e escorria por seu torso. O semblante de alegria não deixou os olhos de Declan por nenhum momento, enquanto ele recebia seu batismo, na verdade virava a cabeça de um lado a outro, em sua ânsia de ser completamente conspurcado.

O odor expelido pela criatura bafejou até Coot. Era ácido, vil. Como Declan podia suportar uma gota daquilo em cima dele, ainda mais um banho daquilo? Coot queria gritar, interromper a depravação, mas mesmo na sombra do teixo, a forma da fera era aterrorizante. Demasiado alta e larga para ser humana.

Sem dúvida era a Fera da Floresta Selvagem que Declan tentara descrever; esse era o devorador de crianças. Declan adivinhara, quando enalteceu esse monstro, o poder que ele teria sobre sua imaginação? Sabia o tempo inteiro que se o animal viesse fungando atrás dele, ele se ajoelharia em sua frente, o chamaria de Senhor (antes de Cristo, antes da Civilização, dissera), o deixaria aliviar a bexiga em cima dele, e sorriria?

Sim. Oh, sim.

Então que aproveite seu momento. Não arrisque seu pescoço por ele, pensou Coot, ele está onde quer. Muito devagar, recuou em direção à sacristia, os olhos ainda fixos na degradação diante de si. O batismo gotejou até parar, mas as mãos de Declan, em concha em sua frente, ainda retinham uma quantidade de fluido. Ele pôs as bases das mãos na boca e bebeu.

Coot engasgou, incapaz de se segurar. Por um instante fechou os olhos para tapar a vista, e os abriu de novo para ver que a cabeça da sombra tinha se virado em sua direção e o observava com olhos que ardiam no breu.

"Meu Deus do Céu."

A fera o vira. Com certeza agora o vira. Rugiu, e a cabeça mudou de forma na sombra, com a boca horrivelmente aberta.

"Jesus Amado."

Ela já estava saltando em sua direção com a destreza de um antílope, deixando seu acólito desabado sob a árvore. Coot se virou e correu, correu como não corria há muitos anos, desviando dos túmulos ao fugir. Foi apenas alguns metros: a porta, uma espécie de segurança. Não por muito tempo, talvez, mas tempo para pensar, encontrar uma arma. Corra, velho maldito. Cristo, a corrida, Cristo, o prêmio. Quatro metros.

Corra.

A porta estava aberta.

Quase lá; mais um metro —

Cruzou o limiar e girou para bater a porta contra seu perseguidor. Mas não! Rawhead havia passado a mão pela porta, a sua mão tinha o triplo do tamanho de qualquer mão humana. Estava agarrando o ar, tentando buscar Coot, os rugidos incessantes.

Coot jogou todo o peso de seu corpo contra a porta de carvalho. A coiceira da porta, barreada com ferro, machucou o antebraço de Rawhead. O rugido se tornou um uivo: peçonha e agonia se misturaram em um alarido que foi ouvido de um lado a outro de Zeal.

Maculou a noite até a estrada do norte, onde os restos mortais de Gissing e seu motorista estavam sendo raspados e colocados em pacotes de plástico. Ecoou pelas paredes gélidas da Capela Mortuária onde Denny e Gwen Nicholson já começavam a decompor. Também foi ouvida nos quartos de Zeal, onde casais vivos se deitavam lado a lado, talvez um braço dormente sob o corpo do outro; onde os velhos deitavam-se despertos, analisando a geografia do teto; onde crianças sonhavam com o útero, e bebês lamentavam por ele. Foi ouvido várias e várias e várias vezes enquanto Rawhead se enfurecia diante da porta.

O uivo fez a cabeça de Coot se virar. A boca balbuciava preces, mas o tão necessário suporte de cima não demostrava sinal de que viria. Sentiu sua força se esvaindo. O gigante ganhava cada vez mais acesso, empurrando a porta centímetro a centímetro. Os pés de Coot escorregaram no chão demasiado polido, os músculos palpitavam ao esmorecerem. Era uma disputa que ele não tinha chances de ganhar, nem se tentasse equiparar sua força com a da besta, tendão a tendão. Se quisesse ver o amanhecer do dia seguinte, precisava de uma estratégia.

Coot pressionou a madeira com mais força, os olhos vasculhando o salão em busca de alguma arma. Ele não podia entrar: não poderia controlá-lo. Um cheiro ruim penetrou suas narinas. Por um momento ele se imaginou nu e ajoelhado em frente ao gigante, com mijo batendo em seu crânio. Bem no rastro daquela imagem, veio outra saraivada de depravações. Era tudo o que podia fazer para não permitir que entrassem, permitir que as obscenidades conseguissem estadia permanente. A mente da criatura tentava entrar na sua, uma espessa invasão de imundície forçando entrada em suas memórias, encorajando pensamentos enterrados a emergirem. Não exigiria idolatria, como qualquer outro Deus? E suas demandas não seriam claras e reais? Não ambíguas, como as do Senhor a quem ele servira até então? Era um belo pensamento: ceder a essa certeza que batia do outro lado da porta, e ficar aberta em frente a ela, e deixar se infestar por ela.

Rawhead, cabeça descarnada. Seu nome era uma pulsação crua em seu ouvido — Raw. Head.

Desesperado, sabendo que suas frágeis defesas mentais estavam a ponto de colapso, os olhos se iluminaram no cabideiro à esquerda da porta. Raw. Head. Raw. Head. O nome era um imperativo. Raw. Head. Raw. Head. Evocava uma cabeça esfolada, suas defesas arrancadas, uma coisa prestes a estourar, sem dizer se era dor ou prazer. Mas fácil de se descobrir —

Estava quase o possuindo; Coot sabia disso: era agora ou nunca. Ele tirou um braço da porta e se esticou para o bengaleiro em busca de uma bengala. Entre elas, havia uma em particular que ele queria. Ele a chamava de bengala de passeio, um metro e meio, feita de freixo, listrada, bem usada e resistente. Os dedos a buscaram.

Rawhead tirou vantagem da falta de força atrás da porta; seu braço coriáceo tentava entrar, indiferente ao modo como a ombreira da porta escoriava sua pele. A mão, os dedos fortes como aço, pegara as dobras da jaqueta de Coot.

Coot ergueu a bengala de freixo e a desceu no cotovelo de Rawhead, onde o osso estava vulneravelmente perto da superfície. A arma se rachou com o impacto, mas fez seu trabalho. Do outro lado da porta o uivo recomeçou, e o braço de Rawhead logo recuou. Conforme os dedos escapuliram, Coot bateu a porta e a aferrolhou. Houve um hiato curto, apenas segundos, antes que o ataque recomeçasse, dessa vez dois punhos batendo na porta. As dobradiças começaram a entortar; a madeira gemia. Haveria pouco tempo, pouquíssimo tempo, até ele ganhar acesso. Era forte; e agora também estava furioso.

Coot cruzou o salão e pegou o telefone. Polícia, disse, e começou a discar. Quanto tempo antes daquela criatura somar dois mais dois, desistir da porta, e se mover até as janelas? Eram chumbadas, mas isso não duraria muito. Ele tinha no máximo alguns minutos, talvez segundos, a depender da capacidade cerebral da fera.

Sua mente, afrouxada do aperto de Rawhead, era um coro de preces e pedidos fragmentados. Se eu morrer, encontrou-se pensando, serei recompensado no Paraíso por morrer do modo mais brutal que algum vigário de interior poderia razoavelmente esperar? Existe alguma compensação no paraíso por ser estripado no salão frontal da própria Sacristia?

Havia apenas um oficial restante em plantão na Delegacia: o resto estava na estrada norte, limpando os restos de Gissing. O coitado não estava entendendo muito bem os apelos do Reverendo Coot, mas não teve dúvidas quanto ao som de madeira rachando que acompanhava os balbucios, nem quanto ao uivo ao fundo.

O oficial baixou o telefone e pediu ajuda por rádio. A patrulha na estrada norte levou vinte, talvez vinte e cinco segundos para responder. Nesse tempo, Rawhead já havia destroçado o painel central da porta da sacristia, e agora estava demolindo o resto. Não que a patrulha soubesse disso. Após as visões que eles haviam tido lá em cima, o corpo incinerado do chofer, a masculinidade perdida de Gissing, haviam ficado insolentes com a experiência, como veteranos de guerra de uma hora para a outra. O oficial da estação precisou de um minuto inteiro para convencê-los da urgência na voz de Coot. Nesse ínterim Rawhead ganhara acesso.

No hotel, Ron Milton observava o desfile de luzes piscando na montanha, ouvia as sirenes e os uivos de Rawhead, e foi sitiado por dúvidas. Era mesmo a calma vila de interior onde ele pretendia se assentar com a família? Olhou para Maggie, que fora desperta pelo barulho, mas agora havia dormido de novo, o vidro de comprimidos para dormir quase vazio na mesa de cabeceira ao lado da cama. Como se ela pudesse rir dele por isso, sentiu-se um protetor: queria ser o herói dela. Mas era ela quem tinha aulas de defesa pessoal noturnas, enquanto ele aumentava seu peso com almoços custosos. Observá-la dormir o deixou inexplicavelmente triste, sabendo que ele tinha tão pouco poder sobre a vida e a morte.

Rawhead parou no salão da Sacristia, em um confete de madeira estilhaçada. Seu torso estava perfurado com lascas de madeira e dúzias de feridas minúsculas sangravam em seu corpanzil arfante. Seu suor azedo permeou o salão tal qual incenso.

Ele fungou o ar atrás do homem, que não estava em nenhum lugar por perto. Rawhead exibiu os dentes com frustração, expelindo um sibilo fino do fundo da garganta, e saltou do salão em direção ao estúdio. Havia calor lá, seus nervos podiam senti-lo a vinte metros de distância, e também havia conforto. Ele virou a mesa e estraçalhou duas das cadeiras, em parte para abrir mais espaço para si mesmo, mas sobretudo por pura destrutividade, então jogou para longe a grade de proteção da lareira e se sentou. O calor o rodeou: um calor de cura, vivaz. Ele se luxuriou na sensação enquanto ela abraçava o seu rosto, sua barriga magra, seus membros. Sentiu-o aquecer seu sangue também, e assim agitar as memórias de outras fogueiras, fogueiras que ele havia acendido em florescentes campos de trigo.

E se recordou de outra fogueira, cuja memória sua mente tentou se esquivar e evitar, mas ele não conseguia deixar de pensar nela: a humilhação daquela noite o acompanharia para sempre. Eles haviam escolhido a estação com muito cuidado: auge do verão e sem chuva em dois meses. A vegetação rasteira da Floresta Selvagem estava seca, para fazer lenha, e mesmo as árvores vivas queimavam com facilidade. Ele havia sido arrastado para fora de sua fortaleza com olhos úmidos, confusos e lacrimosos, para encontrar estacas e redes por todos os lados, e aquela... *coisa* que elas tinham, aquela visão que podia subjugá-lo.

Claro que eles não foram corajosos o bastante para matá-lo; eram demasiado supersticiosos para isso. Além do mais, não reconheceram sua autoridade, mesmo ao feri-lo, sendo seu terror uma homenagem a ele? Então o enterraram vivo: e isso era pior que a morte. Não era isso o pior de tudo? Pois ele podia viver uma era, eras, sem jamais morrer, mesmo trancafiado sob a terra. Apenas abandonado para esperar cem anos, e sofrer, e mais uma centena, e outra, enquanto gerações caminharam no solo acima de sua cabeça e viveram e morreram e se esqueceram dele. Talvez as mulheres não tivessem se esquecido dele: ele podia sentir o cheiro delas mesmo debaixo da terra, quando elas se aproximavam de seu túmulo, e apesar de não saberem disso, elas se sentiam ansiosas, persuadiam seus homens a abandonarem o lugar de uma vez por todas, então ele ficou absolutamente só, sem nem mesmo um grão de companhia. A solidão era a vingança deles, pensou, pelas vezes em que ele e seus irmãos haviam levado mulheres para as matas, as arregaçado, metido e largado, sangrando, porém férteis. Elas morreriam tendo os filhos desses estupros; a anatomia de nenhuma mulher poderia sobreviver ao açoite de um híbrido, seus dentes, sua angústia. Essa era a única vingança que ele e seus irmãos tiveram contra o sexo barrigudo.

Rawhead se acariciava e olhava para a reprodução dourada da pintura *A Luz do Mundo* que havia acima da lareira de Coot. A imagem não evocava tremores de medo ou remorso nele: era uma imagem de um mártir sem sexo, com olhos de corça e lastimável. Sem desafios aqui. O verdadeiro poder, o único poder capaz de derrotá-lo, pelo visto se fora: perdido, irrevogável, seu lugar usurpado por uma pastora virgem. Ejaculou em silêncio, seu sêmen fino chiou na lareira. O mundo era seu, para comandá-lo sem desafios. Teria calor e comida em abundância. Mesmo bebês. Sim, carne de bebês, era a melhor. Ácaros recém-nascidos, ainda cegos do útero.

Esticou-se, suspirando em antecipação pela iguaria, o cérebro inundado por atrocidades.

De seu refúgio na cripta, Coot ouviu as viaturas guinchando até pararem do lado de fora da Sacristia, então o som de pés na estrada de cascalho. Julgou que havia ao menos meia dúzia. Com certeza bastaria.

Com cuidado, moveu-se no escuro até a escada.

Algo o tocou: ele quase gritou, mordendo a língua um momento antes de o grito escapar.

"Não vá agora", disse uma voz atrás dele. Era Declan, e de modo geral ele estava falando alto demais, para soar reconfortante. A coisa estava acima deles, em algum lugar, e os ouviria se ele não tomasse cuidado. Meu Deus, não devia ouvir.

"Está bem acima de nós", disse Coot, em um sussurro.

"Eu sei."

A voz parecia vir de suas entranhas e não de sua garganta; borbulhava imundície.

"Que tal fazer ele descer aqui? Ele quer você, sabe. Quer que eu —"

"O que aconteceu com você?"

O rosto de Declan acabava de ficar visível no escuro. Deu um sorriso malvado; lunático.

"Acho que ele pode querer te batizar também. O que você acha disso? Iria gostar, né? Ele mijou em mim: você viu? E isso não foi tudo. Ah, não, ele deseja mais que isso. Ele deseja tudo. Está me ouvindo? Tudo."

Declan agarrou Coot, um abraço de urso que fedia à urina da criatura.

"Vem comigo?", olhou com malícia para o rosto de Coot.

"Confio em Deus."

Declan riu. Não um riso vazio; havia uma compaixão genuína nele, apesar de sua alma perdida.

"Ele *é* Deus", afirmou. "Ele estava aqui antes desta latrina de merda ser construída, você sabe disso."

"Os cachorros também."

"Hã?"

"Mas isso não significa que eu os deixaria enfiarem as pernas em mim."

"Filho da puta esperto, você, hein?", disse Declan, o sorriso invertido. "Ele vai te mostrar. Você vai mudar."

"Não, Declan. Me solta —"

O abraço era forte demais.

"Suba as escadas, cuzão. Não se deve deixar Deus esperando."

Puxou Coot escada acima, braços ainda travados em sua volta. As palavras, e qualquer argumento lógico, escapavam a Coot: não poderia dizer nada que fizesse o homem perceber tamanha degradação? Entraram na igreja de modo desajeitado, e Coot automaticamente olhou para o altar, esperando alguma tranquilidade, mas não conseguiu nada. O altar tinha sido profanado. Os tecidos haviam sido rasgados e melados de excremento, a cruz e as velas estavam no meio de uma fogueira de missais que queimavam salutarmente nos degraus do altar. Fuligem flutuava pela igreja, o ar estava escurecido com a fumaça.

"Você que fez isso?"

Declan grunhiu.

"Ele quer que eu destrua tudo. Derrube pedra sobre pedra se for preciso."

"Ele não ousaria."

"Ah, ele ousaria. Ele não tem medo de Jesus, ele não tem medo de..."

A certeza carecia de um instante revelador, e Coot saltou com a hesitação.

"Mas aqui há algo de que ele *tem* medo, não é? Ou ele mesmo entraria aqui e faria tudo isso..."

Declan não estava olhando para Coot. Seus olhos ficaram vidrados.

"O que é, Declan? Do que ele não gosta? Você pode me dizer —"

Declan cuspiu no rosto de Coot, um bolo de catarro grosso que se pendurou no seu queixo como uma lesma.

"Não é de sua conta."

"Em nome de Cristo, Declan, olha o que ele fez com você."

"Reconheço o meu mestre quando o vejo —"

Declan estava tremendo.

"— e você também reconhecerá."

Ele virou Coot para encarar a porta sul. Estava aberta, e a criatura estava lá no limiar, inclinando-se graciosamente para se enfiar sob a varanda. Pela primeira vez Coot viu Rawhead com uma luz boa, e os terrores começaram pra valer. Evitara pensar demais em seu tamanho, seu olhar, suas origens. Agora, enquanto se aproximava dele com passos lentos, e até mesmo imponentes, seu coração reconheceu sua maestria. Não era um mero animal, apesar da crina e de sua formidável fileira de dentes; os olhos o lancearam de cima a baixo, brilhando com uma profundeza de desprezo que nenhum animal poderia reunir. A boca se abria cada vez mais, os dentes saindo das gengivas, com cinco ou seis centímetros, e a boca ainda estava se abrindo mais. Quando não havia mais para onde correr, Declan soltou Coot. Não que Coot se movesse de qualquer forma: a encarada era demasiado insistente. Rawhead esticou o braço e ergueu Coot. O mundo se virou em sua cabeça.

Havia sete policiais, não seis como Coot tinha chutado. Três estavam armados, as armas trazidas de Londres sob ordem do sargento-detetive Gissing. O falecido sargento-detetive Gissing, que logo seria condecorado postumamente. Estavam sob comando, esses sete homens bons e verdadeiros, do sargento Ivanhoe Baker. Ivanhoe não era um homem heroico, tanto por inclinação como por educação. Sua voz, a que ele rezara para que não o traísse e que desse ordens apropriadas quando chegasse a hora, saiu como um latido estrangulado, quando Rawhead surgiu no interior da igreja.

"Posso vê-lo!", disse. Todo mundo podia: tinha 2,75 metros, estava coberto de sangue, e parecia o Inferno sobre pernas. Ninguém precisava apontar. As armas foram erguidas sem a instrução de Ivanhoe: os homens desarmados, de repente se sentindo nus, beijaram seus cassetetes e rezaram. Um deles saiu correndo.

"Mantenham suas posições!", esganiçou Ivanhoe; se esses filhos da puta debandassem, ele seria deixado sozinho. Não tinham arranjado uma arma para ele, apenas autoridade, e isso não era muito conforto.

Rawhead ainda estava erguendo Coot, a um braço de distância, pelo pescoço. As pernas do Reverendo balançavam a trinta centímetros acima do chão, a cabeça pendia para trás, os olhos estavam fechados. O monstro exibia o corpo para seus inimigos, prova de poder.

"Deveríamos... por favor... podemos... atirar nesse desgraçado?", indagou um dos atiradores.

Ivanhoe engoliu antes de responder. "Vamos acertar o vigário."

"Ele já está morto", disse o atirador.

"Não sabemos disso."

"Ele deve estar morto. Olhe para ele —"

Rawhead chacoalhava Coot como se ele fosse um edredom e seu enchimento estivesse caindo, para o nojo intenso de Ivanhoe. Então, quase preguiçosamente, Rawhead jogou Coot para a polícia. O corpo acertou o cascalho perto do portão e ficou lá. Ivanhoe encontrou sua voz —

"Atirem!"

Os atiradores não precisavam de encorajamento; seus dedos estavam pressionando os gatilhos antes que a última sílaba saísse de sua boca.

Rawhead foi atingindo por três, quatro, cinco balas em sucessão rápida, a maioria no peito. Elas o feriram e ele levantou um braço para proteger o rosto, cobrindo suas bolas com a outra mão. Era uma dor que ele não havia antecipado. O ferimento recebido pelo rifle de Nicholson fora esquecido na alegria do derramamento de sangue que veio logo em seguida, mas esses dardos o machucaram e continuavam a acertá-lo. Sentiu uma pontada de medo. Seu instinto era o de avançar em face dessas varetas que estouravam e acendiam, mas a dor era demais. Em vez disso, virou-se e partiu em retirada, saltando por cima das tumbas ao fugir para a segurança das montanhas. Conhecia bem os bosques, covis e cavernas, onde podia se esconder e ganhar tempo para refletir sobre esse novo problema. Mas primeiro tinha que se livrar deles.

Foram rapidamente atrás dele, ruborizados com a facilidade da vitória, deixando Ivanhoe para encontrar um vaso em um dos túmulos, tirar todos os crisântemos de dentro, e vomitar.

Fora da descida não havia luzes na estrada, e Rawhead começou a se sentir mais seguro. Podia se misturar à escuridão, para dentro da terra, fizera isso mil vezes. Cortou caminho por uma plantação. A cevada ainda não tinha sido colhida, e estava pesada com os grãos. Ele pisou nela enquanto corria, esmigalhando sementes e caules. Às suas costas, os perseguidores já estavam perdendo a caçada. O carro em que eles se amontoaram havia parado na estrada, ele podia ver as luzes, uma azul, duas brancas, bem atrás dele. O inimigo estava gritando uma confusão de ordens, palavras que Rawhead não compreendia. Não importava; ele conhecia os homens. Assustavam-se com facilidade. Aquela noite não iriam atrás dele muito longe; usariam o escuro como desculpa para cancelar a perseguição, dizendo a si mesmos que os ferimentos eram fatais, de qualquer forma. Crianças confiantes que eram.

Ele subiu até o topo da montanha e olhou para o vale abaixo. Abaixo, na serpente da estrada, seus olhos os faróis do carro do inimigo, a vila era uma roda de luz quente, com azuis e vermelhos lampejando no eixo. Adiante, em cada direção, a escuridão impenetrável das montanhas, sobre o qual as estrelas formavam anéis e constelações. Durante o dia, parecia um vale coberto, pequeno como uma cidade de brinquedo. À noite era insondável, mais sua que dos outros.

Seus inimigos já retornavam a seus casebres, como ele sabia que fariam. A caçada estava terminada pela noite.

Deitou-se na terra e observou um meteoro queimar ao cair no sudeste. Era uma listra breve e brilhante, que delineou uma nuvem e depois se apagou. A manhã estava a várias e curativas horas, no futuro. Logo ele estaria forte de novo: e então, então — queimaria todos eles.

Coot não estava morto: mas tão perto da morte que mal faria alguma diferença. Oitenta por cento dos ossos do corpo fraturados ou quebrados: o rosto e o pescoço eram um labirinto de lacerações: uma das mãos estava estraçalhada a ponto de ficar quase irreconhecível. Com certeza morreria. Era apenas uma questão de tempo e inclinação.

Na vila, aqueles que chegaram a vislumbrar o mínimo fragmento dos eventos à distância já estavam elaborando suas histórias: e a evidência do olho nu tornava críveis as mais fantásticas invenções. O caos no átrio da igreja, a porta destroçada da Sacristia: o carro afastado por faixa policial na estrada Norte. O que quer que tenha acontecido naquela noite de sábado demoraria muito tempo para ser esquecido.

Não houve Festival da Colheita, o que não foi surpresa para ninguém.

Maggie estava insistente: "Quero que a gente volte para Londres".

"Há um dia você queria que a gente ficasse aqui. Que começasse a fazer parte da comunidade."

"Isso foi na sexta, antes de toda essa... essa... Tem um maníaco à solta, Ron."

"Se formos agora, não voltaremos depois."

"Do que você está falando; claro que voltaremos."

"Se formos embora assim que o lugar sofre uma ameaça, desistimos dele por completo."

"Isso é ridículo."

"Foi você que queria tanto que a gente ficasse visível, que nós fôssemos vistos participando do cotidiano da vila. Bem, também temos que participar das mortes. E eu vou ficar — ver tudo. Você pode voltar para Londres. Leve as crianças."

"Não."

Ele suspirou pesadamente.

"Quero ver ele ser pego: seja quem for. Quero saber que está tudo resolvido, ver com os meus próprios olhos. É o único modo de a gente se sentir seguro aqui."

Relutantemente, ela acenou com a cabeça.

"Então vamos pelo menos sair um pouco do hotel. A sra. Blatter já está para ficar doida. Podemos dar uma volta de carro? Tomar um pouco de ar —"

"Claro, por que não?"

Era um perfumado dia de setembro: o interior, sempre desejoso de lançar uma surpresa, irradiava vida. Flores tardias brilhavam nas cercas vivas da beira da estrada, pássaros desciam conforme eles passavam.

O céu estava azul-anil, as nuvens uma fantasia de creme. A poucos quilômetros fora da vila, todos os horrores da noite anterior começaram a evaporar e a exuberância completa do dia começava a elevar o espírito da família. A cada quilômetro que se afastavam de Zeal, os medos de Ron diminuíam. Logo ele estava cantando.

No assento de trás, Debbie estava dando trabalho. Em um momento "Estou com calor, papai", no outro: "Quero um suco de laranja, papai"; no outro: "Tenho que fazer xixi".

Ron parou o carro em um trecho vazio da estrada, e fez o papel do pai indulgente. As crianças haviam passado por muita coisa; aquele dia podiam ser mimadas.

"Tudo bem, querida, pode fazer xixi aqui, e então vamos procurar um sorvete para vocês."

"Cadê o lá-lá?", disse ela. Maldita idiotice; eufemismo da sogra.

Maggie exclamou. Ela lidava melhor do que Ron, quando Debbie estava nesse humor. "Pode ir para trás da moita", disse ela.

Debbie pareceu horrorizada. Ron trocou meio sorriso com Ian.

O garoto tinha um aspecto intrigado no rosto. Fazendo uma careta, voltou ao gibi cheio de orelhas.

"Vai rápido, tá?", murmurou ele. "E então podemos ir a algum lugar decente."

Algum lugar decente, pensou Ron. Ele se refere a uma cidade. É um menino da cidade; vai demorar um pouco até convencê-lo de que uma montanha com uma vista é um lugar decente. Debbie ainda estava bancando a difícil.

"Não consigo aqui, mamãe —"

"Por que não?"

"Alguém pode me ver."

"Ninguém vai te ver, querida", assegurou Ron. "Agora obedece a sua mãe." Ele se virou para Maggie. "Vai com ela, amor."

Maggie estava imóvel.

"Tudo bem com ela."

"Ela não consegue subir o portão sozinha."

"Então você vai."

Ron estava determinado a não discutir; forçou um sorriso. "Vamos", disse.

Debbie saiu do carro e Ron a ajudou a subir o portão de ferro até a plantação. Já fizeram a colheita. Tinha um cheiro de... terra.

"Não olhe", admoestou ela, de olho arregalado, "você não *tem autorização* para olhar."

Já era uma manipuladora, na tenra idade de 9 anos. Tinha mais destreza com ele que com o piano de suas aulas. Ele sabia disso, e ela também. Ele sorriu para ela e fechou os olhos.

"Tudo bem. Está vendo? Estou de olhos fechados. Agora anda logo, Debbie. Por favor."

"Promete que não vai espiar."

"Não vou espiar." Meu Deus, ela com certeza está fazendo uma cena por causa disso. "Anda logo."

Olhou para o carro. Ian estava sentado no banco de trás, ainda lendo, absorto em heroísmo barato, o rosto inerte ao encarar a aventura. O garoto era muito sério: um ocasional sorriso amarelo era tudo o que Ron conseguia ganhar dele. Não era um fingimento, não era um falso ar de mistério. Ele parecia contente em deixar toda a performance para a irmã.

Atrás da cerca viva, Debbie baixou as calcinhas de domingo e se agachou, mas depois de toda a confusão, o xixi não saía. Ela se concentrou, mas isso só piorou tudo.

Ron olhou para a plantação na direção do horizonte. Havia gaivotas ali, disputando algum petisco. Ele as observou um pouco, com impaciência crescente.

"Vamos logo, amor", disse.

Olhou de volta para o carro, e Ian agora o observava, o rosto relaxado de tédio; ou algo assim. Havia algo mais ali: uma profunda resignação? Pensou Ron. O garoto olhou de volta para seu gibi *Utopia*, sem reparar no olhar do pai.

Então Debbie gritou: um esganiço de estourar os ouvidos.

"Meu Deus!" Em um instante Ron estava subindo o portão, e Maggie não estava muito atrás dele.

"Debbie!"

Ron a encontrou de pé, apoiada na cerca viva, encarando o chão, balbuciando, rosto vermelho. "Qual o problema, pelo amor de Deus?"

Não havia coerência em sua fala. Ron seguiu o seu olho.

"O que houve?" Maggie estava sentindo dificuldades em passar por cima do portão.

"Tudo bem... Tudo bem."

Havia uma toupeira morta quase enterrada no emaranhado dos limites da plantação, os olhos arrancados, o couro apodrecendo, coberto de moscas.

"Meu Deus, Ron." Maggie lhe deu um olhar acusatório, como se ele houvesse colocado aquela porcaria ali com uma malícia calculada.

"Tudo bem, querida", disse ela, acotovelando o marido ao passar e envolvendo Debbie nos braços.

Os soluços dela se aquietaram um pouco. Crianças da cidade, pensou Ron. Vão precisar se acostumar com esse tipo de coisa se vão mesmo morar aqui no interior. Sem garis para rasparem os gatos atropelados todo dia de manhã. Maggie a estava balançando, e a pior parte das lágrimas aparentemente se fora.

"Ela vai ficar bem", disse Ron.

"Claro que vai, não é mesmo, querida?" Maggie a ajudou a subir a calcinha. Ainda estava choramingando, a necessidade de privacidade foi esquecida em seu infortúnio.

Do banco traseiro do carro, Ian ouvia as lamúrias da irmã e tentava se concentrar no gibi. Tudo por atenção, pensou. Bem, de nada.

De repente ficou escuro.

Tirou o olho da página, o coração batendo forte. Ao seu ombro, a quinze centímetros dele, algo parou para espiar dentro do carro, o rosto como o Inferno. Ele não conseguiu gritar, a língua se recusou a se mover. Tudo o que conseguiu fazer foi encharcar o assento e chutar inutilmente, enquanto os braços longos e cheios de cicatrizes tentavam pegá-lo pela janela. As unhas do animal cortaram seus tornozelos e rasgaram sua meia. Um de seus sapatos novos caiu durante a luta. Agora a criatura tinha segurado seu pé e ele estava sendo puxado pelo banco molhado até a janela. Encontrou sua voz. Não exatamente a *sua* voz, mas uma voz patética e idiota, que não se igualava ao terror mortal que ele sentia. E tarde demais, de qualquer forma; agora o animal estava puxando suas pernas pela janela, e seu traseiro estava quase do outro lado. Ele olhou pela janela de trás enquanto a fera puxava seu torso para o ar livre, e, como dentro de um sonho, viu o Papai diante do portão, o rosto parecendo muito, muito ridículo. Ele estava subindo o portão, vindo em ajuda, vindo salvá-lo, mas era lento demais. Ian sabia que não tinha salvação desde o começo, pois já tinha morrido desse jeito em seu sono umas cem vezes e Papai jamais chegava a tempo. A bocarra estava maior do que em seus sonhos, um buraco ao qual ele estava sendo levado, de cabeça. Cheirava como as lixeiras dos fundos da cantina da escola, um milhão de vezes mais forte. Ele vomitou dentro da garganta da fera, enquanto ela arrancava o topo de sua cabeça com uma mordida.

Ron jamais havia gritado na vida. O grito sempre pertencera ao outro sexo, até aquele instante. Então, observando o monstro se levantar e fechar as mandíbulas em volta da cabeça de seu filho, não houve som apropriado além de um grito.

Rawhead ouviu o grito e se virou, sem traço de medo no rosto, para ver de onde vinha. Seus olhos se encontraram. O olhar do Rei penetrou Milton como uma estaca, fixando-o na estrada e congelando sua medula. Foi Maggie que rompeu o transe, sua voz um lamento fúnebre.

"Oh... por favor... não."

Ron tirou da cabeça o olhar de Rawhead, e começou a ir em direção ao carro, em direção ao filho. Mas a hesitação concedera a Rawhead a graça de um momento, de que ele mal precisava, de qualquer forma, e ele já estava longe, sua coleta presa entre as mandíbulas, derramando-se à esquerda e à direita. A brisa levou gotículas do sangue de Ian até Ron; ele as sentiu manchar seu rosto em um chuvisco gentil.

Declan estava na capela de St. Peter e ouvia o barulho. Ainda estava lá. Mais cedo ou mais tarde teria de ir até a fonte daquele som e destruí-lo, mesmo que isso significasse, como era possível, sua própria morte. Seu novo mestre o demandaria. Mas isso era o esperado; e pensar na morte não o incomodava; longe disso. Nos últimos dias ele tinha percebido ambições que nutrira (impronunciadas, sequer pensadas) por anos.

Olhando para o corpanzil escuro do monstro que jorrava mijo em cima dele, encontrou a alegria mais pura. Se essa experiência, que antes teria lhe causado repulsa, poderia ser assim consumada, como seria a morte? Ainda mais rara. E se ele pudesse lograr morrer pela mão de Rawhead, por aquela mão larga de odor tão ruim, não seria a mais rara das raras?

Olhou para o altar, e para os restos do fogo, que a polícia tinha apagado. Eles haviam procurado por ele após a morte de Coot, mas ele tinha uma dúzia de esconderijos que eles jamais encontrariam, e logo desistiram. Peixes maiores para fritar. Ele pegou um punhado recente de *Canções de Louvor* e jogou nas cinzas úmidas. Os candelabros estavam empenados, mas ainda reconhecíveis. A cruz havia desaparecido, derretida ou retirada por algum oficial da lei de dedos leves. Ele rasgou alguns punhados de hinos dos livros e acendeu um fósforo. As velhas canções queimaram com facilidade.

Ron Milton estava sentindo o gosto das lágrimas, e era um gosto do qual ele havia se esquecido. Fazia muitos anos desde que tinha chorado, especialmente em frente a outros homens. Só que não se preocupava mais: os desgraçados desses policiais não eram humanos mesmo. Apenas olhavam para ele, enquanto ele despejava sua história, e acenavam como idiotas.

"Convocamos homens de cada divisão em um raio de oitenta quilômetros, sr. Milton", disse o rosto apático com os olhos compreensivos. "As montanhas estão sendo vasculhadas. Vamos pegar isso, seja lá o que for."

"Isso pegou meu filho, está entendendo? Matou ele na minha frente —"

Eles não pareciam perceber o horror disso tudo.

"Estamos fazendo o possível."

"Não basta. Essa coisa... não é humana."

Ivanhoe, com olhos compreensíveis, sabia muito bem como aquele maldito era desumano.

"Há pessoas vindo do Ministério de Defesa: não podemos fazer muito mais até analisarmos as evidências", declarou. Então acrescentou, como pretexto: "É dinheiro público, senhor".

"Seu idiota de merda! Que importa quanto vai custar para matar ele? Aquilo não é humano. Veio direto do Inferno."

O olhar de Ivanhoe perdeu a compaixão.

"Se veio do Inferno, senhor", disse, "não acredito que acharia o Reverendo Coot uma presa tão fácil."

Coot: era esse homem que o ajudaria. Por que não tinha pensado nisso antes? Coot.

Ron jamais fora muito ligado à religião. Mas tinha uma mente aberta, e agora que tinha visto a oposição, ou um de seus soldados, estava disposto a reformular suas opiniões. Acreditaria em qualquer coisa, qualquer coisa mesmo, que lhe armasse contra o Diabo.

Precisava falar com Coot.

"E sua esposa?", indagou o policial. Maggie estava sentada em uma das salas contíguas, emudecida devido à sedação, com Debbie dormindo ao seu lado. Não havia nada que ele pudesse fazer por elas. Estavam tão seguras ali quanto em qualquer outro lugar.

Precisava falar com Coot antes que ele morresse.

Ele saberia de alguma coisa que reverendos sabem; e compreenderia a dor melhor do que esses macacos. Filhos mortos eram cruciais à Igreja, afinal.

Ao entrar no carro, por um momento pareceu sentir o cheiro do filho: o garoto que teria seguido adiante com o seu nome (seu nome de batismo era Ian Ronaldo Milton), o garoto que era seu esperma tornado carne, que ele havia circuncidado como em si mesmo. O filho silencioso que tinha olhado para ele de dentro do carro com tamanha resignação nos olhos.

Dessa vez as lágrimas não correram. Dessa vez havia apenas uma raiva que quase chegava a ser maravilhosa.

Eram 23h30. Rawhead Rex estava deitado sob o luar em uma das plantações ao sudeste da Fazenda Nicholson. O restolho agora estava escurecendo, e da terra subia o miasma pestilento dos restos dos vegetais apodrecidos. Ao seu lado estava sua janta, Ian Ronald Milton, deitado no campo de rosto para cima, com o diafragma rasgado. De vez em quando, a besta se inclinava sobre um cotovelo e mergulhava os dedos na sopa fria do corpo do garoto e pescava um petisco.

Ali, sob a lua cheia, banhado em prata, estirando os membros e comendo a carne de um ser humano, tinha uma sensação irresistível. Os dedos puxaram um rim do prato ao seu lado e, então, o engoliu por inteiro.

Gostoso.

Coot estava desperto, apesar da sedação. Sabia que estava morrendo, e o tempo era demasiado precioso para ficar cochilando. Desconhecia o nome do rosto que o interrogava na escuridão amarelada de seu quarto, mas a voz era tão polidamente insistente que ele tinha de ouvir, mesmo que isso interrompesse sua pacificação com Deus. Além disso, eles tinham perguntas em comum: e todas essas perguntas giravam em torno da besta que o reduzira àquela massa.

"Ele levou o meu filho", disse o homem. "O que o senhor sabe a respeito desse animal? Por favor, me diga. Vou acreditar em qualquer coisa que me contar —" Já *isso sim* era desespero — "Só me explica —"

Volta e meia, enquanto estivera deitado naquele travesseiro quente, pensamentos confusos haviam percorrido a mente de Coot. O batismo de Declan; o abraço da besta; o altar; seus cabelos ouriçados assim como sua pele. Talvez houvesse algo que ele pudesse contar ao pai diante de seu leito.

"... na igreja..."

Ron se inclinou para mais perto de Coot; de imediato ele sentiu o cheiro de terra.

"... o altar... tem medo o altar..."

"Refere-se à cruz? Ele tem medo da cruz?"

"Não... não —"

"Não —"

O corpo estalou uma vez e parou. Ron observou a morte surgir em seu rosto: a saliva secar nos lábios de Coot, a íris do olho remanescente se contrair. Ele observou por muito tempo antes de chamar a enfermeira, então escapou silenciosamente.

Havia alguém na igreja. A porta, que fora trancada a cadeado pela polícia, estava entreaberta, com a tranca destroçada. Ron a empurrou alguns centímetros e se esgueirou para dentro. Não havia luzes na igreja, a única iluminação era uma fogueira nos degraus do altar. Estava sendo alimentada por um jovem que Ron já tinha visto pra lá e pra cá na vila. Ele tirou os olhos do fogo, mas continuou alimentando as chamas com miolos de livros.

"O que posso fazer por você?", perguntou, sem interesse.

"Vim para —", Ron hesitou. O que dizer a esse homem: a verdade? Não, havia algo de errado ali.

"Eu te fiz a porra de uma pergunta", disse o homem. "O que você quer?"

Ao percorrer o corredor em direção ao fogo, Ron passou a enxergar o interrogador com mais detalhes. Tinha manchas parecidas com lama nas roupas, e seus olhos haviam afundado nas órbitas como se o seu cérebro os houvesse sugado.

"Você não tem o direito de ficar aqui —"

"Pensei que qualquer um podia entrar em uma igreja", disse Ron, encarando as páginas que chamuscavam na fogueira.

"Não hoje. Cai fora daqui." Ron continuou andando até o altar.

"Mandei você cair fora daqui!"

A face em frente a Ron estava vivaz, com esgares e caretas: havia loucura nele.

"Vim olhar o altar; não saio daqui antes de conferir isso."

"Andou conversando com Coot. Não é?"

"Coot?"

"O que aquele velho sacana te disse? É tudo mentira, seja lá o que for; ele nunca contou a verdade na porra da vida, sabia? Vai por mim. Ele costumava subir ali —", ele jogou um livro de preces no púlpito, "— e contar um monte de mentiras de merda!"

"Quero ver o altar por conta própria. Veremos se ele estava contando mentiras —"

"*Não vai não!*"

O homem jogou outro punhado de livros na fogueira e avançou para bloquear o caminho de Ron. Sentiu o cheiro não de lama, mas de bosta. Do nada, ele atacou. As mãos agarraram o pescoço de Ron, e os dois caíram no chão. Os dedos de Declan tentavam estourar os olhos de Ron: os dentes tocando seu nariz.

Ron se surpreendeu com a fraqueza dos próprios braços; por que não havia jogado squash como Maggie sugeria, por que tinha músculos tão ineficazes? Se não tomasse cuidado, esse homem o mataria.

De repente uma luz, tão intensa que parecia que a aurora surgia à meia-noite, resplandeceu na janela do oeste. Uma nuvem de gritos a seguiu de imediato. Chamas brilhantes, apequenando a fogueira sobre os degraus do altar, pintavam o ar. O vitral dançava.

Declan se distraiu de sua vítima por um instante, e Ron contra--atacou. Empurrou o queixo do homem, e deu uma joelhada sob seu torso, e então chutou com força. O inimigo saiu cambaleando e Ron foi atrás dele, um punhado de cabelos prendendo o alvo, enquanto a bola da outra mão martelava o rosto do lunático até quebrá-lo. Não bastava ver o nariz do desgraçado sangrar, ou ouvir a cartilagem esmagada; Ron continuou batendo e batendo até que seu punho sangrou. Somente depois disso ele soltou Declan.

Do lado de fora, Zeal ardia.

Rawhead havia causado incêndios antes, vários incêndios. Mas a gasolina era uma arma nova, e ele ainda estava pegando o jeito. Não demorou muito para aprender. O truque era ferir as caixas sobre rodinhas, isso era fácil. Abrir seus flancos e deixar o sangue delas jorrar, sangue que lhe causava dor de cabeça. As caixas eram uma presa fácil, alinhadas no pavimento como bois prestes a serem abatidos. Ele foi para o meio delas louco para matar, espirrando seu sangue pela Rodovia e o acendendo. Rios de fogo líquido percorreram jardins e limiares de portas. Arbustos queimaram; casebres com cumeeiras de madeira subiram. Em minutos Zeal começou a arder de uma ponta a outra.

Na Igreja de St. Peter, Ron puxou do altar a toalha imunda, tentando bloquear todos os pensamentos em Debbie e Margaret. Com certeza a polícia as levaria para um lugar seguro. O problema em suas mãos precisava ser resolvido antes.

Debaixo da toalha havia um caixote enorme, cujo painel frontal exibia um entalhe grosseiro. Ele não prestou atenção no desenho; havia questões mais urgentes a se atentar. Do lado de fora, a fera estava à solta. Ele podia ouvir os rugidos triunfantes, e sentiu ânsia, sim, ânsia, de ir lá. Matar ou ser morto. Mas primeiro, o caixote. Continha poder, sem dúvidas; um poder que mesmo agora estava arrepiando os seus cabelos, que estava operando em seu pau, dando-lhe um tesão doloroso. Sua carne parecia ferver com isso, excitava-o como o amor. Ávido, ele pôs as mãos no caixote, e um choque que pareceu cozinhar as suas juntas percorreu ambos os seus braços. Ele caiu para trás, e por um momento se perguntou se permaneceria consciente, de tão forte que era a dor, mas ela diminuiu em alguns instantes. Ele procurou em volta por alguma ferramenta, algo para abrir o caixote sem usar as mãos.

No desespero, enrolou um pedaço da toalha do altar na mão e puxou um dos candelabros de bronze da beira do fogo. A toalha começou a queimar enquanto o calor avançava até sua mão. Ele voltou ao altar e bateu na madeira como um maluco até ela começar a rachar. Suas mãos agora estavam dormentes; se os candelabros aquecidos estavam queimando suas palmas, ele não sentia. Mas que importava? Havia uma arma ali: a poucos centímetros dele, se ao menos conseguisse chegar nela, manejá-la. A ereção latejava, as bolas formigavam.

"Venha a mim", encontrou-se dizendo, "venha, venha. Venha a mim. Venha a mim." Como se quisesse seu abraço, esse tesouro, como se fosse uma garota desejada por ele, desejada por seu tesão, e ele a estivesse hipnotizando até sua cama.

"Venha a mim, venha a mim —"

A fachada de madeira estava quebrando. Agora ofegante, ele usou os cantos da base do candelabro a fim de alavancar para fora pedaços maiores de madeira. O altar era oco, como ele sabia que seria. E estava vazio.

Vazio.

Exceto por uma bola de pedra do tamanho de uma pequena bola de futebol. Era esse o prêmio? Não podia acreditar em como parecia insignificante: e mesmo assim, o ar ainda estava elétrico em sua volta; seu sangue ainda dançava. Ele enfiou o braço no buraco que fizera no altar e pegou a relíquia.

Do lado de fora, Rawhead estava jubilante.

Imagens surgiram diante dos olhos de Ron, enquanto ele sentia o peso da pedra com a mão adormecida. Um cadáver com os pés em chamas. Um berço flamejante. Um cachorro correndo a rua, uma bola de fogo viva. Estava tudo lá fora, esperando para acontecer.

Contra o perpetrador, ele tinha sua pedra.

Confiara em Deus, apenas por metade de um dia, e cagaram em cima dele. Era apenas uma pedra: apenas a merda de uma *pedra*. Ele virou e revirou a bola de futebol em sua mão, tentando extrair algum sentido de seus sulcos e relevos. Deveria *ser* algo, talvez; estaria deixando passar sua significância mais profunda?

Houve um ruído do outro lado da igreja; uma pancada, um grito, do outro lado da porta o chiado de uma chama.

Duas pessoas cambalearam para dentro, seguidas por fumaça e súplicas.

"Ele está tocando fogo no vilarejo", disse uma voz que Ron conhecia. Era aquele benigno policial que não acreditava no Inferno; tentava manter a compostura, talvez por conta de sua companhia, a sra. Blatter do hotel. A camisola com que ela fora para a rua estava rasgada. Seus peitos estavam expostos; eles balançavam com seus soluços; ela parecia não perceber que estava nua, ou onde estava.

"Que Deus do Céu nos ajude", disse Ivanhoe.

"Não tem nenhuma merda de Cristo aqui", veio a voz de Declan. Ele estava de pé, ralhando com os intrusos. Ron não podia ver seu rosto de onde ele estava, mas sabia que estava quase irreconhecível. A sra. Blatter se esquivou dele, enquanto ele cambaleava em direção à porta, então ela correu em direção ao altar. Ela havia se casado ali: no mesmíssimo ponto onde ele iniciara o fogo.

Ron encarou o corpo dela em transe.

Ela estava consideravelmente acima do peso, os peitos flácidos, a barriga tapando a visão de sua boceta, de modo que ele duvidava que ela podia vê-la. Mas era exatamente por causa disso que a cabeça do pau dele latejava, por causa disso que a cabeça dele rodava —

A imagem dela estava em sua mão. Deus, sim, ela estava lá em sua mão, ela era o equivalente vivo do que ele segurava. Uma mulher. A pedra era a estátua de uma mulher, uma Vênus mais gorda que a sra. Blatter, a barriga inchando com crianças, peitos iguais a montanhas, a boceta um vale que começava em seu umbigo e se abria ao mundo. Durante todo esse tempo, sob a toalha e a cruz, eles se curvaram a uma deusa pagã.

Ron saiu do altar e começou a correr pelo corredor, empurrando para o lado a sra. Blatter, o policial e o lunático.

"Não saia", disse Ivanhoe, "Ele está bem aí fora."

Ron segurou a Vênus com força, sentindo o seu peso nas mãos e extraindo segurança dela. Atrás dele, o sacristão guinchava um alerta ao seu Senhor. Sim, certamente era um alerta.

Ron abriu a porta com um chute. Por todos os lados, fogo. Um berço flamejante, um cadáver (era do chefe dos correios) com os pés em chamas, um cão despelado pelo fogo, passando por ele. E Rawhead, claro, uma silhueta contra um panorama de chamas. Ele olhou para o outro lado, talvez por escutar os alertas que o sacristão gritava, contudo mais provavelmente, pensou Ron, por saber, saber sem que lhe contassem, que a mulher tinha sido encontrada.

"Aqui!", gritou Ron, "Estou aqui! Estou aqui!"

A fera agora ia em sua direção, com o passo firme de um vitorioso se aproximando para conquistar sua vitória final e absoluta. A dúvida surgiu em Ron. Por que vinha com tanta confiança ao seu encontro, sem parecer se importar com a arma que ele carregava nas mãos?

Não tinha visto, não tinha ouvido os alertas?

A não ser que —

Meu Deus do Céu.

— A não ser que Coot estivesse errado. A não ser que ele segurasse *apenas* uma pedra, um pedaço de pedra inútil e sem qualquer significado.

Então um par de mãos o agarrou pelo pescoço.

O lunático.

Uma voz baixa expeliu "filho da puta" em seu ouvido.

Ron observou Rawhead se aproximar, escutou o lunático agora guinchando: "Aqui está ele. Pega. Mata. Aqui está ele".

Do nada o aperto enfraqueceu, e Ron virou pela metade para ver Ivanhoe arrastando o lunático para a parede da igreja. A boca do rosto quebrado do sacristão continuava a guinchar.

"Ele está aqui! Aqui!"

Ron olhou de volta para Rawhead: a besta estava quase em cima dele, e ele foi lento demais para erguer a pedra em defesa própria. Mas Rawhead não tinha intenção de pegá-lo. Era Declan que ele estava cheirando e ouvindo. Ivanhoe liberou Declan quando as mãos enormes de Rawhead desviaram de Ron e tatearam atrás do lunático. O que se seguiu foi uma cena insuportável. Ron não conseguiu ver as mãos dividirem Declan ao meio: mas ouviu o balbucio de súplicas se tornarem brados de pesar descrente. Quando olhou em seguida, não havia nada de reconhecidamente humano no chão ou na parede —

— E Rawhead agora estava indo atrás dele, com a intenção de fazer o mesmo ou até pior. A cabeçorra se endureceu para se fixar em Ron, a bocarra arreganhada, e ele viu como o fogo tinha ferido Rawhead. A besta se descuidara em sua sanha de destruição: o fogo queimara seu rosto e seu torso superior. Os pelos do corpo estavam chamuscados, a crina estava hirsuta, e a carne do lado esquerdo do rosto estava escura e cheia de bolhas. As chamas haviam assado seus olhos, e eles estavam nadando em uma meleca de muco e lágrimas. Foi por isso que ele tinha seguido a voz de Declan e passado por Ron; mal podia enxergar.

Mas ele precisa enxergar agora. Precisa.

"Aqui... aqui...", disse Ron, "Aqui estou!" Rawhead ouviu. Olhou sem enxergar, os olhos tentando focar.

"Aqui! Estou aqui!"

Rawhead grunhiu em seu peito. O rosto queimado doía; queria se afastar dali, para o frescor de um arbusto de bétulas, iluminado pelo luar.

Seus olhos embaçados encontraram a pedra; o *homo sapien* a aninhava como um bebê. Era difícil para Rawhead ver com clareza, mas ele sabia. Doía em sua mente essa imagem. Perfurava-o, atiçava-o.

Claro que era apenas um símbolo, um sinal de poder, não o próprio poder em si, mas sua mente não fazia tal distinção. Para ele, a pedra era o que ele mais temia: a mulher sangrando, seu buraco aberto engolindo sementes e expelindo crianças. Era a vida, aquele buraco, aquela mulher, era a fecundidade infindável. Ela o apavorava.

Rawhead recuou, a própria merda escorrendo livremente pela perna. O medo em seu rosto deu forças a Ron. Ele se aproveitou da posição de vantagem, aproximando-se da besta em retirada, pouco ciente de que Ivanhoe estava reunindo aliados em sua volta, figuras armadas esperando no canto da visão, desejosos para acabar com o incendiário.

Sua própria força estava se esvaindo. A pedra, erguida bem acima de sua cabeça de modo que Rawhead pudesse ver com clareza, pareceu mais pesada naquele momento.

"Vão em frente", disse baixinho aos zelotes que se reuniam. "Vão em frente, acabem com ele. Acabem com ele..."

Eles começaram a avançar antes mesmo que ele fechasse a boca.

Rawhead sentia o cheiro deles, mais do que os via: seus olhos feridos estavam fixos na mulher.

Seus dentes saíram dos invólucros em preparo ao ataque. O fedor de humanidade chegava por todas as direções ao seu redor.

O pânico sobrepôs suas superstições por um momento, e ele saltou em direção a Ron, protegendo-se contra a pedra. O ataque pegou Ron de surpresa. As garras se enfiaram em seu escalpo, o sangue jorrou por seu rosto.

Então a multidão se aproximou. Mãos humanas, fracas, mãos humanas brancas foram colocadas sobre o corpo de Rawhead. Punhos acertaram sua espinha, unhas arranharam sua pele.

Ele soltou Ron quando alguém esfaqueou a traseira de suas pernas e cortou o seu tendão. A agonia o fez uivar aos céus, ou assim pareceu. Nos olhos assados de Rawhead, as estrelas giraram enquanto ele caía para trás na estrada, as costas estalando debaixo dele. Eles logo tomaram vantagem, sobrepujando-o apenas com o peso dos números. Ele mutilou um dedo aqui, uma face acolá, mas agora eles não seriam parados. O ódio deles era antigo; estava em seus ossos, ainda que eles não soubessem.

Ele se debateu sob seus ataques pelo máximo de tempo possível, mas sabia que a morte era certa. Não haveria ressurreição dessa vez, nem espera debaixo da terra por uma época em que os descendentes dos homens se esquecessem dele. Seria exterminado em definitivo, e não restaria nada.

Ele ficou mais quieto ao pensar nisso, e ergueu as vistas ao máximo a fim de enxergar onde estava parado o pequeno pai. Seus olhos se encontraram, assim como na estrada, quando ele raptara o garoto. Mas agora o olhar de Rawhead tinha perdido o poder de paralisar. Seu rosto estava vazio e estéril como a lua, derrotado muito antes de Ron bater com a pedra entre seus olhos. O crânio era mole: afundou-se e logo um naco de cérebro se espalhou sobre a estrada.

O Rei partiu. De repente era o fim, sem cerimônia ou celebração. O fim, de uma vez por todas. Não houve choro.

Ron deixou a pedra no mesmo lugar, enfiada até a metade no rosto da besta. Levantou-se grogue e sentiu a cabeça. Seu escalpo estava frouxo, as pontas dos dedos tocaram o crânio, sangue jorrou e jorrou. Mas havia braços para segurá-lo, e nada a temer se ele dormisse.

Embora ninguém percebesse, com a morte, a bexiga de Rawhead estava se esvaziando. Um riacho de urina pulsava para fora do cadáver e descia a estrada. O córrego soltava vapor no ar frio, com seu nariz espumoso farejando à esquerda e à direita como se procurasse um lugar para escoar. Após alguns metros, encontrou a sarjeta e seguiu por ela durante algum tempo, até uma rachadura no asfalto; nesse ponto foi drenado para dentro da terra acolhedora.

Seja extremamente sutil, tão sutil que ninguém possa achar qualquer rastro. Seja extremamente misterioso, tão misterioso que ninguém possa ouvir qualquer informação. Se um general puder agir assim, então, poderá celebrar o destino do inimigo em suas próprias mãos.
— *Sun Tzu* —

CONFISSÕES DE UMA MORTALHA (DE PORNÓGRAFO)

Ele havia sido carne uma vez. Carne e osso e ambição. Mas isso fora há uma era, ou assim parecia, e a memória daquele estado abençoado se apagava depressa.

Alguns traços de sua vida anterior permaneciam; o tempo e a exaustão não poderiam tirar tudo dele. Podia visualizar clara e dolorosamente os rostos daqueles que amara e odiara. Olhavam através dele, do passado claro e luminoso. Ele ainda podia ver as doces expressões de despedida em seus olhos infantis. E o mesmo aspecto, menos doce, mas também de despedida, nos olhos dos brutos que assassinara.

Algumas dessas memórias deixavam-no com vontade de chorar, contudo não havia lágrimas para serem torcidas de seus olhos engomados. Além disso, era tarde demais para se arrepender. O arrependimento era um luxo reservado aos vivos, que ainda tinham o tempo, o fôlego e a energia para agir.

Estava além disso tudo. Ele, o pequeno Ronnie da mamãe (ah, se ela pudesse vê-lo agora), estava morto fazia quase três semanas. Tarde demais para arrependimentos, sem sombra de dúvidas.

Fizera todo o possível para corrigir os erros que cometera. Havia se retorcido aos limites e além, furtando de si mesmo um tempo precioso a fim de atar as pontas soltas de sua esfiapada existência. O pequeno Ronnie da mamãe sempre fora organizado; um exemplo de organização. Essa era uma das razões pela qual gostava de contabilidade. A busca por alguns centavos deslocados em centenas de números era um jogo que apreciava; e que satisfação, no fim do dia, em fazer o balanço dos livros de registros. Infelizmente a vida não era tão aperfeiçoável, como agora, tarde demais, ele percebia. Ainda assim, fizera o melhor, e isso, como a Mãe costumava dizer, era tudo o que alguém podia esperar. Não restava nada a não ser confessar e, tendo confessado, comparecer ao Julgamento de mãos vazias e contritas. Ao se sentar, drapejou sobre o assento liso devido ao excesso de uso do confessionário da Igreja St. Mary Magdalene, e receou que a forma de seu corpo usurpado não durasse o bastante para ele se livrar do fardo de todos os pecados que angustiavam seu coração de pano. Concentrou-se, tentando manter unidos o corpo e a alma durante esses últimos e vitais minutos.

Logo o Padre Rooney chegaria. Ofereceria palavras de consolo, compreensão e perdão, posicionado atrás da divisão de treliça do Confessionário; então, nos minutos remanescentes de sua existência furtiva, Ronnie Glass contaria sua história.

Começaria negando a mácula mais terrível em seu caráter: a acusação de pornógrafo.

Pornógrafo.

O pensamento era absurdo. Não havia um único osso pornógrafo em seu corpo. Qualquer um que o tivesse conhecido em seus 32 anos de vida juraria por isso. Jesus Cristo, ele nem gostava tanto de sexo. Eis a ironia. De todas as pessoas acusadas de comerciar perversão, ele era o menos provável. Quando parecia que todos em volta exibiam adultérios como terceiras pernas, ele levava uma existência imaculada. A vida proibida do corpo ocorria, como acidentes de carro, a outras pessoas;

não a ele. Sexo era simplesmente uma montanha-russa a que alguém poderia se dispor uma vez ao ano, por aí. Duas vezes seria tolerável; três vezes era nauseante. Seria uma surpresa, portanto, que em nove anos de casamento com uma boa garota católica, esse bom garoto católico fosse pai de apenas duas crianças?

Mas fora um homem amoroso ao seu modo celibatário, e a esposa Bernadette compartilhava de sua indiferença ao sexo, de modo que seu membro sem entusiasmo jamais fora motivo de contenção entre os dois. E as crianças eram uma alegria. Samantha já estava se tornando um modelo de polidez e organização, e Imogen (embora mal tivesse 2 anos de idade) tinha o sorriso da mãe.

A vida era boa, de modo geral. Ele quase era proprietário de uma casa semigeminada nos subúrbios arborizados da zona sul de Londres. Possuía um pequeno jardim, cuidado aos domingos: o mesmo para a alma. Levava, até onde ele podia julgar, uma vida modelo, modesta e livre de sujeira.

E teria permanecido assim, se não fosse por aquele verme de ganância em sua natureza. A ganância acabara com ele, sem dúvida.

Se não tivesse sido ganancioso, ele não teria olhado duas vezes para o trabalho que Maguire lhe oferecera. Teria confiado em seu instinto, espiado o modesto escritório esfumaçado acima da confeitaria húngara no Soho, e lhe dado as costas. Mas sua coceira por riqueza o desviou da verdade evidente — que ele estava usando todas as suas habilidades de contador para dar um lustro de credibilidade a uma operação que fedia a corrupção. Sabia disso no íntimo, claro. Sabia que, apesar do discurso incessante de Maguire sobre Rearmamento Moral, de seu apreço por crianças e de sua obsessão pela cavalheiresca arte do bonsai, o homem era um traste. O mais vil dentre os vis. Porém ele logrou bloquear essa informação, e se contentou com o trabalho em suas mãos: fazer o balanço dos livros de finanças. Maguire era generoso: e isso facilitava a indução da cegueira. Ele até começou a gostar do homem e seus sócios. Acostumou-se a ver o corpanzil trôpego de Dennis "Dork" Luzzati, sempre com um doce de creme fresco pendendo em seus lábios gordos; acostumou-se, também, ao pequeno Henry B. Henry de três dedos, com seus truques de cartas e sua tagarelice, uma nova rotina a cada dia. Não eram as companhias mais sofisticadas com quem conversar, e com certeza não seriam bem-vindos no Tênis Clube, mas pareciam inofensivos o bastante.

Foi um choque então, um choque terrível, quando ele acabou puxando o véu, e descobriu que Dork, Henry e Maguire eram uns animais.

A revelação ocorrera por acidente.

Certa noite, ao terminar tarde alguma prestação de contas, Ronnie pegou um táxi até o armazém, planejando entregar pessoalmente o relatório a Maguire. Ele jamais tinha visitado o armazém de fato, embora com frequência ouvisse alguma menção a ele entre os três. Fazia alguns meses que Maguire andava estocando ali suprimentos de livros. A maioria livros de culinária, da Europa, ao menos era o que haviam contado a Ronnie. Naquela noite, a última noite livre da sujeira, ele adentrou a verdade com toda a sua glória multicolorida.

Maguire estava lá, em uma das salas de tijolos crus, sentado em uma cadeira rodeada por pacotes e caixas. Uma lâmpada desadornada derramava um halo sobre seu cocuruto cada vez mais calvo; ele reluzia, rosado. Dork também estava lá, ocupado com um bolo. Henry B. jogava Paciência. Em cada lado do trio, pilhas altas de revistas, milhares e milhares, as capas reluzindo, virginais, e de algum modo carnosas.

Maguire tirou o olho de seus cálculos.

"Glassy", disse. Sempre usava esse apelido.

Ronnie observou a sala, adivinhando, mesmo a distância, o que seriam esses tesouros empacotados.

"Entra aí", convidou Henry B. "Quer jogar uma partida?"

"Não fique tão sério assim", tranquilizou Maguire, "isso não passa de mercadoria."

Uma espécie de horror entorpecido levou Ronnie a se aproximar de uma das pilhas de revistas e abrir o exemplar do topo.

Clímax Erótica, dizia a capa, *Pornografia em Cores para Adultos Criteriosos. Texto em Inglês, Alemão e Francês.* Incapaz de se segurar, ele começou a folhear a revista, o rosto ardendo de vergonha, sem escutar direito o bombardeio de piadas e ameaças que Maguire disparava.

Turbilhões de imagens obscenas pululavam das páginas, horrivelmente abundantes. Jamais vira algo parecido na vida. Cada ato sexual possível entre adultos consentidos (e alguns que apenas acrobatas chapados consentiriam em fazer) estava registrado com detalhes gloriosos. Os praticantes desses atos indizíveis sorriam, com olhos vidrados, para Ronnie enquanto enxameavam com fluidos de sexo, sem vergonha ou desculpa em seus rostos luxuriosos. Cada entrada, cada encaixe, cada prega e pústula de seus corpos estava exposto, nus além da nudez. Esses excessos beiçudos e arfantes reviraram por completo o estômago de Ronnie.

Ele fechou a revista e olhou para outra pilha ao lado. Rostos diferentes, mesma cópula furiosa. Cada depravação era direcionada a um lugar. Os títulos em si já declaravam os deleites que podiam ser encontrados dentro. *Mulheres Bizarras Acorrentadas*, dizia um. *Escravizado pela Borracha*, prometia outro. *Amante Labrador*, retratava uma terceira, em foco perfeito com o último focinho úmido.

Lentamente a voz enrouquecida pelo cigarro de Michael Maguire se infiltrou no cérebro zunindo de Ronnie. Convencia, ou tentava; e pior, zombava dele, ao seu modo sutil, por conta de sua ingenuidade.

"Você tinha que descobrir mais cedo ou mais tarde", disse. "Acho que poderia ter sido mais cedo, hein? Nada de mau nisso. Só um pouco de diversão."

Ronnie balançou a cabeça violentamente, tentando desalojar as imagens que haviam se enraizado atrás de seus olhos. Elas já se multiplicavam, invadindo um território que tinha sido tão inocente em relação a tais possibilidades. Em sua imaginação corriam labradores usando couro e bebendo do corpo de prostitutas amarradas. Era aterrorizante o modo como essas fotos fluíam em seus olhos, a cada página uma nova abominação. Sentiu que engasgaria com elas, a não ser que agisse.

"Horrível", foi tudo o que conseguiu falar. "Horrível. Horrível. Horrível."

Chutou uma pilha de *Mulheres Bizarras Acorrentadas* e elas tombaram, as imagens repetidas da capa se espalhando pelo chão imundo.

"Não faça isso", ordenou Maguire, muito baixo.

"Horríveis", disse Ronnie. "São todas horríveis."

"Há um grande mercado para elas."

"Não comigo!", exclamou, como se Maguire sugerisse que ele tivesse interesse pessoal por elas.

"Tudo bem, então você não gosta delas. Ele não gosta delas, Dork."

"Por que não?"

"Sujas demais para ele."

"Horrível", repetiu.

"Bem, você está nisso até o pescoço, meu filho", declarou Maguire. Sua voz era a voz do Diabo, não era? Sem dúvida a voz do Diabo: "Relaxa e goza, cara".

"Relaxa e goza; gostei dessa, Mick, gostei", Dork gargalhou.

Ronnie olhou para Maguire. O homem tinha uns 45, talvez 50 anos; mas o rosto portava um aspecto aflito, rugoso, velho antes da idade. O charme se fora; mal era humano o rosto onde ele guardava os olhos. Seu suor, seus pelos, sua boca embicada o deixava parecido, na mente de Ronnie, com o cu empinado de uma das putas avermelhadas das revistas.

"Nós aqui somos todos vilões conhecidos", dizia o órgão, "e não temos nada a perder se formos pegos de novo."

"Nada", disse Dork.

"Enquanto você, meu filho, você é um profissional todo limpinho. A meu ver, se quiser sair por aí falando de nosso negócio sujo, vai perder sua reputação de contador bom e honesto. Na verdade, eu me aventuraria a supor que você jamais trabalharia de novo. Está me entendendo?"

Ronnie quis bater em Maguire, então fez isso; com força, ainda por cima. Houve um estalo satisfatório quando os dentes de Maguire se encontraram com velocidade e o sangue logo jorrou entre seus lábios. Era a primeira vez que Ronnie brigava desde os dias de escola, e ele demorou para se esquivar da inevitável retaliação. O golpe que Maguire devolveu o deixou escarrapachado, ensanguentado, em meio às Mulheres Bizarras. Antes que pudesse ficar de pé, Dork meteu o calcanhar no rosto de Ronnie, esmagando a cartilagem de seu nariz. Enquanto Ronnie piscava para tentar limpar o sangue, Dork o levantou e o segurou como um alvo cativo para Maguire. A mão com anéis se tornou um punho, e pelos próximos cinco minutos Maguire usou Ronnie como saco de pancadas, começando abaixo do cinto e subindo.

Ronnie achou a dor curiosamente reconfortante; parecia curar sua psique culpada, muito mais que uma sequência de Ave-Marias. Quando o espancamento terminou e Dork o soltou, desfigurado, no escuro, não restava mais raiva nele, apenas uma necessidade de terminar a limpeza que Maguire havia começado.

Naquela noite ele voltou para casa e contou a Bernadette uma mentira sobre ter sido atacado na rua. Ela foi tão consoladora que ele se sentiu mal por enganá-la, mas não tinha escolha. Aquela noite e a noite seguinte foram insones. Ele se deitava na própria cama, a apenas alguns centímetros daquela confiável esposa, e tentava entender seus sentimentos. Sabia nos ossos que a verdade mais cedo ou mais tarde seria de conhecimento público. Com certeza seria melhor ir à polícia e contar tudo. Mas isso exigia coragem, e seu coração jamais se sentira tão fraco. Então ele prevaricou pelas noites de quinta e de sexta, deixando os machucados amarelarem e a confusão se assentar.

Então, no domingo, a merda bateu no ventilador.

O mais vil dos imundos tabloides de domingo estampava seu rosto na capa: completado com a manchete no banner: "O Império do Sexo de Ronald Glass". Dentro, fotografias retiradas de circunstâncias inocentes e montadas como provas da culpa. Glass com aspecto perseguido. Glass com aspecto maligno. Sua sisudez natural lhe dava uma aparência terrivelmente mal barbeada; o corte de cabelo arrumado sugeria a estética de prisioneiro, preferida por alguns da fraternidade criminal. Por ser míope, ele apertava os olhos; fotografado apertando os olhos, ele parecia um rato pervertido.

Ele ficou parado diante da banca de revistas, olhando para o próprio rosto, e soube que seu Armagedom estava no horizonte. Tremendo, leu as mentiras terríveis que haviam lá dentro.

Alguém, ele não descobriu exatamente quem, havia contado toda a história. A pornografia, os bordéis, os sex shops, os cinemas. O mundo secreto de perversões controlado por Maguire estava detalhado em cada particularidade sórdida. Exceto que o nome de Maguire não aparecia. Nem o de Dork ou o de Henry. Era Glass, Glass o tempo inteiro:

sua culpa era transparente como vidro. Haviam armado contra ele, estava muito claro. Um corruptor de crianças, dizia a chamada, *Little Boy Blue* ficou gordo e com tesão.

Era tarde demais para negar qualquer coisa. Quando ele voltou para casa, Bernadette tinha saído, levando as crianças. Alguém lhe mostrara as notícias, com certeza salivando pelo telefone, deleitando-se com toda aquela sujeira.

Ele parou na cozinha, onde a mesa estava posta para o café da manhã que a família ainda não havia comido, e agora não comeria mais, e então chorou. Não muito: seu suprimento de lágrimas era bastante limitado, mas o bastante para sentir o dever cumprido. Então, tendo finalizado seu gesto de remorso, sentou-se, como qualquer homem decente profundamente caluniado, e planejou assassinatos.

De diversos modos, comprar a arma foi mais difícil do que qualquer coisa que se seguiu. Isso demandou pensamento cuidadoso, palavras brandas, e uma boa quantidade de dinheiro vivo. Precisou de um dia e meio para encontrar a arma que queria e, ainda, conseguir aprender a usá-la.

Então, em seu próprio tempo, foi resolver os problemas.

Henry B. morreu primeiro. Ronnie atirou nele em sua cozinha de pinho listrado, no promissor distrito de Islington. Em sua mão com três dedos ele tinha uma xícara de café recém-preparado, e no rosto um terror de dar pena. O primeiro tiro o atingiu do lado, rasgando a camisa, e derramando um pouco de sangue. Bem menos que o esperado por Ronnie, entretanto. Mais confiante, ele atirou de novo. O segundo tiro acertou o alvo pretendido no pescoço: e esse pareceu fatal. Henry B. caiu para a frente como um comediante em um filme mudo, sem soltar o café até um instante antes de desabar no chão. A xícara girou no borrão que misturava café e vida, e por fim chacoalhou até parar.

Ronnie andou para cima do corpo e deu um terceiro disparo, direto na nuca de Henry B. essa última bala foi quase casual; rápida e precisa. Então ele escapuliu com facilidade pelo portão dos fundos, um tanto exaltado pela facilidade do ato. Sentiu como se houvesse encurralado e matado um rato em seu porão; uma tarefa desagradável, porém necessária.

O frisson durou cinco minutos. Então ele ficou profundamente enjoado. De qualquer forma, lá estava Henry. Sem mais nenhum de seus truques.

A morte de Dork foi bem mais sensacional. Seu tempo se esvaiu na Corrida de Cachorros; na verdade, ele estava mostrando a Ronnie seu bilhete vencedor, quando sentiu a faca de lâmina longa se insinuar entre a quarta e a quinta costela. Mal podia acreditar que estava sendo assassinado, a expressão em seu rosto engordado por guloseimas era de espanto completo. Continuou olhando de um lado a outro para os apostadores em volta, como se a qualquer momento um deles fosse apontar, rir, e lhe contar que tudo era uma piada, uma pegadinha de aniversário antecipada.

Então Ronnie girou a lâmina no ferimento (lera que isso com certeza seria letal) e Dork percebeu que, com ou sem bilhete vencedor, esse não era seu dia de sorte.

Seu corpo pesado foi carregado no aperto da multidão por dez metros, até ser escorado nos dentes da catraca. Apenas nesse momento alguém sentiu o jorro de sangue quente de Dork e gritou.

Mas aí Ronnie já estava longe.

Contente, sentindo-se mais limpo na hora, voltou para casa. Bernadette estivera lá, pegando roupas e ornamentos favoritos. Desejou dizer a ela: leva tudo, isso não significa nada para mim, mas ela havia entrado e saído, como um fantasma de dona de casa. Na cozinha, a mesa ainda estava posta para aquele último café da manhã dominical. Havia poeira nos cereais das tigelas das crianças; a manteiga rançosa já começava a engordurar o ar. Ronnie sentou-se durante a tarde, do alvorecer até as primeiras horas da manhã seguinte e saboreou seu recém-descoberto poder sobre a vida e a morte. Então foi para a cama de roupa, sem mais se importar em ficar limpo, e dormiu o sono dos quase bons.

Não era difícil para Maguire adivinhar quem havia acabado com Dork e Henry B. Henry, embora a ideia daquele verme em particular fosse dura de engolir. Muitos na comunidade criminosa haviam conhecido Ronald Glass e gargalhado junto de Maguire da pequena peça que fora pregada no inocente. Porém ninguém acreditava que ele fosse capaz de sanções tão extremas contra seus inimigos. Em alguns quarteirões mais decadentes, ele agora era saudado por sua intensa sanguinolência; outros, Maguire incluso, acharam que ele tinha ido longe demais para ser recebido no cercado como uma ovelha perdida. A opinião geral era de que ele fosse despachado antes que causasse mais danos ao frágil equilíbrio de poder.

Então os dias de Ronnie estavam contados. Podiam ser numerados nos três dedos da mão de Henry B.

Foram atrás dele na tarde de sábado e o levaram rapidamente, sem lhe dar tempo de empunhar uma arma em sua defesa. Eles o conduziram a um armazém de Salames e Frios, e na segurança branca e congelada do estoque eles o penduraram em um gancho e o torturaram. Qualquer um que alegasse afeição por Dork ou Henry B. recebeu uma oportunidade de descontar o seu luto. Com facas, martelos, maçaricos. Esmigalharam seus joelhos e cotovelos. Arrancaram seus tímpanos, queimaram a carne da sola de seus pés.

Por fim, por volta das 23h, começaram a perder o interesse. As boates estavam apenas entrando no ritmo, as mesas de jogos começavam a esquentar, era hora de encerrar a justiça e sair da cidade.

Foi quando chegou Mickey Maguire, vestido para matar, com sua melhor beca. Ronnie sabia que ele estava em algum lugar da névoa, mas tinha os sentidos desnorteados por completo, e não viu direito a arma à altura de sua cabeça, nem ouviu direito o estouro em volta do local de azulejos brancos.

Uma única bala, de localização impecável, entrou em seu cérebro pelo meio da testa. Tão limpa quanto ele pudesse desejar, como um terceiro olho.

Seu corpo se contorceu no gancho por um momento e morreu.

Maguire recebeu seus aplausos como um homem, beijou as damas, agradeceu aos caros amigos que cometeram esse ato com ele, e saiu para jogar. O corpo foi desovado em um saco plástico preto, nos limites da Floresta Epping, no começo da manhã de domingo, exatamente quando do o coro da aurora surgia nos freixos e sicômoros. E isso, em todos os sentidos, era o fim. Exceto que era o começo.

O corpo de Ronnie foi encontrado por um atleta antes das 7h da manhã de segunda-feira. No dia que se passou entre a desova e a descoberta, seu cadáver já começara a se deteriorar.

Porém o patologista já tinha visto coisas muito, muito piores. Observava desapaixonadamente enquanto os dois técnicos mortuários despiam o corpo, dobravam as roupas e as colocavam em sacos plásticos etiquetados. Esperou com atenção e paciência enquanto a esposa do falecido era conduzida aos seus vastos domínios, o rosto dela pálido, os olhos inchados a ponto de estourarem com tantas lágrimas. Olhou para o marido sem demonstrar amor, encarando um tanto inabalada os ferimentos e as marcas de tortura. O patologista deduzia toda uma história escrita por trás desse último confronto entre o Rei do Sexo e a esposa imperturbável. O casamento sem amor, as brigas por causa do desprezível modo de vida dele, o desespero dela, a brutalidade dele, e agora, o alívio dela por seu tormento ter enfim terminado e ela ficar livre para começar uma nova vida sem ele. O patologista fez uma nota mental para conferir o endereço da bela viúva. Ela era deliciosa em sua indiferença à mutilação; isso fazia sua boca salivar só de pensar nela.

Ronnie sabia que Bernadette tinha entrado e saído; podia sentir também os outros rostos que surgiam no mortuário apenas para dar uma espiada no Rei do Sexo. Ele era um objeto de fascínio, mesmo na morte, e esse era um horror que não previra, zunindo nas gélidas espirais de seu cérebro, como um inquilino que se recusa a ser expulso pelo beleguim, ainda vendo o mundo pairando diante de si, e incapaz de reagir a isso.

Nos dias desde sua morte não houvera pista de como escapar dessa condição. Havia se assentado lá, no próprio crânio morto, incapaz de encontrar uma saída do mundo dos vivos, e indisposto, de algum modo, a renunciar inteiramente à vida e ir para o Céu. Nele ainda permanecia o desejo de vingança. Uma parte de sua mente, sem perdoar as invasões, estava disposta a adiar o Paraíso com a intenção de finalizar o trabalho que começara. Os livros precisavam de equilíbrio; e até que Michael Maguire morresse, Ronnie não podia adentrar o silêncio.

Em sua redonda prisão de ossos, ele observou os curiosos irem e virem, e atou sua vontade.

O patologista exerceu seu trabalho no corpo de Ronnie com todo o respeito de um estripador de peixes, escavando sem cuidado a bala para fora de seu crânio, e cutucando o guisado de ossos e cartilagens esmagados que antes haviam sido joelhos e cotovelos. Ronnie não gostou do homem. Tinha olhado com malícia para Bernadette, de um modo pouquíssimo profissional; e agora, quando bancava o profissional, sua insensibilidade sem dúvida era vergonhosa. Tudo por uma voz; por um punho, por um corpo para usar durante algum tempo. Então ele mostraria a esse açougueiro como corpos devem ser tratados. A vontade não bastava, no entanto: ela precisava de um foco e um meio de fuga.

O patologista terminou seu relatório e sua costura grosseira, jogou as luvas reluzindo a fluidos e os instrumentos manchados no carrinho ao lado dos cotonetes e do álcool, e deixou o corpo aos assistentes.

Ronnie ouviu as portas vai e vem se fecharem atrás dele quando o homem foi embora. A água estava caindo em algum lugar, espirrando na pia; o som o irritava.

Parado ao lado da mesa em que ele estava, os dois técnicos discutiam seus sapatos. Dentre todos os assuntos, sapatos. Quanta banalidade, pensou Ronnie, quanta banalidade decadente.

"Sabe as solas novas, Lenny? Aquelas que eu coloquei em meus sapatos de camurça marrons? Uma porcaria. Não valem porra nenhuma."

"Isso não me surpreende."

"E o preço que paguei por elas. Olha só: só olha. Gastas em um mês."

"Finas que nem papel."

"São mesmo, Lenny, são finas que nem papel. Vou devolver."

"Eu devolveria."

"Eu vou."

"Eu devolveria."

Essa conversa estúpida, após aquelas horas de tortura, de morte súbita, de pós-morte que ele suportara tão recentemente, era quase insuportável. O espírito de Ronnie começou a zunir por voltas e voltas em seu cérebro como uma abelha irritada, presa num vidro de geleia virado, determinada a sair e começar a ferroar —

Em voltas e voltas; como aquela conversa.

"Finos que nem a porra de um papel."

"Não estou surpreso."

"Merda de material estrangeiro. Essas solas. Feitas na porra da Coreia."

"Coreia?"

"Por isso são finas que nem papel."

Era imperdoável: a estupidez galopante dessas pessoas. Que elas pudessem viver e agir e *existir*, enquanto ele zunia e zunia, fervendo de frustração. Era justo?

"Belo tiro, hein, Lenny?"

"O quê?"

"O presunto. Aquele cara que chamavam de Rei do Sexo. Bala no meio da testa. Olha só. No meio certinho."

A companhia de Lenny pelo visto ainda estava preocupada com as solas finas que nem papel. Não respondeu. Lenny, com curiosidade, pinçou a mortalha da testa de Ronnie. As linhas de carne serrada e escalpeladas estavam costuradas sem elegância, mas o buraco da bala em si estava limpo.

"Olha só."

O outro espiou o rosto morto. O ferimento na cabeça tinha sido limpo após o serviço das tenazes. As pontas estavam brancas e franzidas.

"Achava que eles sempre atiravam no coração", disse o caçador de solas.

"Não foi uma briga de rua. Foi uma execução; formal", afirmou Lenny, enfiando o mindinho no ferimento. "É um tiro perfeito. Bala no meio da testa. Como se ele tivesse três olhos."

"É..."

A mortalha foi colocada de volta sobre o rosto de Ronnie. A abelha continuava a zumbir; voltas e voltas.

"Já ouviu falar de terceiros olhos, né?"

"Você já?"

"Stella leu para mim algo sobre ser o centro do corpo."

"É o umbigo. Como que a testa pode ser o centro do corpo?"

"Bem..."

"É o umbigo."

"Não, mais no sentido de centro espiritual."

O outro não se dignou a responder.

"Exatamente no lugar desse buraco de bala", declarou Lenny, ainda perdido em admiração pelo assassino de Ronnie.

A abelha ouvia. O buraco de bala era apenas mais um dentre vários buracos em sua vida. Buracos onde deveriam estar a esposa e as crianças. Buracos piscando para ele, como os olhos sem visão das páginas das revistas, olhos rosas e marrons e peludos. Buracos à sua direita, buracos à sua esquerda —

Será que enfim tinha encontrado um buraco de serventia? Por que não sair pelo ferimento?

Seu espírito se firmou e alcançou o cenho, arrastando-se pelo córtex com uma mescla de trepidação e excitação. À frente, ele podia sentir a porta de saída como a luz no fim de um longo túnel. Do outro lado do buraco, a tecitura e a trama de sua mortalha cintilaram como uma terra prometida. Seu senso de direção estava bom; a luz aumentava conforme ele seguia, as vozes ficavam mais altas. Sem fanfarra, o espírito de Ronnie se lançou ao mundo externo: um minúsculo gotejo de alma. As partículas de fluidos que transportavam sua alma e consciência ficaram encharcadas na mortalha como lágrimas em lenços.

Seu corpo de carne e sangue havia sido completamente abandonado agora; um corpanzil gelado que não servia para nada, exceto as chamas.

Ronnie Glass existia em um novo mundo: um mundo de pano branco, diferente de qualquer outro estado em que ele vivera ou sonhara.

Ronnie Glass agora era a sua mortalha.

Se o patologista de Ronnie não fosse tão esquecido, não teria voltado ao mortuário naquele momento, procurando o diário onde anotara o número da Viúva Glass; e, caso não tivesse voltado, teria sobrevivido. Do modo como aconteceu —

"Ainda não começaram a trabalhar nesse?", berrou com os técnicos.

Eles murmuraram uma ou outra desculpa. Ele sempre ficava irritadiço a essa hora da noite; eles estavam acostumados aos chiliques.

"Andem logo", exclamou ele, arrancando a mortalha do corpo e jogando-a no chão com irritação, "antes que este filho da puta saia daqui caminhando de tanto nojo. Não queremos uma má reputação para nosso pequeno hotel, queremos?"

"Sim, senhor. Quer dizer, não, senhor."

"Então não fiquem aí parados: empacotem. Há uma viúva que quer ele despachado o mais rápido possível. Já vi tudo o que precisava nele."

Ronnie estava jogado no chão em um monte amarrotado, espalhando devagar sua influência em uma terra recém-descoberta. Era uma sensação boa ter um corpo, ainda que estéril e retangular. Juntando uma força de vontade para resistir que ele não sabia que possuía, Ronnie dominou a mortalha por completo.

No começo ela recusou a vida. Sempre fora passiva: era a sua condição. Não estava habituada à ocupação por espíritos. Mas Ronnie agora não seria derrotado. Sua vontade era um imperativo. Contra todas as regras do comportamento natural, ela se esticou e, com alguns nós no tecido sinistro, obteve uma semelhança de vida.

A mortalha se ergueu.

O patologista havia localizado sua caderneta preta, e estava no ato de colocá-la no bolso quando essa cortina branca se esparramou em seu caminho, esticando-se como um homem que acaba de acordar de um sono profundo.

Ronnie tentou falar algo; mas a única voz que conseguiu emitir foi um sussurro do tecido no ar, demasiado leve, demasiado insubstancial para ser ouvido acima das reclamações de homens assustados. Pois assustados estavam. Apesar do grito por ajuda do patologista, não havia nenhuma a caminho. Lenny e seu colega escapuliam pelas portas vai e vem, bocas abertas balbuciando súplicas a algum deus local que escutasse.

O patologista recuou contra a mesa de autópsia, desprovido de deuses.

"Sai da frente", disse.

Ronnie o abraçou com força.

"Socorro", exclamou o patologista, quase para si mesmo. Mas o socorro se fora. Fugia pelos corredores, ainda balbuciando, de costas para o milagre que estava acontecendo no mortuário. O patologista estava sozinho, envolto em seu abraço engomado, no final, encontrou algumas desculpas sob seu orgulho.

"Desculpa, seja quem você for. Seja o que você for. Desculpa."

Mas Ronnie estava acometido por uma raiva que não toleraria convertidos de última hora; sem perdões ou concessões disponíveis. Esse desgraçado com olho de peixe, esse filho do escalpelo havia cortado e examinado seu velho corpo como se ele fosse um pedaço de bife. Enfurecia Ronnie pensar nesse esquisitão examinando com frieza a vida, a morte e Bernadette. O desgraçado morreria, aqui, entre seus próprios restos mortais, e que esse fosse o fim de sua infausta profissão.

Os cantos da mortalha agora se transformavam em braços toscos, enquanto a memória de Ronnie lhes dava forma. Parecia natural recriar sua velha aparência nesse novo meio. Primeiro modelou as mãos: em seguida os dedos: até mesmo um polegar rudimentar. Era como um Adão mórbido feito de pano.

Enquanto ainda se formavam, as mãos agarravam o pescoço do patologista. Como não tinha o sentido do tato e era difícil julgar a força do aperto na pele latejante, ele simplesmente usou toda a força que tinha. O rosto do homem escureceu, e sua língua, da cor de ameixa, saiu da boca como a ponta de uma lança, afiada e dura. Em seu entusiasmo, Ronnie quebrou seu pescoço. Ele estalou de repente, e a cabeça caiu para trás em um ângulo horrendo. As desculpas em vão haviam parado muito antes.

Ronnie o soltou no chão polido e observou as mãos que havia criado, com olhos que ainda eram dois pontículos naquele lençol de pano cheio de manchas.

Sentiu-se confiante nesse corpo, e por Deus, como estava forte; quebrara o pescoço do desgraçado sem muito esforço. Ocupando este físico estranho e sem sangue, ele obtinha uma nova liberdade das restrições da humanidade. De repente estava vivo para a vida do ar, agora sentindo-a enchê-lo e inflá-lo. De repente era capaz de voar como uma folha de papel no vento, ou se lhe coubesse, capaz de se enrolar até assumir a forma de um punho e dar uma surra no mundo em submissão. As perspectivas pareciam infinitas.

E ainda assim... sentia que essa possessão, na melhor das hipóteses, era temporária. Mais cedo ou mais tarde a mortalha desejaria continuar sua vida anterior como um ocioso pedaço de pano, e sua verdadeira natureza passiva seria restaurada. Este corpo não fora dado a ele, apenas alugado; cabia-lhe usar da melhor maneira suas habilidades vingativas. Sabia quais eram as suas prioridades. Primeiro e acima de tudo, encontrar Michael Maguire e despachá-lo. Então, se ainda restasse algum tempo, veria as crianças. Mas não seria inteligente visitá-las na forma de uma mortalha voadora. Muito melhor trabalhar em sua ilusão de humanidade, e tentar sofisticar o efeito.

Já tinha visto o que os vincos irregulares podiam fazer, formando rostos em um travesseiro amarrotado, ou nas dobras de uma jaqueta pendurada atrás da porta. Ainda mais extraordinário, havia sido a Mortalha de Turim, em que o rosto e o corpo de Jesus Cristo haviam sido miraculosamente impressos. Bernadette recebera um cartão-postal da Mortalha, com cada ferimento de lança e de prego no lugar. Por que ele não poderia realizar o mesmo milagre, com a força da vontade? Não havia também ressuscitado?

Foi até a pia do necrotério e fechou a torneira, então olhou-se no espelho para observar sua vontade tomar forma. A superfície da mortalha já estava se puxando e retorcendo enquanto ele demandava novas formas dela. No começo havia apenas o molde primitivo de sua cabeça, rudemente formado, como o de um homem de neve. Dois furos como olhos: um nariz grumoso. Mas ele concentrou, desejando que o pano se esticasse aos limites da elasticidade. E vejam! Funcionou, funcionou de verdade! Os fios resistiram, mas aquiesceram às suas demandas, moldando uma formidável reprodução das narinas, e então as pálpebras; o lábio superior: agora o inferior. Ele traçou de memória os contornos de seu rosto perdido como um amante adorador, e os recriou em cada detalhe. Agora ele começou a fazer uma coluna para o pescoço, cheia de ar, mas parecendo enganosamente sólida. Abaixo a mortalha se inflou na forma de um torso masculino. Os braços já estavam formados; as pernas logo se seguiram. E pronto.

Ele estava refeito à própria imagem.

A ilusão não era perfeita. Para começar, ele era todo branco, exceto pelas manchas, e a carne tinha textura de tecido. Os vincos do rosto talvez estivessem demasiado severos, de aspecto quase cubista, e era impossível puxar o tecido para fazê-lo parecer ter pelo ou unhas. Mas nenhuma mortalha viva poderia esperar ficar tão pronta para o mundo.

Era hora de sair e encontrar o seu público.

"Suas cartas, Micky."

Maguire raramente perdia no pôquer. Era esperto demais, e seu rosto acostumado era ilegível; seus olhos cansados injetados de sangue jamais deixavam qualquer coisa sair. Ainda assim, apesar de sua formidável reputação de vencedor, ele jamais trapaceava. Era seu trato consigo mesmo. Não havia graça em vencer com trapaça envolvida. Seria um mero roubo; e isso era para as classes criminais. Ele era um empresário, puro e simples.

Esta noite, no espaço de duas horas e meia, ele havia embolsado uma bela soma. A vida era boa. Desde as mortes de Dork, Henry B. Henry e Glass, a polícia andava muito preocupada com Assassinatos para se preocupar com formas mais baixas de Vício. Além do mais, eles andavam com as mãos cheias da prata; não tinham do que reclamar. O Inspetor Wall, um companheiro de copo de muitos anos, chegou até mesmo a oferecer proteção a Maguire do assassino insano que pelo visto andava à solta. A ironia da ideia agradou demais a Maguire.

Eram quase 3h. Hora de meninas más e meninos maus irem para a cama, sonhar com os crimes do outro dia. Maguire se levantou da mesa, significando o fim das apostas da noite. Abotoou o colete e com cuidado reatou o nó em sua gravata de seda com padrão de limões e gelo.

"Outro jogo semana que vem?", sugeriu.

Os jogadores derrotados concordaram. Estavam acostumados a perder dinheiro para o chefe, mas não havia ressentimentos no quarteto. Talvez um toque de tristeza: sentiam falta de Henry B. e de Dork. As noites de sábado costumavam ser eventos bem animados. Agora havia certa mudez acima dos procedimentos.

Perlgut foi o primeiro a sair, apagando o charuto no cinzeiro lotado.

"Noite, Mick."

"Noite, Frank. Diga às crianças que o Tio Mick mandou um beijo, hein?"

"Direi."

Perlgut arrastou os pés para fora, com seu irmão gago no rastro.

"B-b-b-boa noite."

"Noite, Ernest."

Os passos dos irmãos desceram a escada.

Norton foi o último a sair, como sempre.

"Tem carga amanhã?"

"Amanhã é domingo", disse Maguire. Ele jamais trabalhava aos domingos; era um dia reservado à família.

"Não, hoje é domingo", respondeu Norton, sem tentar soar pedante, apenas deixando sair naturalmente. "Amanhã é segunda."

"Sim."

"Tem carga amanhã?"

"Espero que sim."

"Vai para o armazém?"

"Provavelmente."

"Então eu te busco: podemos descer juntos."

"Certo."

Norton era um homem bom. Sem humor, mas confiável.

"Noite, então."

"Noite."

Seus calcanhares de sete centímetros tinham ponta de aço; tiniam nas escadas como saltos femininos. A porta bateu lá embaixo.

Maguire contou os lucros, secou o copo de Cointreau, e desligou a luz do salão de jogos. A fumaça já estava fedendo. No dia seguinte teria de chamar alguém para ir lá e abrir a janela, deixar os cheiros frescos do Soho adentrarem. Salame e grãos de café, comércio e sordidez. Ele amava, amava de paixão, como um bebê ama um peito.

Ao descer a escada para a *sex shop* escurecida, ouviu despedidas trocadas na rua do lado de fora, seguida pelas batidas das portas dos carros e o ruído da partida de carros caros. Uma boa noite com bons amigos, o que mais um homem razoável poderia desejar?

No fim das escadas ele parou por um momento. As luzes dos semáforos piscando do outro lado da rua iluminavam a loja o suficiente para ele ver as fileiras de revistas. Seus rostos envoltos por plástico reluziam; peitos siliconados e traseiros espancados cresciam nas capas como frutas maduras demais. Faces com rímel derramando faziam beicinho para ele, oferecendo cada satisfação solitária que o papel poderia prometer.

Mas ele permanecia impassível; fazia muito tempo que não se interessava por aquele tipo de coisa. Para ele era apenas dinheiro; não ficava nem enojado nem excitado com aquilo. Era um homem de casamento feliz, afinal, com uma esposa cuja imaginação mal passava da página dois do *Kama Sutra*, e cujas crianças levavam fortes palmadas se falassem uma palavra questionável.

No canto da loja, onde o material de Bondage e Dominação ficava exposto, algo se ergueu do chão. Maguire achou difícil focar, com aquela luz intermitente. Vermelho, azul. Vermelho, azul. Mas não era Norton, nem um dos Perlgut.

No entanto era um rosto que ele conhecia, sorrindo para ele diante do fundo de exemplares de *Usadas e Abusadas*. Agora via bem: era Glass, claro como água, apesar das luzes coloridas; branco como um lençol.

Não tentou racionalizar como um morto poderia estar olhando para ele, apenas deixou cair o casaco e a mandíbula, e correu.

A porta estava trancada, e a chave era uma das duas dúzias em sua argola. Jesus, porque tinha tantas chaves? Chaves para o vestíbulo, chaves para patíbulo, chaves para o prostíbulo.

E apenas aquela luz cambiante para vê-las. Vermelho, azul. Vermelho, azul.

Mexeu nas chaves e por algum acaso mágico a primeira que ele tentou se encaixou facilmente na tranca e girou como um dedo em gordura quente. A porta estava aberta, a rua em sua frente.

Mas Glass pairou para trás dele em silêncio, e antes que ele passasse da soleira, jogou algo no rosto de Maguire, uma espécie de tecido. Cheirava a hospitais, a éter ou a desinfetante, ou às duas coisas. Maguire tentou gritar, mas um punho de pano estava sendo socado em sua garganta. Ele engasgou, o reflexo de vômito fazendo seu sistema se revolver. Em reação, o assassino apenas apertou mais forte.

Do outro lado da rua, uma garota que Maguire conhecia apenas como Natalie (Modelo: busca posição interessante com disciplinador rigoroso) observava a luta na porta da loja com um olhar entorpecido no rosto enfadonho. Ela já testemunhara um ou dois assassinatos; vira vários estupros, e não iria se meter. Além disso, estava tarde, e suas coxas doíam por dentro. Por acaso, virou-se do corredor de iluminação rosada, deixando a violência seguir seu curso. Maguire fez uma nota mental para fatiar o rosto daquela garota qualquer dia. Caso sobrevivesse; o que parecia menos provável naquele momento. O vermelho, azul, vermelho, azul agora não estava fixo, conforme seu cérebro sem ar deixava de perceber as cores, e embora ele parecesse segurar seu pretenso assassino, o aperto parecia evaporar, deixando tecido, tecido vazio, escorregando como seda por suas mãos suadas.

Então alguém falou. Não atrás dele, não a voz do assassino, mas na frente. Na rua. Norton. Era Norton. Havia retornado por algum motivo, que Deus o abençoe, e estava saindo do carro a dez metros rua abaixo, gritando o nome de Maguire.

O sufocamento do assassino hesitou e a gravidade reivindicou Maguire. Ele caiu com muito peso, o mundo girando, no pavimento, o rosto púrpura na luz lúgubre.

Norton correu em direção ao chefe, tateando por uma arma em meio às bugigangas do bolso. O assassino de terno branco já descia a rua, despreparado para levar outro homem. Ele parecia, pensou Norton, igualzinho a um membro fracassado da Ku Klux Klan; capuz, robe, casaco. Norton se ajoelhou apenas com um dos joelhos, fez uma mira de duas mãos ao homem e disparou. O resultado foi impressionante. A figura pareceu inflar, tornando-se uma massa drapejante de tecido branco, com um rosto impresso nele, bem de leve. Houve um barulho como aquele de estalos de lençóis lavados segunda-feira em um varal, um ruído que soava deslocado nessa ruela imunda. A confusão de Norton o deixou sem reação por um momento, e o homem-lençol pareceu se erguer no ar, ilusório.

Aos pés de Norton, Maguire recuperava a consciência, gemendo. Estava tentando falar, mas sentia dificuldade em se fazer entender devido à laringe e à garganta machucadas. Norton se curvou para mais perto dele. Sentiu o cheiro de vômito e de medo.

"Glass", parecia dizer.

Bastava. Norton acenou, disse "silêncio". Era o rosto, claro, no lençol. Glass, o contador imprudente. Havia assistido aos pés do homem fritarem, assistido a todo o ritual perverso; algo que não lhe agradara em nada.

Bem, bem: pelo visto Ronnie Glass tinha alguns amigos, amigos que não estavam acima da vingança.

Norton olhou naquela direção, mas o vento levara o fantasma até o alto dos prédios, e para longe.

Aquela havia sido uma experiência ruim; o primeiro sabor de fracasso. Ronnie ainda se lembrava da desolação daquela noite. Havia se deitado, amontoado na esquina cheia de ratos de uma fábrica abandonada ao sul do rio, e acalmou o pânico em suas fibras. Qual a vantagem do truque que ele dominava, se ele perdeu o controle no momento em que foi ameaçado? Devia planejar com mais cuidado, e fortalecer a sua vontade, até que não oferecesse resistência. Já sentia que sua energia se esvaía: e havia uma pontada de dificuldade em reestruturar seu corpo nessa segunda rodada. Não havia tempo a perder com fracassos atabalhoados. Devia encurralar o homem onde ele não tivesse chances de escapar.

Investigações policiais no mortuário haviam rodado em círculos durante metade de um dia; e agora adentravam a noite. O Inspetor Wall da Yard tentara cada técnica que conhecia. Palavras brandas, palavras duras, promessas, ameaças, seduções, surpresas, e até mesmo porrada. Ainda assim, Lenny contava a mesma história; uma história ridícula que ele jurava que seria corroborada quando seu colega saísse do estado catatônico em que agora se refugiava. Mas não tinha como o Inspetor levar a história a sério. Uma mortalha que andava?

Como poderia colocar isso no relatório? Não, queria algo de concreto, mesmo que fosse uma mentira.

"Posso fumar um cigarro?", perguntou Lenny pela enésima vez. Wall balançou a cabeça.

"Hey, Fresco —", Wall se dirigia ao seu braço direito, Al Kincaid. "Acho que é hora de revistar o cara de novo."

Lenny sabia o que outra revista implicava; era um eufemismo para espancamento. De pé contra a parede, pernas abertas, mãos na cabeça: pam! O estômago revirava só de pensar.

"Escuta...", implorou.

"O quê, Lenny?"

"Não fui eu."

"Claro que foi você", disse Wall, pegando no nariz dele. "Só queremos saber o motivo. Não gostava do velho filho da puta? Talvez ele falasse obscenidades sobre as suas amigas, hein? Ele meio que tinha uma reputação por isso, compreendo."

Al Fresco deu um sorriso malicioso.

"Foi por isso que você acabou com ele?"

"Pelo amor de Deus", disse Lenny, "acha que eu te contaria a porra de uma história dessas se eu não tivesse visto com a merda dos meus próprios olhos?"

"Olha a língua", repreendeu Fresco.

"Mortalhas não voam", disse Wall, com uma convicção compreensível.

"Então cadê a mortalha, hein?", raciocinou Lenny.

"Você incinerou, você comeu, como que vou saber de uma porra dessas?"

"Olha a língua", disse Lenny baixinho.

O telefone tocou antes que Fresco pudesse bater nele. Ele atendeu, falou e passou para Wall. Então bateu em Lenny, um tapa amigável que tirou um pouco de sangue.

"Escuta", disse Fresco, respirando com proximidade letal de Lenny, como que para inspirar o ar da boca dele, "sabemos que foi você, entende? Você era o único no mortuário que estava vivo para fazer isso, sabe? Só queremos saber o motivo. Só isso. Só o motivo."

"Fresco." Wall havia tapado o receptor para falar com o brutamontes.

"Sim, senhor."

"É o sr. Maguire."

"O sr. Maguire?"

"Micky Maguire."

Fresco acenou com a cabeça.

"Ele está muito chateado."

"É mesmo? Por quê?"

"Acha que foi atacado pelo homem no mortuário. O pornógrafo."

"Glass", mencionou Lenny, "Ronnie Glass."

"Ronald Glass, como diz o homem", afirmou Wall, sorrindo para Lenny.

"Isso é ridículo", disse Fresco.

"Bem, acho que devemos cumprir com nosso dever a um membro notório da comunidade, não acha? Dá um pulo lá no necrotério, por favor, só para confirmar —"

"Confirmar?"

"Se o desgraçado ainda está lá —"

"Ah."

Fresco saiu, confuso, mas obediente.

Lenny não entendia nada: mas já não se importava mais. Que diabos tinha a ver com tudo aquilo, de qualquer forma? Começou a brincar com as próprias bolas por um buraco no bolso esquerdo da calça. Wall o olhou com desprezo.

"Não faça isso", ordenou. "Você vai poder brincar sozinho o quanto quiser depois que a gente te enfiar em uma cela quente e confortável."

Lenny balançou a cabeça devagar e removeu a mão do bolso. Apenas não era o seu dia.

Fresco já estava de volta do corredor, um pouco sem fôlego.

"Ele está lá", proferiu, visivelmente animado com a simplicidade da tarefa.

"Claro que está", disse Wall.

"Morto como um dodô", comentou Fresco.

"O que é um dodô?", perguntou Lenny.

Fresco deu um olhar vazio.

"Modo de dizer", respondeu em tom de teimosia.

Wall da Yard estava de volta ao telefone, conversando com Maguire. O homem do outro lado da linha soava bastante assustado, e seus confortos pareciam ser de pouco benefício.

"Ele está lá mortinho da silva, Micky. Você deve ter se enganado."

O medo de Maguire percorreu a linha telefônica como uma leve descarga elétrica.

"Eu vi ele, diabos."

"Bem, ele está deitado lá embaixo com um buraco no meio da cabeça, Micky. Então me diz como *foi* que você viu ele."

"Não sei", respondeu Maguire.

"Então."

"Escuta... se tiver como, pode passar aqui? Mesmo arranjo de sempre. Eu poderia botar algum trabalho bom em seu caminho."

Wall não gostava de discutir negócios pelo telefone, deixava-o desconfortável.

"Até mais, Micky."

"Ok. Vai ligar depois?"

"Vou."

"Promete?"

"Sim."

Wall baixou o receptor e encarou o suspeito. Lenny estava de volta ao bilhar de bolso. Animalzinho tosco; claro que outra busca era necessária.

"Fresco", disse Wall nos tons de uma pomba, "poderia por favor ensinar Lenny a não brincar com as bolas na frente de policiais?"

Na sua fortaleza em Richmond, Maguire chorava como um bebê.

Tinha visto Glass, sem dúvidas. Embora Wall acreditasse que o corpo estava no mortuário, ele tinha certeza que não. Glass estava à solta, nas ruas, livre como o vento, apesar do fato de ele ter aberto um buraco na cabeça do desgraçado.

Maguire era um homem temente a Deus e acreditava na vida após a morte, embora até então jamais tivesse se perguntado como isso ocorria. Essa era a resposta, esse filho de meretriz de rosto branco fedendo a éter: era assim que seria o pós-vida. Fazia-o chorar, temer a vida, e temer a morte.

Agora já havia se passado bastante da alvorada; uma pacífica manhã de domingo. Nada aconteceria com ele na segurança da "Ponderosa", e em plena luz do dia. Esse era seu castelo, construído com o trabalho duro de seus roubos. Norton estava lá, armado até os dentes. Havia cachorros em cada portão. Ninguém, vivo ou morto, ousaria desafiar sua supremacia em seu próprio território. Ali, em meio aos retratos de seus heróis: Louis B. Mayer, Dillinger, Churchill; em meio à sua família; em meio ao seu bom gosto, seu dinheiro, seus *objets d'art*, aqui ele confiava em si. Fantasma ou não, se o contador louco fosse em sua cola, seria detonado. *Finis*.

Afinal de contas, não era ele Michael Roscoe Maguire, o construtor de um império? Nascido sem nada, erguera-se por virtude de seu rosto de corretor da bolsa e seu coração indomável. De vez em quando, talvez, e apenas sob condições muito controladas, ele deixava seus apetites mais sombrios emergirem, como durante a execução de Glass. Sentira prazer genuíno naquele pequeno roteiro; seria *seu* o *coup de grâce*, seria sua a compaixão infinita do golpe de misericórdia. Mas sua vida de violência estava para trás agora. Agora era um burguês, seguro em sua fortaleza.

Raquel despertou às 8h, e se ocupou em preparar o café da manhã.

"Quer algo para comer?", perguntou a Maguire.

Ele balançou a cabeça. A garganta doía muito.

"Café?"

"Sim."

"Quer tomar aqui?"

Ele acenou. Gostava de se sentar na frente da janela com vista para o gramado e a estufa. O dia ficava claro; nuvens gordas e lanosas se moviam com o vento, suas sombras passando acima do verde perfeito. Talvez ele começasse a pintar, pensou, como Winston. Submeter suas paisagens favoritas à tela; talvez uma imagem do jardim, quem sabe até um nu de Raquel, imortalizada em óleo antes que suas tetas murchassem de modo irreparável.

Ela voltou ronronando ao seu lado, com o café.

"Tudo bem com você?", perguntou.

Puta burra. Claro que não estava bem.

"Com certeza", respondeu.

"Tem visita."

"O quê?" Endireitou-se na cadeira de couro. "Quem?"

Ela estava sorrindo para ele.

"Tracy", disse. "Quer entrar aqui e receber um abraço."

Ele expeliu um sopro de ar pelos lados da boca. Puta burra, burra.

"Quer ver Tracy?"

"Claro."

O pequeno acidente, como ele apreciava chamá-la, estava diante da porta, ainda de camisola.

"Oi, papai."

"Olá, querida."

Ela andejou através do quarto em sua direção, o passo começando a puxar ao da mãe.

"Mamã diz que você tá dodói."

"Estou melhorando."

"Fico feliz."

"Eu também."

"Podemos sair hoje?"

"Talvez."

"Ir na feirinha?"

"Talvez."

Ela fez um beiço atraente, em perfeito controle do efeito que teria. Os truques de Raquel mais uma vez. Ele só esperava por Deus que não crescesse burra como a mãe.

"Veremos", disse, esperando sugerir um sim, mas sabendo que queria dizer não.

Ela se dependurou em seu joelho e ele lhe contou histórias sobre as traquinagens de uma menina de 5 anos durante algum tempo, então mandou ela se arrumar. Falar fazia sua garganta doer, e ele não se sentia um pai amoroso nesse dia.

Novamente sozinho, assistiu à valsa das sombras no gramado.

Os cães começaram a latir logo depois das 11h. Então, depois de um tempinho, ficaram em silêncio. Ele se levantou para procurar Norton, que estava na cozinha montando um quebra-cabeça com Tracy. A pintura *A Carroça de Feno* em duas mil peças. Um dos favoritos de Raquel.

"Conferiu os cachorros, Norton?"

"Não, chefe."

"Então faça essa porra."

Não xingava com frequência na frente da filha; mas realmente estava a ponto de explodir. Norton saiu correndo com essa. Ao abrir a porta dos fundos, Maguire pôde sentir o cheiro do dia. Era tentador sair da casa, mas os cães latiam de um modo que fazia sua cabeça latejar e suas mãos arderem. Tracy estava de cabeça baixa, ocupada com o quebra-cabeça, o corpo tenso de antecipação pela raiva que o pai sentia. Ele não disse nada, mas foi direto de volta à sala.

De sua cadeira podia ver Norton atravessando o gramado. Agora os cachorros não emitiam nenhum som. Norton desapareceu de vista atrás da estufa. Uma longa espera. Maguire já começava a se agitar quando Norton reapareceu e olhou para a casa, dando de ombros e falando. Maguire destravou a porta de correr, abriu-a, e saiu para o pátio. O dia o encontrou: um bálsamo.

"O que você está dizendo?", gritou para Norton.

"Os cachorros estão bem", replicou Norton.

Maguire sentiu o corpo relaxar. Claro que os cães estavam bem; por que não haveriam de latir um pouco? Esteve muito perto de passar vergonha, mijar nas calças só porque os cachorros latiram. Acenou com a cabeça para Norton e saiu do pátio para o gramado. Belo dia, pensou. Apressando o passo, cruzou o gramado até a estufa, onde cresciam seus bonsais muito bem cuidados. À porta da estufa, Norton estava esperando, vasculhando os bolsos em busca de pastilhas.

"Quer que eu fique aqui, senhor?"

"Não."

"Tem certeza?"

"Certeza", respondeu ele, magnânimo. "Volta lá para brincar com a menina."

Norton acenou.

"Os cachorros estão bem", repetiu.

"Sim."

"Deve ser a ventania que deixou eles agitados."

Havia uma ventania. Quente, mas forte. Agitava a fileira de faias acobreadas que delimitavam o jardim. Elas reluziam, e com os pálidos interiores de suas folhas ao céu, seu movimento reconfortante em sua calma e suavidade.

Maguire destrancou a estufa e adentrou seu refúgio. Nesse Éden artificial estavam seus verdadeiros amores, cuidados com adubo e esterco de sépias. Seu junípero-sargento, que sobrevivera aos rigores do Monte

Ishizuchi; seu marmelo florescente, seu abeto Yedo (*Picea jezoensis*), sua miniatura favorita, que ele havia tentado, após vários esforços infrutíferos, prender a uma pedra. Todas beldades: todas, pequenos milagres de tronco largo e agulhas cadentes, dignas da mais carinhosa atenção.

Contente, alheio ao mundo externo por um momento, ele espraiou em meio à sua flora.

Os cachorros haviam brigado pela posse de Ronnie como se ele fosse um brinquedo. Invadiram por cima do muro para capturá-lo e o rodearam antes que ele pudesse escapar, sorrindo ao pegarem, rasgarem e cuspirem-no. Ele escapou apenas porque Norton se aproximou, o que os distraiu de sua fúria por um momento.

Seu corpo ficou rasgado em vários lugares depois do ataque. Confuso, concentrando-se para tentar manter coerente a sua forma, ele evitou de qualquer maneira ser visto por Norton.

Agora saía do esconderijo. A luta lhe tirara energia, e a mortalha estava furada, de modo que a ilusão de substância se arruinou. Sua barriga foi aberta; a perna esquerda estraçalhada. As manchas haviam se multiplicado; muco e merda de cachorro se juntando ao sangue.

Mas a vontade, a vontade era tudo. Havia chegado tão perto; agora não era hora de renunciar ao seu aperto e deixar a natureza seguir seu curso. Ele existia em motim contra a natureza, esse era seu estado; e pela primeira vez em sua vida (e morte) ele sentia alguma exaltação. Não ser natural: existir em desafio ao sistema e sanidade, era tão ruim? Ele estava cagado, ensanguentado, morto e ressurrecto em um pedaço de pano cheio de manchas; ele não fazia sentido. *Mesmo assim existia*. Ninguém poderia negar sua existência, conquanto tivesse vontade de existir. O pensamento era delicioso: como encontrar um novo sentido em um mundo cego e surdo.

Achou Maguire na estufa e o observou por um tempo. O inimigo estava completamente absorto por seu hobby; até mesmo assobiava o Hino Nacional ao cuidar de seus encargos florescentes. Ronnie se aproximou do vidro, e se aproximou mais, sua voz era um gemido bem gentil no tecido em farrapos.

Maguire não ouviu o suspiro do tecido na janela, até o rosto de Ronnie se achatar no vidro, os traços esticados e disformes. Ele deixou o abeto Yedo cair. Ele se estraçalhou no chão, os galhos se quebraram.

Maguire tentou gritar, mas tudo o que conseguiu espremer de suas cordas vocais foi um berro estrangulado. Irrompeu para a porta, quando o rosto, enorme com ânsia de se vingar, quebrou o vidro. Maguire não compreendeu muito bem o que aconteceu em seguida. O modo como a cabeça e o corpo pareceram jorrar através do vidro quebrado, desafiando a física, e rejuntar-se em seu santuário, assumindo a forma de um ser humano.

Não, não era bem humano. Tinha o aspecto de uma vítima de infarto, a máscara branca e o corpo branco decaíam do lado direito, e ele arrastou a perna rasgada ao atacá-lo.

Ele abriu a porta e partiu em retirada pelo jardim. A coisa o seguiu, agora falando, braços estendidos em sua direção. "Maguire..."

Proferiu seu nome com uma voz tão suave, que ele poderia ter imaginado. Mas não, ele o repetiu.

"Está me reconhecendo, Maguire?", perguntou.

Claro que sim, mesmo com seus traços detonados e esvoaçantes, óbvio que era Ronnie Glass.

"Glass", respondeu.

"Sim", disse o fantasma.

"Não quero —", começou Maguire, então hesitou. Não queria o quê? Conversar com esse horror, com certeza. Saber que ele existia; tampouco. Morrer, acima de tudo.

"Não quero morrer."

"Mas vai", disse o fantasma.

Maguire sentiu o vento do lençol que voou em seu rosto, ou talvez fosse a ventania que pegou esse monstro insubstancial e o jogou em cima dele.

Seja o que for, o abraço fedia a éter, desinfetante e morte. Braços de pano o apertaram, o rosto boquiaberto estava pressionado contra o seu, como se a coisa quisesse beijá-lo.

Por instinto, Maguire segurou seu agressor, e suas mãos encontraram o rasgo que os cães haviam feito na mortalha. Seus dedos seguraram a ponta aberta do tecido e ele puxou. Ficou satisfeito em ouvir o pano se rasgando ao longo do tecido, e o abraço de urso cair longe dele. A mortalha se mexeu em sua mão, a boca liquefeita arregaçada em um grito silencioso.

Ronnie estava sentindo uma agonia que achava que tinha deixado para trás com a carne e o osso. Mas aqui estava de novo: dor, dor, dor.

Flutuou para longe de seu mutilador, deixando sair o grito possível, enquanto Maguire cambaleava para o gramado, os olhos enormes. Estava à beira da loucura, sem dúvida sua mente estava insana. Mas isso não bastava. Tinha que matar o desgraçado; essa era sua promessa para si mesmo e ele pretendia cumpri-la.

A dor não passou, mas ele tentou ignorá-la, juntando todas as suas forças a fim de perseguir Maguire pelo jardim, em direção à casa. Porém estava muito fraco agora: o vento quase o dominava, batendo através de sua forma e puxando as entranhas esfiapadas de seu corpo. Ele parecia uma bandeira rasgada na guerra, tão decrépita que mal podia ser reconhecida, e perto do fim.

Exceto que, exceto que... Maguire.

Maguire chegou na casa e bateu na porta. O lençol se pressionou contra a janela, com um drapejo ridículo, as mãos de pano arranhando o vidro, o rosto quase perdido querendo vingança.

"Me deixa entrar", dizia, "eu *vou* entrar."

Maguire cambaleou de costas pelo cômodo até o salão.

"Raquel..."

Onde estava a mulher?

"Raquel...?"

"Raquel..."

Ela não estava na cozinha. Do covil, o som de Tracy cantando. Espiou. A garotinha estava sozinha. Sentava no meio do chão, com fones nos ouvidos, acompanhando a música favorita.

"Mamãe?", ele fez mímica para ela.

"No andar de cima", respondeu ela, sem tirar os fones.

No andar de cima. Ao subir as escadas ele ouviu os cachorros latindo no jardim. O que ele estava fazendo? O que o filho de puta estava fazendo?

"Raquel...?", sua voz foi tão baixa que nem ele pôde escutar direito. Era como se tivesse se tornado prematuramente um fantasma na própria casa.

Nenhum barulho no patamar.

Ele cambaleou para o banheiro com azulejos marrons e ligou a luz. Era lisonjeiro, e sempre gostava de se ver nele. A leve radiância embaciava o limite da idade. Mas agora ele se recusou a mentir. Seu rosto era o de um velho assustado.

Abriu o armário aquecido e vasculhou em meio às toalhas. Ali! Uma arma, aninhada no conforto perfumado, escondida para emergências. O contato o fez salivar. Ele pegou a arma e a conferiu. Tudo em funcionamento. Essa arma já havia derrubado Glass uma vez, e poderia derrubá-lo outra. E outra. E outra.

Abriu a porta do quarto.

"Raquel —"

Ela estava sentada na beira da cama, com Norton inserido no meio de suas pernas. Os dois ainda vestidos, um dos peitos suntuosos de Raquel eriçado no sutiã e enfiado na boca acomodada de Norton. Ela olhou em volta, burra como sempre, sem entender o que tinha feito.

Sem pensar, ele disparou.

A bala a encontrou de boca aberta, palerma como nunca, e fez um buraco notável em seu pescoço. Norton puxou o membro para fora, pois não era um necrófilo, e correu para a janela. O que pretendia fazer não estava muito claro. A fuga era impossível.

A bala seguinte acertou Norton no meio das costas e atravessou seu corpo, furando a janela.

Apenas nesse momento, com o amante morto, Raquel desabou atravessada na cama, o peito salpicado, as pernas arregaçadas. Maguire a observou cair. A obscenidade doméstica não o enojou; era bem tolerável. Teta e sangue e boca e amor perdido e tudo; era bem, bem tolerável. Talvez estivesse se tornando um insensível.

Soltou a arma. Os cachorros pararam de latir.

Escapuliu do quarto em direção ao patamar da escada, fechando a porta em silêncio, para não perturbar a criança.

Não devia perturbar a criança. Ao andar para o degrau de cima viu o rosto vitorioso da filha olhando para ele do andar lá embaixo.

"Papai."

Ele a encarou com uma expressão aturdida.

"Tinha alguém na porta. Vi passar na janela."

Ele começou a descer os degraus, cambaleando, um por vez. Devagar, pensou.

"Abri a porta, mas não tinha ninguém lá."

Wall. Devia ser Wall. Ele saberia o que fazer.

"Era um homem alto?"

"Eu não vi direito, papai. Só a cara. Era ainda mais branco que você."

A porta! Meu Deus, a porta! Se ela tivesse deixado aberta, era tarde demais.

O estranho entrou no salão e seu rosto se enrugou com uma espécie de sorriso, que Maguire considerou uma das piores coisas que já tinha visto.

Não era Wall.

Wall era de carne e sangue: o visitante, uma boneca velha. Wall era um homem severo; esse sorria. Wall era vida e lei e ordem. Essa coisa não.

Claro que era Glass.

Maguire balançou a cabeça. A criança, sem ver a coisa ondulando no ar atrás dela, não entendeu direito.

"Fiz algo de errado?", perguntou.

Ronnie passou por ela flutuando escada acima, agora mais uma sombra do que qualquer coisa remotamente parecida com um homem, farrapos de pano em seu rastro. Maguire não tinha tempo de resistir, nem força de vontade restante. Abriu a boca para dizer algo em defesa de sua vida, e Ronnie enfiou o braço remanescente, enrolado como uma corda de pano, na garganta de Maguire. Maguire engasgou com ela, mas Ronnie continuou a serpentear por sua epiglote protestante, forjando um caminho árduo por seu esôfago até o estômago de Maguire. Maguire o sentiu lá dentro, um empanzinamento que se contorcia no meio de seu corpo, raspando a parede de seu estômago e segurando os tecidos. Foi tudo tão rápido que Maguire não teve tempo de morrer sufocado. Enquanto acontecia, ele poderia ter desejado que acabasse logo, horrendo assim. Em vez disso, sentiu a mão de Ronnie convulsionar em sua barriga, cavando cada vez mais fundo por um aperto decente em seu cólon e seu duodeno. E quando a mão segurou tudo o que podia, o escroto puxou o braço para fora.

A saída foi rápida, mas para Maguire o momento pareceu interminável. Ele se dobrou enquanto o desentranhamento começava, sentindo suas vísceras subindo pela garganta, virando-o do avesso. Seus bofes saíram por sua garganta em uma mistura de fluidos, café, sangue, ácido.

Ronnie esticou as tripas e puxou Maguire, seu torso esvaziado caindo sobre ele, para o topo da escada. Levado pelas próprias entranhas, Maguire chegou no degrau de cima, e tombou para a frente. Ronnie o soltou e Maguire despencou, a cabeça enrolada por tripas, até o fim das escadas, onde a filha ainda estava parada.

Ela parecia, pela expressão, pouquíssimo alarmada; mas Ronnie sabia que não era fácil enganar as crianças.

O serviço terminado, ele começou a descer as escadas, desenrolando o braço, e balançando a cabeça ao tentar recuperar o mínimo da aparência humana. O esforço deu certo. Quando alcançou a criança no fundo das escadas, foi capaz de lhe dar algo bem parecido com um toque humano. Ela não reagiu, e tudo o que ele podia fazer era ir embora e esperar que com o tempo ela esquecesse.

Assim que saiu, Tracy subiu as escadas para encontrar a mãe. Raquel não respondeu a suas perguntas, assim como o homem no carpete diante da janela. Mas havia algo nele que a fascinou. Uma cobra gorda e vermelha pulando para fora das calças. Isso a fez rir, era uma coisinha tão boba.

A garota ainda estava rindo quando Wall da Yard chegou, tarde como sempre. Embora ter visto a dança macabra da casa lhe desse um susto, de modo geral ele estava contente por ter chegado tarde naquela festa em particular.

No confessionário da St. Mary Magdalene, a mortalha de Ronnie Glass agora estava irreconhecível, de tão deteriorada. Tinha muito pouco sentimento em si, apenas o desejo, tão forte que ele sabia que não poderia resistir por muito mais tempo, de abandonar esse corpo ferido. Servira-lhe bem; ele não tinha reclamações a fazer. Mas agora estava sem fôlego. Não podia mais animar objetos inanimados.

Desejava confessar, no entanto, desejava demais confessar. Contar ao Pai, contar ao Filho, contar ao Espírito Santo os pecados que cometera, sonhara, esperara. Havia apenas uma coisa a fazer: se o Padre Rooney não fosse até ele, ele iria ao Padre Rooney.

Abriu a porta do Confessionário. A igreja estava quase vazia. Agora era noite, ele achou, e quem tinha tempo para acender velas quando havia comida a ser preparada, amor a ser trazido, vida a existir? Apenas um florista grego, rezando no corredor para seus filhos serem absolvidos, viu a mortalha bambolear do Confessionário até a porta do Vestíbulo. Parecia algum adolescente de merda com um lençol imundo pendurado na cabeça. O florista odiava esse tipo de comportamento profano — veja aonde isso tinha levado seus filhos —, ele desejou dar uma bela sova no jovem, e ensinar a ele como bancar o otário na Morada do Senhor.

"Ei, você aí!", disse, alto demais.

A mortalha se virou para ver o florista, seus olhos dois buracos pressionados naquela massa quente. O rosto do fantasma estava tão abatido que congelou as palavras dos lábios do florista.

Ronnie tentou abrir a porta do Vestíbulo. O drapejo não o levou a lugar algum. A porta estava trancada.

De dentro, uma voz resfolegante lhe disse:

"Quem é?" Era o Padre Ronney falando.

Ronnie tentou responder, mas não saía nenhuma palavra. Tudo o que conseguia fazer era drapejar, como qualquer fantasma de nota.

"Quem é?", perguntou o bom padre mais uma vez, com um pouco de impaciência.

Ouça minha confissão, Ronnie queria dizer, ouça minha confissão, pois pequei.

A porta permaneceu fechada. Do lado de dentro, o Padre Rooney estava ocupado. Ele tirava fotografias para sua coleção particular: a modelo era uma moça de sua preferência chamada Natalie. Uma filha do vício, alguém lhe dissera, mas ele não podia acreditar nisso. Ela era demasiado obediente, demasiado angelical, e usava um rosário em volta do peito atrevido, como se tivesse acabado de sair de um convento.

O movimento da maçaneta havia parado agora. Bom, pensou o Padre Rooney. Voltaria, seja quem fosse. Nada era tão urgente assim. O Padre Rooney sorriu para a mulher. Em resposta, os lábios de Natalie fizeram um beiço.

Na igreja, Ronnie se levou ao altar e se ajoelhou.

Três fileiras atrás, o florista se ergueu de suas rezas, incensado por essa profanação. Claro que o garoto estava bêbado, pelo modo como cambaleava, o homem não seria assustado por uma máscara de morte barata. Xingando o profanador em grego claro, bateu no fantasma enquanto ele se ajoelhava na frente do altar.

Não havia nada sob o lençol: absolutamente nada.

O florista sentiu o tecido vivo torcer sua mão e soltá-la com uma exclamação baixa. Então recuou do corredor, cruzando-se pra lá e pra cá, pra lá e pra cá, como uma viúva demente. A alguns metros da porta da igreja, ele girou e correu.

A mortalha caiu onde o florista a soltou. Ronnie, se demorando nas fendas, olhou para cima da pilha amontoada no esplendor do altar. Estava radiante, mesmo na escuridão do interior iluminado por velas, e comovido por sua beleza, ficou contente em deixar a ilusão para trás. Sem se confessar, mas sem medo do julgamento, seu espírito partiu.

Após cerca de uma hora, o Padre Rooney destravou o Vestíbulo, conduziu a casta Natalie para fora da igreja, e trancou a porta da frente. Espiou o Confessionário no caminho de volta, a fim de conferir se não havia crianças escondidas. Vazia, a igreja inteira estava vazia. Maria Madalena era uma mulher esquecida.

Ao serpentear assobiando de volta para dentro do Vestíbulo, avistou a mortalha de Ronnie Glass. Estava jogada nos degraus do altar, um monte esfarrapado de tecido puído. Ideal, pensou, pegando-o. Havia algumas manchas indiscretas no chão do Vestíbulo. Apenas o trabalho de esfregá-las.

Cheirou o pano; ele amava cheirar. Tinha o odor de mil coisas. Éter, suor, cachorros, entranhas, sangue, desinfetante, quartos vazios, corações machucados, flores e perda. Fascinante. Essa ainda era a emoção da Paróquia do Soho, pensou. Algo novo a cada dia. Mistérios no degrau da porta, no degrau do altar. Crimes tão numerosos que seria necessário um oceano de Água Benta para benzê-los. Vício à venda em cada esquina, se você soubesse onde olhar.

Pôs a mortalha sob o braço.

"Aposto que você tem uma história para contar", disse, apagando as velas votivas com dedos quentes demais para sentir as chamas.

**Nada se desenvolvia ali, a não ser as moscas
que escureciam seu senhor e faziam as entranhas
espalhadas parecer um brilhante montão de carvão.**
— *Senhor das Moscas* —

BODES EXPIATÓRIOS

A maré não nos levara a uma ilha de verdade, mas a uma pilha de pedras sem vida. Chamar de ilha é uma lisonja para uma corcunda cheia de merda como essa. Ilhas são oásis no mar: verdes e abundantes. Este é um lugar abandonado: sem focas nadando, sem pássaros voando. Não consigo pensar em nenhuma utilidade para um lugar assim, a não ser a possibilidade de dizer: vi o cerne do nada e sobrevivi.

"Não aparece em nenhum dos mapas", comentou Ray, examinando o desenho das Hébridas Interiores, a unha no ponto onde ele calculava que estávamos. Era, como ele dizia, um espaço vazio no mapa, apenas o mar azul e pálido, nem sequer um pontículo para indicar a existência desta rocha. Não apenas as focas e os pássaros a ignoravam, como também os cartógrafos. Havia uma ou duas setas ao lado do dedo de Ray, marcando as correntes que deveriam nos levar ao norte: minúsculas flechas vermelhas em um oceano de papel. O resto, assim como o mundo lá fora, estava deserto.

Jonathan ficou jubilante, claro, ao descobrir que o lugar sequer podia ser encontrado no mapa; pareceu sentir-se instantaneamente exonerado. A culpa por encalharmos ali não era mais dele, e sim dos cartógrafos: não podia ser responsabilizado pelo encalhe, uma vez que o monte nem mesmo estava registrado nos mapas. A expressão culposa que ele assumira desde nossa chegada imprevista foi substituída por um olhar de satisfação consigo mesmo.

"Não é possível desviar de um lugar que não existe, não é mesmo?", declarou, triunfante. "É possível?"

"Você bem poderia ter usado os olhos que Deus lhe deu", retrucou Ray; mas Jonathan não seria intimidado por uma crítica racional.

"Foi muito repentino, Raymond", afirmou. "Quer dizer, no meio dessa névoa eu não tinha nenhuma chance. Ela subiu em cima da gente antes que eu percebesse."

De fato, fora repentino, sem sombra de dúvida. Eu estava na cozinha do barco preparando o café da manhã, o que se tornara minha responsabilidade, uma vez que nem Angela nem Jonathan demonstravam qualquer entusiasmo pela tarefa, quando o casco do *Emmanuelle* raspou em algumas pedras e seguiu cavoucando em frente, trepidando, até uma praia de seixos. Houve um momento de silêncio: então começou a gritaria. Escalei para fora da cozinha a fim de encontrar Jonathan de pé no deque, com um sorriso envergonhado e balançando os braços para sinalizar que era inocente.

"Antes que pergunte", disse, "não sei como aconteceu. Em um minuto a gente estava só beirando —"

"Meu Deus do Céu da puta que o pariu", Ray estava subindo para fora da cabine, enquanto puxava para cima uma calça jeans, parecendo maltrapilho após uma noite no beliche com Angela. Eu tivera a honra questionável de escutar os orgasmos dela a noite inteira; ela com certeza deu trabalho. Jonathan retomou seu discurso de defesa desde o início: "Antes que me pergunte —", mas Ray o silenciou com algumas ofensas seletas. Eu me retirei aos confins da cozinha enquanto a discussão no deque pegava fogo. Não era pequena a satisfação que eu sentia por escutar insultos a Jonathan; cheguei a torcer para Ray perder a calma a ponto de tirar sangue daquele nariz aquilino.

A cozinha estava um chiqueiro. O café da manhã que eu preparava se esparramou por todo o chão e eu deixei lá, as gemas dos ovos, o pernil de porco e as torradas, tudo coagulando em poças de gordura derramada.

A culpa era de Jonathan; ele que limpasse. Bebi um copo de suco de toranja, e esperei até que as recriminações arrefecessem, então subi de volta.

Mal fazia duas horas que o dia nascera, e a névoa que encobrira a ilha da visão de Jonathan ainda amortalhava o sol. Se esse dia de algum modo fosse parecido com a semana que tivéramos até então, por volta de meio-dia o deque estaria quente demais para andar nele descalço, mas agora, com a névoa ainda espessa, eu sentia frio usando apenas a parte de baixo do meu biquíni. O que você usava não importava tanto, velejando pelas ilhas. Não havia ninguém para ver você. Foi o melhor bronzeado que já tive. Mas nessa manhã o frio me fez descer de novo e procurar um suéter. Não havia vento: o frio estava vindo do mar. Ainda é noite lá embaixo, pensei, apenas a alguns metros da praia; uma noite sem limites.

Vesti um suéter e voltei ao deque. Os mapas estavam abertos, e Ray se debruçava sobre eles. Suas costas nuas estavam despeladas por causa do excesso de sol, e eu podia ver a calvície que ele tentava esconder com seus cachos loiro-escuros. Jonathan estava observando a praia e coçando o nariz.

"Nossa, que lugar", exclamei.

Ele olhou para mim tentando dar um sorriso. Tinha essa ilusão, o coitado do Jonathan, de que seu rosto poderia obrigar uma tartaruga a sair do casco, e para ser justa, algumas mulheres se derretiam quando ele apenas olhava para elas. Eu não era uma dessas, e isso o irritava. Sempre achei sua beleza judia sem graça demais para ser considerada bela. Minha indiferença era um alerta vermelho para ele.

Uma voz sonolenta e dengosa subiu do deque inferior. Nossa Senhora do Beliche enfim acordava: hora de fazer sua entrada tardia, enrolando timidamente uma toalha em volta de sua nudez enquanto aparecia. Seu rosto estava inchado devido ao excesso de vinho tinto, e o cabelo precisava de um pente. Ainda assim, ela emanava a radiância, os olhos arregalados, de uma Shirley Temple com peitos.

"O que está havendo, Ray? Onde estamos?"

Ray não tirou o olho de suas computações, o que lhe rendeu uma cara feia.

"Temos um navegador ruim pra caralho, só isso", disse ele.

"Nem sei o que aconteceu", protestou Jonathan, claramente na esperança de uma exibição solidária de Angela. Nenhuma a caminho.

"Mas onde estamos?", repetiu ela.

"Bom dia, Angela", falei; também fui ignorada.

"É uma ilha?", perguntou ela.

"Claro que é uma ilha: mais ainda não sei qual", respondeu Ray.

"Talvez seja Barra", sugeriu ela.

Ray fechou a cara. "Estamos muito longe de Barra", disse. "Será que você podia me deixar retraçar nossos passos —"

Retraçar nossos passos, no mar? Apenas a fixação de Ray por Jesus, pensei, olhando de volta para a praia. Era impossível adivinhar o tamanho do lugar, a névoa apagava a paisagem após uns cem metros. Talvez em algum lugar naquela muralha cinzenta houvesse habitação humana.

Ray, tendo localizado no mapa o ponto em branco onde supostamente encalhamos, desceu o barco até a praia e fez um exame crítico da proa. Mais para se afastar de Angela do que por qualquer outro motivo, desci para me juntar a ele. As pedras redondas da praia sob as solas descalças de meus pés estavam frias e escorregadias. Ray alisou a lateral do *Emmanuelle* com a palma da mão, quase um afago, então se agachou para ver o estrago na proa.

"Acho que não furou", afirmou, "mas não dá para ter certeza."

"Vamos flutuar assim que a maré subir", disse Jonathan, escorando-se na proa, mãos na cintura, "sem tensão", ele deu uma piscadela para mim, "sem tensão nenhuma."

"Uma porra que vamos flutuar!", disparou Ray. "Olhe você mesmo."

"Então vamos buscar ajuda para rebocar o barco." A confiança de Jonathan estava inabalada.

"Você mesmo pode buscar alguém, seu cuzão."

"Claro, por que não? Espera uma hora mais ou menos, até a neblina baixar, e vou dar uma caminhada, procurar ajuda."

Ele saiu.

"Vou fazer um café", voluntariou-se Angela.

Conhecendo-a, levaria uma hora para coar. Dava tempo de fazer um passeio.

Comecei a andar ao longo da praia.

"Não se afaste muito, meu amor", gritou Ray.

"Não."

Amor, disse ele. Palavra fácil; ele não queria dizer nada com ela.

O sol agora estava mais quente, então tirei o suéter enquanto andava. Meus seios nus já estavam marrons como nozes, e, pensei, quase do tamanho delas. Ainda assim, não se pode ter tudo. Ao menos eu tinha dois neurônios na cabeça, o que era mais do que se podia dizer de Angela; ela tinha tetas do tamanho de melões e um cérebro que envergonharia uma mula.

O sol ainda não estava atravessando a névoa apropriadamente. Penetrava até a ilha de modo irregular, e sua luz embaciava todo o resto, sugando a cor e o peso do local, reduzindo o mar e as rochas e a sujeira da praia a um cinza desbotado, da cor de carne cozida demais.

Após apenas cem metros, algo no local começou a me deprimir, então me virei. À minha direita, ondas minúsculas e sibilantes iam até a praia e caíam com uma batida cansada nas pedras. Sem ondas majestosas aqui: apenas o rítmico splash, splash, splash de uma maré exausta.

Eu já odiava o lugar.

Lá no barco, Ray testava o rádio, mas por algum motivo tudo o que ele conseguia captar eram laivos de chiado em cada frequência. Ele o xingou por um tempo, então desistiu. Depois de meia hora, o café da manhã foi servido, embora tivéssemos de nos virar com sardinhas, cogumelos em lata e os restos da torrada. Angela serviu o festim com a jactância usual, como se operasse um segundo milagre dos pães e peixes. De qualquer maneira, era impossível apreciar a comida; o ar parecia sugar todo o sabor.

"Engraçado, não é —", começou Jonathan.

"Hilário", disse Ray.

"— não tem sirene. Névoa, mas sem sirene. Nem mesmo o som de um motor; bizarro."

Ele estava certo. O silêncio total nos envolvia, uma quietude úmida e asfixiante. Exceto por uma batida apologética das ondas e o som de nossas vozes, era como se estivéssemos surdos.

Sentei-me diante da popa e observei o mar vazio. Ainda estava cinzento, mas agora o sol começava a projetar outras cores sobre ele: um verde sombrio e, mais escuro, uma sugestão de um púrpura-azulado. Abaixo do barco eu podia ver fios de algas e capilárias, brinquedos para a maré, ondulando. Parecia convidativa: e qualquer coisa era melhor que a atmosfera acre do *Emmanuelle*.

"Vou nadar um pouco", falei.

"Eu não faria isso, amor", respondeu Ray.

"Por que não?"

"A corrente que jogou a gente aqui deve ser muito forte, você não quer que ela te pegue."

"Mas a maré ainda está subindo: eu só seria levada para a praia."

"Você não sabe quais correntes cruzadas existem por aí. Até mesmo turbilhões: são bem comuns. Elas te sugam em um instante."

Voltei a olhar para o mar. Parecia inofensivo o bastante, mas eu tinha lido que aquelas eram águas traiçoeiras, então pensei melhor.

Angela havia começado um pequeno chilique porque ninguém terminou de comer seu café da manhã imaculadamente preparado. Ray fez as médias com ela. Amava mimá-la, deixá-la fazer esses joguinhos estúpidos. Eu sentia nojo.

Desci para fazer a limpeza, jogando a sujeira no mar pela escotilha. Ela não afundou de imediato. Flutuaram em um trecho oleoso, cogumelos comidos pela metade e fatias de sardinhas rolando sobre a superfície como alguém lançado ao mar. Comida de caranguejo, se algum caranguejo que se respeitasse aceitasse viver ali.

Jonathan se juntou a mim na cozinha, com certeza ainda se sentindo um pouco idiota, apesar do ar de bravata. Parou na porta, tentou me olhar no olho, enquanto eu jogava um pouco de água fria na tigela e enxaguava sem ânimo os pratos de plástico engordurados. Tudo o que ele queria era que eu dissesse que não era sua culpa, e que sim, claro que ele era um Adônis *kosher*. Eu não disse nada.

"Posso ajudar?", perguntou.

"Não cabem duas pessoas aqui dentro, sério", respondi, tentando não demonstrar muito desprezo. Mesmo assim ele hesitou: todo esse episódio perfurava sua autoestima mais terrivelmente do que eu percebia, apesar da jactância de sua postura.

"Olha", falei com gentileza, "por que não volta ao deque e toma um pouco de sol antes que fique quente demais?"

"Estou me sentindo um merda", respondeu.

"Foi um acidente."

"Um grande merda."

"Como você disse, vamos flutuar com a subida da maré."

Ele saiu da porta e desceu até a cozinha; sua proximidade fez com que eu me sentisse quase claustrofóbica. O corpo dele era largo demais para o espaço: bronzeado demais, assertivo demais.

"Eu falei que não cabia, Jonathan."

Ele colocou a mão em minha nuca, e em vez de repeli-la, eu a deixei lá, massageando meus músculos com gentileza. Queria mandá-lo me deixar em paz, mas a lassidão do lugar parecia ter invadido meu sistema. Sua outra mão estava a um palmo abaixo de minha barriga, subindo para meu peito. Fiquei indiferente a essas investidas: se era isso o que ele queria, ele teria.

Acima do deque, Angela arfava em uma crise de risos, quase sufocando com sua histeria. Eu podia vê-la com o olho da mente, jogando a cabeça para trás, soltando os cabelos com uma chacoalhada. Jonathan havia desabotoado os shorts, e os deixou cair. Deus lhe concedera um prepúcio impecável; sua ereção era tão higiênica em seu entusiasmo que parecia incapaz de causar o menor dano. Deixei sua boca se colar na minha, sua língua explorar as minhas gengivas, insistente como o dedo de um dentista. Ele desceu meu biquíni o bastante para conseguir acesso, tateou para se posicionar, então meteu.

Atrás dele, a escada estalou, e olhei por cima do ombro dele a tempo de avistar Ray, curvado na escotilha e observando a bunda de Jonathan e nossos braços entrelaçados. Terá visto, me perguntei, que eu não sentia nada? Terá entendido que eu fazia isso sem paixão e só podia ter sentido um laivo de desejo se eu trocasse a cabeça, as costas e a pica de Jonathan pela dele? Sem emitir ruído, ele se retirou pela escada; um momento se passou, em que Jonathan disse que me amava, então ouvi a gargalhada de Angela recomeçar, enquanto Ray descrevia o que acabara de testemunhar. Deixe a vadia pensar o que quisesse: eu não me importava.

Jonathan ainda estava labutando em mim, com metidas deliberadas, mas sem inspiração, uma ruga em seu rosto como a de um colegial tentando resolver uma equação impossível. A descarga veio do nada, assinalada apenas por um aperto da mão dele em meus ombros, e um aprofundamento da ruga. Suas metidas ficaram lentas e pararam; seus olhos encontraram os meus por um momento enervante. Desejei beijá-lo, mas ele tinha perdido todo o interesse. Retirou ainda duro, encolhendo. "Sempre fico sensível depois que gozo", murmurou, subindo os shorts. "Foi bom para você?"

Assenti. Foi ridículo; a coisa toda foi ridícula. Encalhada no meio do nada com esse moleque de 26 anos, e Angela, e um homem que não se importava se eu vivesse ou morresse. Mas talvez nem eu. Pensei, sem motivo, nos restos no mar, rolando, esperando que a próxima onda os pegasse.

Jonathan já havia se retirado para o andar de cima. De pé olhando pela vigia, fervi um pouco de café, enquanto sentia a porra secar até virar uma dobra perolada na parte interna de minha coxa.

Ray e Angela haviam sumido quando terminei de preparar o café, pelo visto foram caminhar na ilha, buscar ajuda.

Jonathan estava sentado em meu lugar diante da popa, encarando a névoa. Mais para romper o silêncio do que por qualquer outro motivo, falei:

"Acho que subiu um pouco".

"Será?"

Coloquei uma caneca de café ao seu lado.

"Obrigado."

"Cadê os outros?"

"Explorando."

Ele olhou em minha volta, confusão em seus olhos. "Ainda estou me sentindo um merda."

Notei a garrafa de gim ao seu lado no deque.

"Meio cedo para beber, não?

"Quer?"

"Ainda não deu nem 11h."

"Quem liga?"

Apontou para o mar. "Segue meu dedo", disse.

Inclinei-me sobre seu ombro e fiz como ele pediu.

"Não, você não está olhando para o lugar certo. Siga meu dedo — está vendo?"

"Nada."

"No final da névoa. Aparece e desaparece. Ali! De novo!"

Realmente vi algo na água, a vinte ou trinta metros da popa do *Emanuelle*. Coloração marrom, enrugado, se revirando.

"É uma foca", afirmei.

"Acho que não."

"O sol está aquecendo o mar. Talvez elas só estejam aproveitando a rasura."

"Não parece uma foca. Rola de um jeito engraçado."

"Talvez o pedaço de algum destroço —"

"Pode ser."

Ele deu um gole longo.

"Deixa um pouco para a noite."

"Sim, mamãe."

Ficamos alguns minutos sentados em silêncio. Apenas as ondas no mar. Splash. Splash. Splash.

Volta e meia, uma foca, ou seja lá o que era aquilo, surgia na superfície, rolava, e desaparecia de novo.

Mais uma hora, pensei, e a maré vai começar a subir. Fazendo a gente flutuar para longe deste pequeno adendo da criação.

"Ei!" A voz de Angela, à distância. "Ei, caras."

Ela nos chamou de caras.

Jonathan se levantou, mão no rosto contra o reflexo da rocha iluminada pelo sol. Agora estava muito mais brilhante: e cada vez mais quente.

"Ela está acenando pra gente", comentou ele, sem interesse.

"Deixa acenar."

"Caras!", guinchou ela, os braços ondulando. Jonathan juntou as mãos em volta da boca e esgoelou uma resposta:

"O-que-vocês-querem?".

"Venham ver", respondeu ela.

"Ela quer que a gente vá lá ver."

"Eu escutei."

"Vamos lá", disse ele, "nada a perder."

Eu não queria me mover, mas ele me suspendeu pelo braço. Não valia a pena discutir. O hálito dele estava inflamável.

Foi difícil andar até a praia. As pedras não estavam sendo molhadas pela água do mar, mas cobertas por uma camada escorregadia de algas verde-acinzentadas, como suor em uma caveira.

Jonathan sentiu mais dificuldade em atravessar até a praia do que eu. Por duas vezes perdeu o equilíbrio e caiu de bunda, xingando. A parte traseira de seus shorts logo adquiriu uma imunda coloração oliva, e havia um rasgo que mostrava suas nádegas.

Eu não era nenhuma bailarina, mas consegui chegar lá, um passo lento após o outro, tentando evitar as rochas grandes. Se eu escorregasse, não seria uma queda grande.

A cada poucos metros, tínhamos de passar sobre uma fileira de algas fedidas. Eu era capaz de saltá-las com elegância razoável, mas Jonathan, puto e incerto quanto ao próprio equilíbrio, pisava nelas, os pés nus completamente enterrados na coisa. Não havia apenas algas:

também o detrito usual que se acumula em qualquer praia: garrafas quebradas, latas de Coca enferrujadas, rolhas com resíduos encrustados, manchas de piche, fragmentos de caranguejos, preservativos amarelos desbotados. E pousando nessas pilhas fedorentas de escória, gordas moscas azuis de uma polegada. Centenas, subindo na merda e em si mesmas, zumbindo para viver, vivendo para zumbir.

Foram os primeiros seres vivos que encontramos.

Eu estava fazendo o possível para não cair de cara ao atravessar essas fileiras de algas, quando uma pequena avalanche de pedrinhas começou a se afastar à minha esquerda. Três, quatro, cinco pedras estavam saltando umas às outras em direção ao mar, e levando outra dúzia de pedras ao pularem.

Não havia causa visível para o efeito.

Jonathan sequer se importou em conferir; já estava tendo muita dificuldade em se manter na vertical.

A avalanche parou: falta de energia. Então outra: dessa vez entre nós e o mar. Pedras saltitantes: agora maiores que as últimas, e ganhando mais altura no salto.

A sequência foi maior que antes: bateu pedra sobre pedra, até que alguns seixos de fato alcançaram o mar no final da dança.

Plop.

Barulho surdo.

Plop. Plop.

Ray surgiu de detrás de um dos enormes pedregulhos à altura da praia, alegre como um idiota.

"Existe vida em Marte", gritou e se enfiou de volta para lá.

Alguns momentos perigosos a mais e o alcançamos, o suor colando nossos cabelos na testa como bonés.

Jonathan parecia um pouco enjoado.

"Por que esse fuzuê todo?", indagou.

"Olha o que encontramos", disse Ray, e seguiu na frente, para o outro lado dos pedregulhos.

O primeiro choque.

Assim que chegamos no ponto alto da praia viemos para o outro lado da ilha. Havia mais da mesma praia monótona e depois o mar. Sem habitantes, sem barcos, sem qualquer sinal de existência humana. O lugar inteiro não devia ter mais que meio quilômetro de um lado até o outro: mal dava as costas de uma baleia.

Mas existia vida lá; esse foi o segundo choque.

No círculo protetor dos pedregulhos grandes e lisos que coroavam a ilha, havia um lugar cercado. Os postes estavam apodrecendo na maresia, mas um emaranhado de arame farpado enferrujado tinha sido enrolado em volta e entre eles a fim de formar um cercado primitivo. Dentro do cercado havia um trecho de capim grosso e nesse gramado penoso estavam três ovelhas. E Angela.

Ela estava de pé dentro da colônia penal, afagando uma das presas e arrulhando para seu rosto apático.

"Ovelhas", disse ela, triunfante.

Jonathan chegou lá antes de mim com o rápido comentário: "E daí?".

"Bem, é estranho, né?", respondeu Ray. "Três ovelhas no meio de um lugar desses?"

"Elas não parecem bem, para mim", disse Angela.

Ela estava certa. Os animais estavam em péssimo estado por conta da exposição ao ambiente; seus olhos estavam pegajosos com sujeira, e a lã em seus couros estava embolada, expondo flancos arfantes. Uma delas havia desabado no arame farpado, e parecia incapaz de se endireitar de novo, demasiado exausta ou doente.

"É cruel", disse Angela.

Tive de concordar: com certeza parecia sádico, prender aquelas criaturas sem mais que algumas folhas de capim para mastigar, e uma decrépita tina de banho com água estagnada para matar a sede.

"Bizarro, não é?", disse Ray.

"Cortei o meu pé", Jonathan estava agachado sobre um dos pedregulhos mais achatados, examinando a sola do pé direito.

"Tem vidro na praia", comentei, trocando um olhar vago com uma das ovelhas.

"Elas estão letárgicas demais", disse Ray. "Homens héteros da natureza."

Por sinal, elas não pareciam tão infelizes com sua condição, seus olhares eram filosóficos. Seus olhos diziam: sou apenas uma ovelha, não espero que vocês gostem de mim, se importem comigo, cuidem de mim, exceto por causa de seus estômagos. Sem balidos raivosos, nem mesmo a batida de um casco frustrado.

Apenas três ovelhas cinzas esperando a morte.

Ray havia perdido o interesse por elas. Estava andando de volta à praia, chutando uma lata em sua frente. Ela soou e saltitou, me fazendo lembrar das pedras.

"A gente devia soltar elas", disse Angela.

Eu a ignorei; o que era a liberdade em um lugar desses? Ela persistiu, "Não acham que a gente devia?".

"Não."

"Elas vão morrer."

"Alguém colocou elas aqui por um motivo."

"Mas elas vão *morrer*."

"Elas vão morrer na praia se a gente soltar. Não tem comida para elas."

"A gente dá comida para elas."

"Torradas e gim", sugeriu Jonathan, tirando um fragmento de vidro da sola do pé.

"Só não podemos deixar elas aqui."

"Não é da nossa conta", falei. Estava tudo ficando chato. Três ovelhas. Quem se importava se elas morressem ou —

É o que eu pensaria sobre mim mesma uma hora antes. Tínhamos algo em comum, as ovelhas e eu.

Minha cabeça estava doendo.

"Elas vão morrer", lamuriou-se Angela pela terceira vez.

"Você é uma puta idiota", disse Jonathan. O comentário foi feito sem maldade: ele falou com calma, uma simples declaração de um fato evidente.

Não segurei o riso.

"O quê?" Ela parecia que tinha levado uma mordida.

"Puta burra", repetiu. "P-U-T-A."

Angela ruborizou de raiva e vergonha, e se virou para ele. "Você que encalhou a gente aqui", disse ela, fazendo bico.

A acusação inevitável. Lágrimas nos olhos. Ferida por suas palavras...

"Fiz isso de propósito", disse ele, cuspindo nos dedos e esfregando saliva no corte. "Queria ver se dava para largar você aqui."

"Você está bêbado."

"Mas amanhã eu vou ficar sóbrio. Já você é burra."

As velhas frases ainda deixavam sua marca.

Derrotada, Angela começou a descer a praia atrás de Ray, tentando segurar as lágrimas até sumir de vista. Quase senti pena dela. Era uma presa fácil, em relação a pelejas verbais.

"Você é um escroto quando quer", falei para Jonathan; ele apenas olhou para mim, vidrado.

"Melhor sermos amigos. Então não serei um escroto com você."

"Você não me assusta."

"Eu sei."

O carneiro estava me encarando de novo. Encarei de volta.

"Porra de ovelhas", disse ele.

"Elas não têm culpa."

"Se eles tivessem alguma decência, teriam cortado a porra das gargantas feiosas delas."

"Vou voltar para o barco."

"Feias pra caralho."

"Você vem?"

Ele segurou a minha mão: firme, apertado, como se nunca fosse soltar. Olhos em mim de repente.

"Não vá."

"Está quente demais aqui em cima."

"Fica. A pedra está morna e agradável. Deita aqui. Desta vez eles não vão interromper a gente."

"Você percebeu?", falei.

"Se refere a Ray? Claro que percebi. Achei que a gente fez uma bela performance."

Ele me puxou para perto, mão sobre meu braço, como se estivesse puxando uma corda. Seu cheiro me trouxe de volta à cozinha, seu cenho, o que proferiu em um sussurro ("Te amo"), a retirada silenciosa.

Déjà-vu.

Ainda assim, o que mais havia para fazer em um dia daqueles, além de dar voltas no mesmo círculo pavoroso como as ovelhas no cercado? Voltas e voltas. Respirar, transar, comer, cagar.

O gim tinha descido para a bexiga dele. Ele tentou ao máximo, mas não tinha esperanças. Era como tentar fazer tranças em espaguete.

Exasperado, rolou de cima de mim.

"Porra. Porra. Porra."

Palavra sem sentido, assim que repetida, perdia todo o significado, como tudo mais. Significando nada.

"Não importa", falei.

"Cai fora."

"Não importa mesmo."

Ele não olhou para mim, apenas observou sua pica. Se tivesse uma faca na mão naquele momento, acho que a teria cortado fora e colocado na rocha, um altar à esterilidade.

Eu o deixei se examinando e andei de volta ao *Emmanuelle*. Algo estranho me ocorreu enquanto saía, algo que eu não notara antes. As moscas azuis, em vez de voarem quando eu passava, apenas se deixavam ser pisoteadas. Nitidamente letárgicas, ou suicidas. Elas pousavam nas pedras quentes e estouravam sob as solas de meus pés, suas vibrantes vidas curtas se apagando como muitas luzes.

A névoa enfim estava se dissipando, e conforme o ar esquentava, a ilha desvelava seu próximo truque nojento: o cheiro. A fragrância era tão insalubre quanto uma sala cheia de pêssegos podres, espesso e nauseante. Entrava nos poros, assim como nas narinas, tal qual um xarope. E sob a doçura, outra coisa, muito menos agradável que pêssegos, frescos ou podres. Um cheiro parecido com o de um ralo aberto entupido com carne velha: como os escoadouros de um matadouro, cobertos com sebo e sangue escuro. Presumi que fossem as algas, embora jamais tivesse cheirado algo tão fedido em qualquer outra praia.

Estava na metade do caminho do *Emmanuelle*, tapando o nariz ao pisar nos montes de algas podres, quando ouvi o barulho de um pequeno assassinato atrás de mim. Os uivos de prazer satânico emitidos por Jonathan quase abafavam a voz patética da ovelha enquanto ela era morta, mas eu sabia instintivamente o que o maldito bêbado estava fazendo.

Dei a volta, o calcanhar girando no lodo. Tinha quase certeza de que era tarde demais para salvar um dos animais, mas talvez eu pudesse evitar que ele matasse os outros dois. Eu não conseguia ver o cercado; estava oculto atrás dos pedregulhos, mas eu podia ouvir os gritos triunfantes de Jonathan, e o baque, baque de suas pancadas. Sabia o que veria antes de chegar à visão.

O gramado verde-acinzentado se avermelhara. Jonathan estava dentro do cercado com as ovelhas. As duas sobreviventes davam investidas de um lado para o outro em um trote rítmico de pânico, balindo de terror, então Jonathan ficou de pé sobre a terceira ovelha, agora ereto. Uma parte da vítima havia desabado, as pernas frontais, finas como gravetos, se dobraram abaixo dela, as traseiras rígidas com a morte iminente. Seu corpo estremeceu com espasmos nervosos, e seus olhos mostravam mais branco que marrom. O topo de seu crânio havia sido quase que despedaçado por inteiro, e o picadinho cinza de seu cérebro estava exposto, perfurado por fragmentos do próprio osso, e amassado pela grande pedra redonda que Jonathan ainda segurava. Enquanto eu assistia, ele desceu a arma mais uma vez na panela cerebral da ovelha. Pedaços de tecido voaram por todas as direções, gosma e sangue quente respingando em mim. Jonathan parecia o pesadelo de um lunático (o que, naquele momento, ele meio que poderia ser). Seu corpo nu, branco tão recentemente, estava manchado como o avental de um açougueiro após um dia duro martelando no abatedouro. Seu rosto tinha mais sangue de ovelha do que o de Jonathan —

O animal em si estava morto. Seus lamentos patéticos cessaram por completo. Virou-se para cima de maneira um tanto cômica, como um personagem de quadrinhos, um dos olhos se prendendo no arame. Jonathan o observou cair: em seu rosto um sorriso sob o sangue. Que sorriso: servia a muitos propósitos. Não era o mesmo sorriso com que encantava as mulheres? O mesmo sorriso que proferia luxúria e amor? Agora, enfim, era usado para seu proposito verdadeiro: o riso escancarado do selvagem satisfeito, de pé sobre sua presa com a pedra em uma mão e a virilidade na outra.

Então, devagar, o sorriso diminuiu, e seus sentidos retornaram.

"Meu Deus", disse, e de seu abdômen uma onda de repulsa subiu por seu corpo. Eu podia ver com muita clareza; o modo como suas entranhas se revolveram enquanto uma palpitação de náusea jogou sua cabeça para a frente, derramando torrada e gim semidigerido sobre o capim.

Não me movi. Não desejava reconfortá-lo, acalmá-lo, consolá-lo — eu apenas não podia ajudá-lo.

Me virei.

"Frankie", disse ele, por uma garganta cheia de bile.

Eu não conseguia olhar para ele. Não havia nada a fazer pela ovelha, estava mortinha; tudo o que eu queria fazer era fugir daquele círculo de pedras e tirar a visão de minha mente.

"Frankie."

Comecei a andar, o mais rápido que conseguia neste terreno ardiloso, de volta para a praia e à relativa sanidade do *Emmanuelle*.

O cheiro agora estava mais forte: emanando do chão em direção a meu rosto em ondas imundas.

Ilha horrenda. Ilha vil, fétida, insana.

Só pensava no ódio enquanto pisava nas algas e no lixo. O *Emmanuelle* não estava longe —

Então, uma pequena batida dos seixos, como antes. Parei, me equilibrando com dificuldade no domo liso de uma pedra, e olhei para a esquerda, onde mesmo agora uma das pedras rolava até parar. Enquanto ela parava, outra pedra maior, com uns quinze centímetros de diâmetro, pareceu se mover espontaneamente de seu lugar de descanso, e rolar praia abaixo, batendo nas vizinhas e começando outro êxodo em direção ao mar. Franzi o cenho, o que fez minha cabeça zumbir.

Seria alguma espécie de animal — um caranguejo, talvez — debaixo da praia, movendo as pedras? Ou era o calor que de algum modo lhes dava vida?

De novo: uma pedra maior —

Prossegui com a caminhada, enquanto atrás o som e as batidas continuavam, uma pequena sequência se aproximando uma da outra, para realizar uma percussão quase contínua.

Comecei, sem foco ou explicação real, a sentir medo.

Angela e Ray estavam tomando banho de sol no deque do *Emmanuelle*.

"Mais umas duas horas até fazermos a desgraçada levantar o traseiro", disse ele, apertando os olhos ao me ver.

Achei que primeiro ele se referia a Angela, então percebi que se referia a *Emmanuelle* flutuar de volta para o mar.

"Você podia tomar um sol também." Ele me deu um sorriso lânguido.

"É."

Angela estava com sono ou me ignorando. Seja o que for, para mim estava bom.

Deitei-me no deque externo aos pés de Ray para deixar o sol me banhar. As gotículas de sangue já estavam secas em minha pele, como pequenas cascas de ferida. Eu as arranquei ociosamente, e escutei o barulho das pedras e a batida do mar.

Atrás de mim, escutei páginas sendo viradas. Olhei em volta. Ray, incapaz de ficar quieto por muito tempo, estava conferindo um livro de biblioteca sobre as Hébridas que ele levara de casa.

Olhei de volta para o sol. Minha mãe sempre falou que encarar o sol diretamente queimava o fundo do olho, mas estava quente e vivo lá em cima; eu queria encará-lo no olho. Havia um frio em mim, não sei de onde vinha, um frio em minhas entranhas e entre minhas pernas — que não passava. Talvez eu devesse queimá-lo olhando para o sol.

Em algum lugar ao longo da praia avistei Jonathan, andando na ponta dos pés em direção ao mar. Daquela distância a mistura de sangue e pele branca o deixava parecido com alguma aberração malhada. Havia tirado os shorts e estava agachando na beira do mar para se lavar dos restos de ovelha.

Então a voz de Ray, muito baixa: "Meu Deus", exclamou, de um modo tão sutil que eu sabia que as notícias não podiam ser muito boas.

"O que foi?"

"Descobri onde estamos."

"Bom."

"Não, nada bom."

"Por quê? Qual o problema?" Sentei-me ereta, virando na direção dele.

"Está aqui no livro. Tem um parágrafo sobre este lugar."

Angela abriu um olho. "Então?", perguntou.

"Não é apenas uma ilha. É um monte fúnebre."

O frio entre minhas pernas aumentou sozinho, e ficou mais nojento. O sol não era quente o bastante para me aquecer no fundo, onde eu deveria estar sentindo mais calor.

Desviei o olhar de Ray e vi a praia de novo. Jonathan ainda se lavava, jogando água no peito. As sombras das pedras de repente pareceram muito pretas e pesadas, seus cantos pressionados para baixo nas faces viradas para cima de —

Ao me ver olhando em sua direção, Jonathan acenou.

Será que tem cadáveres debaixo daquelas pedras? Enterrados de rosto para o sol, como pessoas de férias em uma das praias de Blackpool?

O mundo não é monocromático. Sol e sombra. Brancas as faces das pedras, e pretas as suas costas. A vida em cima, a morte debaixo.

"Fúnebre?", disse Angela. "Como assim fúnebre?"

"Mortos de guerra", respondeu Ray.

Angela: "Isso se refere a vikings ou algo assim?".

"Primeira Guerra, Segunda Guerra. Soldados de navios torpedeados, marinheiros carregados pela água. Trazidos aqui pela Corrente do Golfo; pelo visto a corrente os afunila pelos estreitos e os varre até as praias das ilhas desta região."

"Varre?", disse Angela.

"É o que está dizendo."

"Mas só até aqui."

"Tenho certeza que o pescador ocasional ainda é enterrado aqui", respondeu Ray.

Jonathan havia se levantado, encarando o mar, o sangue lavado do corpo. Sua mão fazia sombra aos olhos enquanto ele observava a água azul-cinzenta, e segui seu olhar enquanto seguia seu dedo. A cem metros, aquela foca, ou baleia, ou seja lá o que fosse aquilo, havia retornado, ondulando na água. Às vezes, porventura, mostrava uma barbatana, como o aceno de um braço de nadador.

"Quantas pessoas foram enterradas?", perguntou Angela, com indiferença. Ela parecia bastante imperturbada pelo fato de que estávamos assentados sobre um túmulo.

"Centenas, talvez."

"Centenas."

"Aqui no livro diz apenas 'muitos mortos'."

"E eles usavam caixões?"

"Como que eu vou saber?"

O que mais esse montículo abandonado por Deus poderia ser — além de um cemitério? Encarei a ilha com novos olhos, como se eu a tivesse reconhecido pelo que era. Agora eu tinha uma razão para desprezar seu lombo corcunda, sua praia sórdida, o cheiro de pêssegos.

"Será que foram enterrados por toda parte", devaneou Angela, "ou apenas no topo do monte, onde encontramos as ovelhas? Provavelmente só no topo; fora do alcance da água."

Sim, talvez eles já tivessem recebido água demais: seus pobres rostos verdes mordidos por peixes, seus uniformes apodrecidos, suas plaquetas de identificação encrustadas por algas. Que mortes; pior, que jornadas pós-morte, em esquadrões de cadáveres amigos, ao longo da Corrente do Golfo até este repouso macabro. Eu os vi, com o olho da mente, os corpos dos soldados, sujeitos a cada impulso da maré, levados para frente e para trás na lerdeza das ondas até que um membro casual se enganchasse a uma rocha e o mar perdesse a posse deles. Com cada onda recuando descoberta; salmoura encharcada e gelatinosa, eles cuspidos do mar para, depois, federem durante um tempo e serem estripados por gaivotas.

Tive um desejo súbito e mórbido de andar na praia de novo, armada com esse conhecimento, chutar as pedrinhas na esperança de expor uns dois ossos.

Enquanto o pensamento se formava, meu corpo tomou a decisão por mim. Fiquei de pé: estava descendo do *Emmanuelle*.

"Aonde você está indo?", perguntou Angela.

"Jonathan", murmurei, e coloquei o pé no monte.

O fedor agora estava mais claro: este era o odor produzido pelos mortos. Talvez ainda houvesse homens afogados enterrados lá, como Ray havia sugerido, aterrados sob a pilha de pedras. O iatista incauto, o nadador descuidado, seus rostos destruídos pela água. Aos meus pés, as moscas da praia estavam menos letárgicas que antes: em vez de esperarem para serem mortas, saltitavam e zumbiam em frente a meus passos, com um novo entusiasmo pela vida.

Jonathan não podia ser encontrado. Seus shorts ainda estavam nas pedras à beira d'água, mas ele havia desaparecido. Olhei para o mar: nada: nenhuma cabeça balançando, nada pendendo, acenando.

Chamei o nome dele.

Minha voz pareceu atiçar as moscas, elas voaram em nuvens fervilhantes. Jonathan não respondeu.

Comecei a andar ao longo da margem do mar, meus pés às vezes molhados por uma onda vagarosa, mas com frequência intocados. Percebi que não tinha contado a Angela e Ray a respeito da ovelha morta. Talvez fosse um segredo entre nós quatro. Jonathan, eu, e as duas sobreviventes do cercado.

Então o avistei: a alguns metros — o peitoral branco, largo e limpo, cada gota de sangue lavada. Que seja um segredo então, pensei.

"Onde você estava?", gritei para ele.

"Andando para passar", gritou de volta.

"Passar o quê?"

"O excesso de gim", ele sorriu.

Devolvi o sorriso, de forma espontânea; ele dissera que me amava na cozinha; isso devia valer algo.

Atrás dele, o barulho de pedras saltitando. Agora ele não estava a mais de dez metros de mim, nu enquanto andava, sem qualquer timidez; o passo estava sóbrio.

O barulho de pedras revolvendo de repente pareceu ritmado. Não era mais uma série de notas aleatórias de um seixo batendo em outro — era um toque, uma sequência de batidas repetidas, um toque ritmado.

Nenhum acidente: intenção.

Nenhum acaso: propósito.

Nenhuma pedra: pensamento. Atrás de pedra, com pedra, levando pedra —

Jonathan, agora perto, brilhava. A pele estava quase luminosa com o sol nela, aliviada pelo escuro atrás dele.

Espera —

— Que escuro?

A pedra subiu no ar como um pássaro, desafiando a gravidade. Uma pedra preta e lisa, solta da terra. Tinha o tamanho de um bebê: um bebê sibilante, e cresceu atrás da cabeça de Jonathan, ao descer o ar vibrando em sua direção.

Antes a praia estava alongando os músculos, jogando seixos pequenos no mar, o tempo inteiro se esticando para levantar o pedregulho do chão e jogá-lo em Jonathan.

Ela cresceu atrás dele, com intenções assassinas, mas minha garganta não emitiu nenhum som digno de meu pavor.

Estava surdo? Seu sorriso se arreganhou de novo; achou que o horror em meu rosto era uma zombaria por causa de sua nudez, percebi. Ele não entende —

A pedra arrancou o topo de sua cabeça, do meio do nariz para cima, deixando a boca ainda aberta, a língua enraizada em sangue, e atirando o resto de sua beleza em minha direção, em uma nuvem de poeira vermelha e úmida. A parte superior de sua cabeça se esparramou na face da pedra, a expressão intacta enquanto arremetia em minha direção. Dobrei-me ao meio, e ela passou por mim zunindo, desviando para o mar. Uma vez acima da água, o assassino de algum modo pareceu perder o poder, e estremeceu no ar antes de mergulhar nas ondas.

Aos meus pés, sangue. Um rastro que dava até onde jazia o corpo de Jonathan, os miolos visíveis de sua cabeça virados para mim, sua maquinaria exposta ao céu.

Eu ainda não estava gritando, embora em nome da sanidade precisasse liberar o terror que me asfixiava. Alguém deve me ouvir, me abraçar, me levar embora e me explicar, antes que as pedras saltitantes recuperassem seu ritmo. Ou pior, antes que as mentes lá na praia, insatisfeitas com o assassinato por procuração, rolassem para fora de seus túmulos de pedras e se levantassem para me beijar elas mesmas.

Mas o grito não saía.

Tudo o que eu podia ouvir era a batida de pedras à esquerda e à direita. Pretendiam matar todos nós por invadirmos seu solo sagrado. Apedrejados até a morte, como hereges.

Então, uma voz.

"Pelo amor de Deus —"

Uma voz de homem; mas não a de Ray.

Parecia ter surgido do nada: um homem baixo e largo, de pé na beira do mar. Em uma das mãos um balde, e debaixo do braço um monte de feno cortado de maneira grosseira. Comida de ovelhas, pensei, por entre uma mixórdia de palavras malformadas. Comida de ovelhas.

Ele me encarou, então observou o corpo de Jonathan com seus velhos olhos selvagens.

"O que houve?", disse. O sotaque galês era forte. "Em nome de Cristo, o que houve?"

Balancei a cabeça. Ela parecia frouxa em meu pescoço, quase como se eu pudesse chacoalhá-la para fora de mim. Talvez eu tenha apontado para o cercado de ovelhas, talvez não. Seja qual for o motivo, ele pareceu saber no que eu estava pensando, e começou a subir a praia em direção à coroa da ilha, soltando o balde e o feno ao prosseguir.

Um tanto cega com a confusão, eu o segui, mas antes que eu alcançasse os pedregulhos, ele estava fora da sombra deles de novo, seu rosto brilhando de pânico.

"Quem fez isso?"

"Jonathan", repliquei. Estiquei minha mão na direção do corpo, sem ousar olhar para ele de novo. O homem xingou em gaélico e cambaleou para fora do abrigo dos pedregulhos.

"O que vocês fizeram?", ele gritou para mim. "Meu Deus, o que vocês fizeram? Matar as oferendas deles."

"São só ovelhas", falei. Em minha cabeça o instante da decapitação de Jonathan se repetia várias e várias vezes, um ciclo de carnificina.

"Eles demandam isso, não entende? Ou eles se erguerão —"

"Quem se erguerão?", perguntei, já sabendo. Vendo as pedras se mexerem.

"Todos eles. Abandonados sem luto ou pesar. Mas têm o mar dentro de si, em suas cabeças —"

Eu sabia do que ele estava falando: de repente ficou bem claro para mim. Os mortos estavam aqui: como sabíamos. Debaixo das pedras. Mas tinham o ritmo do mar em si, e se recusavam a ficar deitados. Então, na tentativa de tranquilizá-los, as ovelhas eram amarradas em um cercado, para serem oferecidas à suas vontades.

Os mortos comiam carneiro? Não; não era comida o que queriam. Era o gesto de reconhecimento — simples assim.

"Afogados", dizia ele, "todos afogados."

Então a batida familiar recomeçou, a percussão de pedras, crescendo sem aviso, em um trovejo de estourar os tímpanos, como se a praia inteira estivesse se mexendo.

E sob a cacofonia, três outros sons: água espirrada, gritos e destruição completa.

Virei-me para ver a onda de pedras flutuando do outro lado da ilha —

De novo os gritos terríveis, arrancados de um corpo que estava sendo apedrejado e estraçalhado.

Eles estavam atrás do *Emmanuelle*. Atrás de Ray. Comecei a correr na direção do barco, a praia ondulando sob meus pés. Atrás de mim, eu podia ouvir as botas do alimentador de ovelhas sobre as pedras. Conforme corríamos, o barulho do ataque aumentou. Pedras dançavam no ar como pássaros gordos, bloqueando o sol, antes de afundarem para acertar algum alvo invisível. Talvez o barco. Talvez a própria carne —

Os gritos atormentados de Angela cessaram.

Rodeei o pontal da praia a poucos passos na frente do alimentador de ovelhas, e o *Emmanuelle* surgiu. O veleiro e seus conteúdos humanos estavam além de qualquer esperança de salvação. Ele era bombardeado por intermináveis fileiras de pedras de todos os tamanhos e formas; seu casco foi detonado, as janelas, mastro e deque, destroçados. Angela jazia esparramada sobre os restos do deque, obviamente morta. No entanto, a fúria da saraivada não havia parado. As pedras carimbavam a estrutura restante do casco, e estraçalharam a massa sem vida do corpo de Angela, revirando-a para cima e para baixo como se um córrego estivesse passando por debaixo dela.

Ray não podia ser visto em lugar algum.

Então gritei: e por um momento pareceu que havia uma calmaria na trovoada, uma breve trégua no ataque. Então recomeçou: onda após onda de pedras e rochas flutuando na praia e se lançando em seus alvos inconscientes. Eles não ficariam contentes, parecia, até que o *Emmanuelle* fosse reduzido a destroços e refugos, e que o corpo de Angela estivesse em pedaços pequenos o bastante para caberem no palato de um camarão.

O alimentador de ovelhas segurou meu braço com tanta força que interrompeu o fluxo de sangue da minha mão.

"Vamos", disse ele. Escutei sua voz, mas não fiz nada. Estava esperando o rosto de Ray aparecer — ou escutar sua voz chamando meu nome. Mas não havia nada: apenas o bombardeio das pedras. Ele estava morto em algum lugar das ruínas do barco — despedaçado.

O alimentador de ovelhas agora estava me arrastando, e eu o seguindo de volta à praia.

"O barco", dizia ele, "podemos fugir em meu barco —"

A ideia de escapar me pareceu ridícula. A ilha nos tinha em suas costas, éramos apenas seus objetos.

Mas o segui, escorregando e deslizando sobre as rochas suadas, atravessando um emaranhado de algas marinhas, de volta pelo caminho de onde viéramos.

Do outro lado da ilha estava sua pobre esperança de sobrevivência. Um barco a remo, arrastado para cima dos seixos: o barco era como uma inconsequente casca de noz.

Entraríamos no mar naquilo, como os três homens em uma peneira?

Ele me arrastou, sem resistência, rumo a nosso resgate. A cada passo eu ficava mais certa de que a praia de repente se ergueria e nos apedrejaria até a morte. Talvez erigir um paredão de si mesma, quem sabe até uma torre, quando estivéssemos a um único passo da segurança. Ela poderia jogar qualquer jogo que lhe aprouvesse, qualquer um. Mas talvez os mortos não gostassem de jogos. Jogos são sobre apostas, e os mortos já haviam perdido. Talvez os mortos agissem apenas com a árida certeza dos matemáticos.

Ele meio que me jogou no barco, e começou a empurrá-lo até a maré espessa. Nenhum muro de pedras se ergueu para evitar nossa fuga. Nenhuma torre surgiu, nenhuma saraivada facínora. Até mesmo o ataque contra o *Emmanuelle* havia cessado.

Teriam se saciado com três vítimas? Ou seria a presença do alimentador de ovelhas, um inocente, um serviçal desses mortos obstinados, que me protegeria dos ataques?

O barco a remo saiu dos seixos. Sacolejamos um pouco no dorso de algumas ondas fracas até ficarmos fundo o bastante para os remos, e então começamos a remar para longe da costa e meu salvador estava sentado do lado oposto ao meu, remando com toda a força, com uma mancha de suor frio na testa se multiplicando a cada remada.

A praia se afastava; estávamos nos libertando. O alimentador de ovelhas pareceu relaxar um pouco. Ele olhou para a lavagem de água suja no fundo do barco e tomou meia dúzia de fôlegos profundos; então olhou para mim, seu rosto extenuado desprovido de expressão.

"Um dia, tinha que acontecer —", disse ele, a voz baixa e pesada. "Alguém estragaria a maneira como vivemos. Quebraria o ritmo."

Era quase soporífico, puxar os remos para frente e para trás. Eu queria dormir, me enrolar na lona em que estava sentada e esquecer. Atrás de nós, a praia era uma linha distante. Eu não conseguia ver o *Emmanuelle*.

"Para onde estamos indo?", perguntei.

"De volta para a ilha de *Tiree*", respondeu ele. "Vamos ver o que podemos fazer aqui. Descobrir um meio de consertar isso; ajudá-los a voltar ao sono profundo."

"Eles comem as ovelhas?"

"Qual a utilidade de comida para os mortos? Não. Não, eles não precisam da carne de carneiro. Eles entendem os animais como um gesto de recordação."

Recordação.

Gesticulei com a cabeça.

"É o nosso jeito de ficar de luto por eles —"

Parou de remar, demasiado melancólico para terminar a explicação, e demasiado exausto para fazer qualquer coisa além de deixar que a maré nos levasse na direção de casa. Um momento vazio se passou.

Então os arranhões.

Um barulho de rato, nada mais, uma raspagem do lado de baixo do bote, como se as unhas de um homem arranhassem as tábuas para entrar. Não de um homem: de muitos. O som de suas súplicas se multiplicou, a suave passagem de cutículas podres na madeira.

No bote, não nos movemos, não falamos, não acreditamos. Mesmo enquanto escutávamos o pior — não acreditávamos no pior.

Espirro d'água a estibordo; virei-me e ele vinha em minha direção, rígido no mar, emerso por titereiros invisíveis, como uma carranca. Era Ray; o corpo coberto de cortes e ferimentos fatais; apedrejado até a morte e levado, tal qual um animado mascote, como prova de poder, para nos assustar. Era quase como se ele estivesse andando sobre água, somente os pés ocultos pelas ondas, os braços pendendo frouxos ao seu lado enquanto ele era levado em direção ao bote. Olhei para seu rosto: lacerado e destruído. Um olho quase fechado, o outro esmagado em sua órbita.

A dois metros do bote, os titereiros o deixaram afundar no mar, onde ele desapareceu em um redemoinho de água rosada.

"Sua companhia?", disse o alimentador de ovelhas.

Acenei. Ele deve ter caído no mar da popa do *Emmanuelle*. Agora era um deles, um afogado. Eles já o usavam como brinquedo. Então eles gostavam de joguinhos, afinal, e o arrastaram da praia como crianças que puxam um coleguinha, doidos para que ele se juntasse àquela brincadeira pesada.

Os arranhões pararam, o corpo de Ray havia desaparecido por completo. Sequer um murmúrio do mar prístino, apenas o espirro de ondas contra as tábuas do bote.

Puxei os remos —

"Reme!", gritei para o alimentador de ovelhas. "Reme, ou eles vão nos matar!"

Ele parecia resignado a qualquer que fosse a punição que eles tinham em mente. Balançou a cabeça e cuspiu na água. Debaixo do catarro flutuante algo se movia nas profundezas, formas pálidas e rodopiantes, muito abaixo para ser visto com clareza. Enquanto eu observava, eles vinham flutuando em nossa direção, os rostos corroídos pelo mar ficando mais definidos a cada braço que subiam, as mãos prontas para nos agarrar.

Um cardume de cadáveres. Os mortos em dúzias, pinicados por caranguejos e mordiscados por peixes, a carne remanescente mal se colando nos ossos.

O bote balançou devagar quando suas mãos subiram para tocá-lo.

O olhar de resignação do alimentador de ovelhas não hesitou por um instante, quando o bote foi balançado para a frente e para trás; no começo devagar, depois com tanta violência que chacoalhamos como bonecas. Eles queriam virar o bote, e não tinha como evitar. Um momento depois, o bote virou.

A água estava gelada; muito mais gelada do que eu antecipara, e tirou o meu fôlego. Eu sempre fora uma nadadora bem forte. Minhas braçadas eram confiantes quando eu comecei a nadar para longe do bote, dividindo a água branca. O alimentador de ovelhas teve menos sorte. Como muitos homens que convivem com o mar, ele pelo visto não sabia nadar. Sem emitir grito ou reza, ele afundou como uma pedra.

O que eu esperava? Que quatro bastassem: que eu pudesse ser deixada para pegar carona em uma corrente até a segurança? Quaisquer que fossem as chances de escapar que eu tinha, eram de vida curta.

Senti um esfregão suave, ah, muito suave, em meus tornozelos e pés, quase um afago. Algo rompeu brevemente a superfície perto de minha cabeça. Avistei costas cinzas como as de um peixe grande. O toque em meu tornozelo se tornara um aperto. Uma mão carnuda, amolecida por tanto tempo na água, tinha me segurado, e com firmeza começou a me puxar para o mar. Sorvi o que eu sabia ser minha última lufada de ar, e enquanto fazia isso, a cabeça de Ray balançou a menos de um metro de mim. Vi seus ferimentos com detalhe clínico — os cortes limpos pela água eram horrendos pedaços de tecido branco, com um brilho de osso no tutano. O olho frouxo já estava arrancado a essa altura, o cabelo, colado no crânio, não mais disfarçava a parte careca de seu cocuruto.

A água se fechou acima de minha cabeça. Meus olhos estavam abertos, e vi meu fôlego conseguido a duras penas brilhar diante de meu rosto na forma de bolhas prateadas. Ray estava ao meu lado, consolador, atencioso. Seus braços flutuavam acima de sua cabeça, como se ele estivesse se rendendo. A pressão da água distorcia seu rosto, inflando suas bochechas, e derramando fios de nervos cortados que saíam de sua órbita ocular vazia, como os tentáculos de uma lula minúscula.

Deixei acontecer. Abri a boca e a senti se encher de água fria. O sal ardia nos seios do meu rosto, o frio perfurava-me atrás dos olhos. Senti a água salgada queimando a garganta, um jorro de água rápida onde a água não deveria entrar — retirando o ar de meus canais e cavidades, até que meu sistema entrou em colapso.

Abaixo de mim, dois cadáveres, os cabelos ondulantes soltos na corrente, agarraram minhas pernas. Suas cabeças pendiam e dançavam em cordões apodrecidos de músculos de pescoço, e embora eu tivesse batido em suas mãos e suas carnes saíssem do osso em pedaços cinzas com pontas borladas, seu aperto amoroso não enfraqueceu. Eles me desejavam, oh, como me desejavam.

Ray também estava me segurando, me envolvendo, pressionando seu rosto ao meu. Não havia propósito no gesto, suponho. Ele não sabia ou sentia, ou amava ou se importava. E eu, perdendo a vida a cada segundo, sucumbindo em absoluto ao mar, não podia sentir prazer nessa intimidade pela qual ansiara.

Tarde demais para o amor; a luz do sol já era uma memória. O mundo estava se apagando — escurecendo no horizonte enquanto eu morria — ou agora estávamos tão fundos que o sol não podia penetrar àquela distância? O pânico e o terror haviam me deixado — meu coração parecia não bater — meu fôlego não ia e vinha em rompantes angustiados como antes. Eu sentia uma espécie de paz.

Agora o aperto de minhas companhias relaxou, e a maré gentil me levava. Uma violação do corpo: destruição de pele e músculo, tripas, olhos, seios do rosto, língua, cérebro.

O tempo não tinha lugar aqui. Os dias podem ter se transformado em semanas, eu não poderia saber. As quilhas dos barcos pairavam acima de nós, e talvez de vez em quando olhássemos para cima de nossos casebres de rocha para vê-los passar. Um dedo com anel riscou a água, uma turvação silenciosa dividiu o céu, uma linha de pescar seguiu uma minhoca. Sinais de vida.

Talvez na mesma hora em que morri, ou talvez um ano depois, a corrente me puxa para fora de minha rocha e demonstra alguma piedade. Sou içada do meio das anêmonas do mar e levada pela maré. Ray vem comigo. Sua hora chegou. A mudança marítima ocorreu; não há volta para nós.

A maré nos leva, impiedosa — às vezes flutuando, deques inchados para gaivotas, às vezes a meia-altura, mordiscados por peixes — nos leva em direção à ilha. Reconhecemos com a aparição dos seixos, e ouvimos, sem ouvidos, a batida das pedras.

Desde então o mar lavou os restos que haviam no prato. Angela, o *Emmanuelle* e Jonathan se foram. Apenas nós, afogados, pertencemos a este lugar, de rosto para cima, sob as pedras, acalentados pelo ritmo das ondas minúsculas e pela absurda incompreensão das ovelhas.

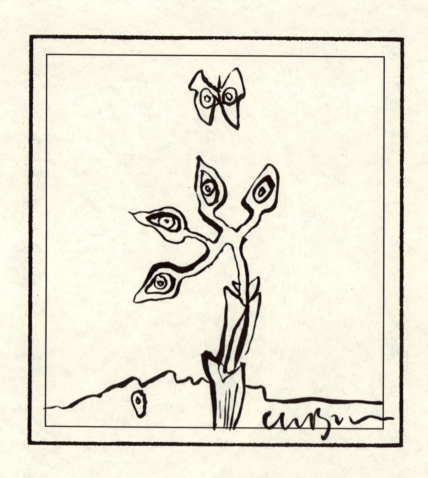

**É incrível quão completa é a ilusão
de que a beleza seja divina.**
— *Leo Tolstói* —

RESTOS MORTAIS

Algumas transações são melhor realizadas à luz do dia, algumas à noite. Gavin era um profissional desta última categoria. No inverno, no verão, escorado em uma parede ou detido em uma porta, um cigarro em seus lábios pairando como um vagalume, ele vendia aos interessados o que guardava nas calças jeans.

Às vezes, vendia a viúvas em visita que tinham mais dinheiro do que amor, que o contratavam para um fim de semana de encontros ilícitos, beijos azedos e insistentes, e talvez, se elas conseguissem esquecer os parceiros mortos, uma trepada seca em uma cama com cheiro de lavanda. Às vezes, a maridos perdidos, sedentos pelo próprio sexo e desesperados por uma hora de cópula com um garoto que não lhes perguntaria seus nomes.

Gavin não se importava muito com quem fosse. A indiferença era sua marca registrada, e até mesmo uma parte de sua atração. E, com o serviço feito e o dinheiro recebido, acabava tornando tudo isso bem mais simples para ele. Dizer, "Ciao", ou "Até mais", ou simplesmente nada a um rosto que mal se importava se você vivesse ou morresse: isso era fácil.

E quanto a Gavin, a profissão não era intragável, como as profissões em geral. Uma em cada quatro noites lhe oferecia uma pitada de prazer físico. Nas piores, era um abatedouro sexual, apenas peles ardentes e olhos sem vida. Mas se acostumara a isso ao longo dos anos.

Tudo era o lucro. Isso mantinha-o em bons lençóis.

Passava a maior parte do dia dormindo, abrindo um buraco quente na cama e se mumificando em seus cobertores, a cabeça enrolada em um emaranhado de braços para evitar a luz. Perto das 15h ele se levantava, se barbeava e tomava banho, então passava meia hora em frente ao espelho, se inspecionando. Era meticulosamente autocrítico, jamais permitindo que seu peso ficasse um ou dois quilos acima de seu ideal autoproclamado, tomando o cuidado de hidratar a pele se ela estivesse seca, ou de passar algodão se estivesse oleosa, buscando cada espinha que pudesse macular seu queixo. Uma observação minuciosa dava conta do mínimo sinal de doença venérea — o único tipo de doença de amor da qual ele sofria. Livrava-se facilmente da dose ocasional de chatos, mas a gonorreia, que ele havia contraído duas vezes, o manteria fora de atividade por três semanas, e isso era ruim para os negócios; então ele policiava seu corpo obsessivamente, correndo para a clínica ao menor sinal de irritação.

Raramente ocorria. Tirando chatos intrometidos, havia pouco a fazer naquele momento de autoestima, além de admirar a colisão de genes que o criara. Ele era maravilhoso. As pessoas lhe diziam isso o tempo todo. Maravilhoso. Que rosto, ah, que rosto, diziam, apertando-o como se pudessem roubar um pouco de seu fulgor.

Claro que havia outras pessoas bonitas disponíveis, por meio das agências, e mesmo nas ruas, se você soubesse onde procurar. Mas a maioria dos putos que Gavin conhecia tinha rostos que pareciam, comparados ao dele, desarrumados. Faces que pareciam os primeiros trabalhos de um escultor, em vez da obra pronta: sem refinamento, experimentais. Enquanto ele era finalizado, inteiro. Todo o possível já estava feito; agora era uma questão apenas de preservar a perfeição.

Finda a inspeção, Gavin se vestia, talvez se admirasse por mais cinco minutos, então saía para vender o produto empacotado.

Trabalhava cada vez menos nas ruas por esses dias. Era arriscado; sempre tinha que se esquivar da lei e do ocasional psicopata com um impulso de limpar Sodoma. Quando estava com muita preguiça, ele pegava um cliente por meio da Agência de Acompanhantes, mas ela sempre garfava uma grande porção do pagamento.

Tinha clientes regulares, claro, que agendavam seus serviços mês a mês. Uma viúva de Fort Lauderdale sempre o contratava por alguns dias em sua viagem anual à Europa; outra mulher, cujo rosto ele vira uma vez em uma revista reluzente, volta e meia o chamava, desejando apenas conversar com ele e confidenciar seus problemas matrimoniais. Havia um homem que Gavin chamava de Rover, por causa de seu carro, que volta e meia, em algumas semanas, lhe pagava por uma noite de beijos e confissões.

Porém, nas noites sem clientes agendados ele saía à procura de programas por conta própria. Era uma arte que dominava por completo. Nenhum outro dentre os trabalhadores das ruas sacava melhor o vocabulário dos convites; a mistura sutil de encorajamento e desprendimento, de recato e lascívia. A mudança de peso específica do pé esquerdo ao direito que apresentava o melhor ângulo de sua virilha: assim. Nunca estapafúrdico demais: nunca devasso. Apenas uma promessa casual.

Orgulhava-se de raramente levar mais que alguns minutos entre esses truques, e de jamais chegar a demorar uma hora. Caso encenasse seu ato com a precisão habitual, encarando a esposa enfadada certa, o marido arrependido certo, antes que o último metrô tivesse saído da Metropolitan Line com destino a Hammersmith, Gavin faria com que lhe dessem comida (às vezes, até roupas), cama e grana, como uma despedida satisfeita. Os anos de encontros de meia hora, três boquetes e uma foda em uma noite, haviam se passado. Para começar, ele apenas não tinha mais vontade, além do quê, estava planejando uma guinada em sua carreira para os próximos anos: de puto de rua a gigolô, de gigolô a bibelô, de bibelô a marido. Em um desses dias, sabia que se casaria com uma das viúvas; talvez a matrona da Flórida. Ela lhe dissera que podia imaginá-lo deitado na beira de sua piscina em Fort Lauderdale, e era uma fantasia que ele mantinha aquecida para ela. Talvez ainda não estivesse lá, porém mais cedo ou mais tarde acertaria na mosca. O problema era que essas mudinhas ricas precisavam de muito cultivo, e o pesar era que muitas delas pereciam antes de oferecer frutos.

Ainda assim, para aquele ano. Ah, sim, para aquele ano, com certeza, tinha que ser aquele ano. Algo de bom estava chegando com o outono, ele tinha certeza.

Enquanto isso, ele observava as linhas se aprofundarem em volta de sua boca maravilhosa (era, sem dúvidas, maravilhosa) e calculava as chances contra ele em uma corrida entre o tempo e a oportunidade.

Eram 21h30. Vinte e nove de setembro, e estava frio, mesmo no saguão do Hotel Imperial. Nenhum verão indiano para abençoar as ruas nesse ano: o outono mantinha Londres entre as mandíbulas e deixava a cidade nua.

O frio atingira seus dentes, seus dentes miseráveis e esfarelados. Se tivesse ido ao dentista, em vez de se virar na cama e dormir mais uma hora, ele não estaria sentindo esse desconforto. Bem, agora era tarde demais, iria no dia seguinte. Tempo de sobra no dia seguinte. Sem precisar marcar. Apenas sorriria à recepcionista, ela se derreteria e lhe diria que podia tentar encaixá-lo em algum lugar, ele sorriria de novo, ela enrubesceria e então ele veria o dentista na hora, em vez de esperar por duas semanas como os coitados dos nerds que não tinham rostos maravilhosos.

Para aquela noite, ele só teria que lidar com isso. Tudo o que precisava era da porra de um freguês — um marido que pagaria uma nota para levar na boca — então poderia se retirar para uma boate do Soho que abre a noite inteira e se contentar com reflexões. Contanto que não se encontrasse com alguém louco por se confessar em suas mãos, poderia cuspir sua coisa e terminar às 22h30.

Mas não era sua noite. Havia um rosto novo na mesa de recepção do Imperial, um rosto magro e gasto, com uma peruca incompatível pendurada (colada) na cabeça, que ficou de olho em Gavin por quase meia hora.

O recepcionista de costume, Madox, era um caso no armário que Gavin já vira rondando os bares umas duas vezes, fácil de manusear, se você fosse capaz de manejar esse tipo. Madox estava na mão de Gavin; até comprara a sua companhia por uma hora, uns dois meses antes. Gavin cobrou barato — era uma boa política. Mas o homem novo era hétero e perverso, e estava atento ao jogo de Gavin.

Ociosamente, Gavin atravessou para o outro lado, até a máquina de cigarros, seu caminhado acompanhando a batida da música ambiente enquanto ele pisava no carpete castanho. Noite de merda.

O recepcionista estava esperando por ele, enquanto ele se virava da máquina segurando um maço de Winston.

"Com licença... Senhor?" Era uma pronúncia treinada, que claramente não era natural. Gavin olhou de volta para ele com doçura.

"Sim?"

"O senhor é realmente um morador deste hotel?"

"Realmente —"

"Caso não seja, a gerência agradeceria se o senhor liberasse o recinto imediatamente."

"Estou esperando uma pessoa."

"Ah?"

O recepcionista não acreditou em uma palavra.

"Então poderia me dizer o nome —"

"Não precisa."

"Me diga o nome —", insistiu o homem, "e ficarei feliz em conferir se o seu... contato... está no hotel."

O desgraçado iria forçar a barra, o que estreitava as opções. Ou Gavin levava na boa e saía do saguão, ou bancava o cliente ultrajado e encarava o outro homem. Ele escolheu, mais para ser agressivo do que por ser uma boa tática, a segunda opção.

"Você não tem o direito de —" começou a vociferar, porém o recepcionista não se abalou.

"Olha, filho —" disse ele, "não sei qual é a sua, mas não tente bancar o sabichão pra cima de mim, ou vou chamar a polícia." Ele tinha perdido controle de sua elocução: a cordialidade se esvanecia a cada sílaba. "Nós temos uma ótima clientela aqui, e eles não querem se bater com tipos como o seu, entende?"

"Filho da puta", disse Gavin bem baixinho.

"Falou o puto."

Touché.

"Agora, filho — você prefere cair fora daqui por conta própria ou sair algemado pelos homens de farda?"

Gavin deu sua última cartada.

"Cadê o sr. Madox? Desejo ver o sr. Madox: ele me conhece."

"Com certeza conhece", grunhiu o recepcionista, "tenho toda certeza que sim. Ele foi dispensado por conduta inapropriada", o sotaque artificial estava retomando sua posição, "então eu evitaria falar o nome dele por aqui se fosse o senhor. Tudo bem? Agora circulando."

Com o controle completamente garantido, o recepcionista ficou parado atrás dele como um toureiro, e gesticulou para o touro passar.

"A gerência agradece por sua gentileza. Favor não ligar novamente."

Game, set e partida para o homem de peruca. Que diabos; havia outros hotéis, outros saguões, outros recepcionistas. Ele não precisava lidar com toda aquela merda.

Enquanto Gavin empurrava a porta, ele lançou um sorridente "Até mais" por cima do ombro. Talvez isso fizesse esse carrapato suar um pouco em alguma noite em que ele estivesse voltando para casa e ouvisse o passo de um jovem andando atrás dele na rua. Era uma satisfação trivial, mas já era algo.

A porta se fechou, selando o calor do lado de dentro e Gavin do lado de fora. Estava mais frio, substancialmente mais frio, em relação ao momento em que ele adentrou o saguão. Começara um chuvisco fino que ameaçava piorar enquanto ele descia a Park Lane correndo até South Kensington. Havia uns dois hotéis em que ele podia passar algum tempo; caso não rolasse nada, assumiria a derrota.

O tráfego surgiu em volta do Hyde Park Corner, em direção a Knightsbridge ou Victoria, determinado, brilhante. Ele se imaginou parado na ilha de concreto entre os dois fluxos de carros em direções contrárias, com as pontas dos dedos enfiadas nas calças jeans (eram demasiado apertadas para ele enfiar mais que as primeiras juntas nos bolsos), solitário, desamparado.

Uma onda de infelicidade emergiu de algum lugar enterrado nele. Tinha 24 anos e cinco meses. Ele se prostituía, começava e parava e recomeçava, desde os 17 anos, prometendo a si mesmo que encontraria uma viúva casável (a pensão do gigolô) ou uma ocupação legítima antes de completar 25 anos.

Mas o tempo passou e ele não realizou nenhuma de suas ambições. Apenas perdera o ímpeto e ganhara outra ruga debaixo do olho.

E o tráfego ainda vinha em um fluxo brilhante, faróis sinalizando esse ou aquele imperativo, carros lotados de pessoas matando um leão por dia para tentar subir na vida, a passagem deles o isolando da margem, da segurança, com sua ânsia para chegar ao destino.

Ele não era o que sonhara ou prometera ao seu eu secreto.

E a juventude era ontem.

Aonde deveria ir agora? O apartamento pareceria uma prisão naquela noite, mesmo que ele fumasse um baseado para apaziguar o ambiente. Desejava, ou melhor, *precisava* ficar com alguém essa noite. Apenas para ver sua beleza por meio dos olhos de outra pessoa. Ouvir como suas proporções eram perfeitas, receber vinho, jantar e lisonjas estúpidas, mesmo que viessem do irmão mais feio e mais rico de Quasímodo. Essa noite ele precisava de uma dose de afeto.

O flerte foi tão fácil que quase o fez se esquecer do episódio no saguão do Imperial. Um cara de uns 55 anos, bem-arrumado: sapatos Gucci, um sobretudo muito chique. Em uma palavra: qualidade.

Gavin estava parado diante da porta de um cinema de arte, conferindo qual filme de Truffaut estava em cartaz, quando percebeu o cliente o encarando. Olhou para o cara a fim de se assegurar de que havia um flerte na baixa da maré. O olhar direto pareceu enervar o cliente; ele avançou; então pareceu mudar de ideia, murmurou algo para si mesmo, e retraçou seus passos, demonstrando um interesse explicitamente falso pela programação de filmes. Claro que não estava acostumado a esse jogo, pensou Gavin; um novato.

Gavin tirou e acendeu um Winston em um gesto casual, a chama do fósforo em suas mãos em forma de concha deixando suas bochechas douradas. Fizera isso mil vezes, a maioria diante do espelho, para seu próprio prazer. Seu olhar por cima da chama minúscula era impecável: sempre dava certo. Dessa vez, quando encontrou os olhos nervosos do cliente, ele não recuou.

Aproximou o cigarro, lançando fora o fósforo, e o pôs para baixo. Não usava esse flerte fazia vários meses, mas ficou bem contente por ainda ter o jeito. O esmerado reconhecimento de um cliente em potencial, a oferta implícita nos olhos e lábios, que poderia ser interpretada como uma amigabilidade inocente, caso ele cometesse algum erro.

Contudo, não havia nenhum erro, era um artigo genuíno. Os olhos do homem estavam colados em Gavin, tão enamorados que ele parecia sentir dor por isso. A boca estava aberta, como se as palavras de introdução fugissem dele. Não era um rosto tão bonito, mas estava longe de ser feio. Bronzeado demais, rápido demais: talvez tivesse morado fora. Estava presumindo que o homem era inglês: sua prevaricação sugeria isso.

Contra o seu hábito, Gavin fez o primeiro movimento.

"Gosta de filmes franceses?"

O cliente pareceu desinflar com alívio, uma vez que o silêncio entre eles fora rompido.

"Sim", respondeu.

"Vai ver algum?"

O homem fechou a cara.

"Eu... eu... acho que não."

"Muito frio."

"Sim. Demais."

"Digo, muito frio pra ficar por aí parado."

"Ah — sim."

O cliente mordeu a isca.

"Talvez... queira tomar algo?"

Gavin sorriu.

"Claro, por que não?"

"Meu apartamento não fica longe."

"Certo."

"Eu estava ficando um pouco agoniado, sabe? Lá em casa."

"Sei como é."

Agora o outro homem sorriu. "Você é..."

"Gavin."

O homem estendeu sua mão com luva de couro. Muito formal, como um empresário. O aperto de mãos foi forte, sem qualquer traço remanescente da hesitação de antes.

"Sou Kenneth", disse ele, "Ken Reynolds."

"Ken."

"Vamos embora deste frio?"

"Por mim tudo bem."

"Fica a uma caminhada curta daqui."

Uma onda acre de ar do aquecimento central os atingiu quando Reynolds abriu a porta de seu apartamento. Subir as três levas de escadas havia tirado o fôlego de Gavin, mas Reynolds não ficou nem um pouco mais lento. Talvez fosse maluco por saúde. Ocupação? Algo na cidade. O aperto de mão, as luvas de couro. Talvez o Serviço Público.

"Entre, entre."

Havia dinheiro ali. Sob os pés, o material do carpete era luxuoso, silenciando seus passos enquanto eles entravam. O corredor estava quase sem mobília: um calendário na parede, uma mesinha com um telefone, uma pilha de anuários, um cabideiro.

"Bem mais quente aqui."

Reynolds estava tirando e pendurando o seu casaco. Manteve as luvas enquanto conduzia Gavin alguns metros no corredor, até uma sala grande.

"Pode me dar sua jaqueta", disse.

"Oh... claro."

Gavin tirou a jaqueta, e Reynolds escapuliu para o corredor com ela. Quando voltou, estava tirando as luvas; o suor pegajoso dificultava o ato. O cara ainda estava nervoso: mesmo na própria casa. Em geral eles começavam a se acalmar assim que ficavam seguros atrás de portas trancadas. Não esse: ele era um catálogo de inquietações.

"Deseja beber algo?"

"Sim; seria bom."

"Qual o seu veneno?"

"Vodca."

"Claro. Alguma coisa com ela?"

"Só uma gota d'água."

"Purista, hein?"

Gavin não entendeu muito bem o comentário.

"Sim", respondeu ele.

"Eu também. Pode me dar um momento — vou pegar um pouco de gelo."

"Sem problemas."

Reynolds soltou as luvas em uma cadeira diante da porta, e deixou Gavin sozinho na sala. O cômodo tinha um aquecimento quase abafado, assim como no corredor, mas nele não havia nada de confortável ou convidativo. Qualquer que fosse a sua profissão, Reynolds era um colecionador. O aposento era dominado por exibições de antiguidades, penduradas nas paredes e enfileiradas em estantes. Havia pouquíssima mobília, e a que havia parecia estranha: detonadas daquele jeito, cadeiras tubulares vazadas não tinham vez em um apartamento tão caro. Talvez o homem fosse um professor universitário, ou um gerente de museu, algo acadêmico. Não era a sala de estar de um corretor da bolsa.

Gavin não sabia nada sobre arte, e menos ainda sobre história, então as exibições significavam pouquíssimo para ele, mesmo assim deu uma conferida mais atenta, apenas para demonstrar interesse. O cara haveria de lhe perguntar o que ele achava daquela tralha toda. As estantes eram chatas de matar. Pedaços e peças de potes e esculturas: nada inteiro, apenas fragmentos. Em alguns dos estilhaços restava um vislumbre de desenho, embora o tempo tivesse quase apagado as cores.

Algumas das esculturas eram reconhecidamente humanas: parte de um torso ou pé (todos os cinco dedos no lugar), um rosto carcomido que deixava de ser feminino ou masculino. Gavin segurou um bocejo. O calor, as exibições e o pensamento no sexo o deixavam letárgico.

Virou sua atenção entediada às peças penduradas na parede. Eram mais impressionantes que as coisas nas estantes, mas ainda assim, estavam longe de ser completas. Ele não podia ver por que alguém apreciaria olhar para aquelas coisas quebradas; qual o fascínio daquilo? Os relevos em pedra montados na parede estavam esburacados e erodidos, de modo que as peles das figuras pareciam leprosas, e as inscrições em latim estavam quase apagadas. Não havia nada de belo nelas; demasiado deterioradas para a beleza. Elas, de certo modo, o faziam se sentir sujo, como se fossem contagiosas.

Apenas um dos objetos lhe pareceu interessante: uma lápide, ou o que lhe pareceu uma lápide, maior que os outros relevos e em condição levemente melhor. Um homem em um cavalo, segurando uma espada, assomava sobre seu inimigo decapitado. Debaixo da imagem, algumas palavras em latim. As pernas dianteiras do cavalo estavam quebradas, e os pilares dos limites do desenho estavam terrivelmente deteriorados pelo tempo, senão a imagem faria sentido. Havia até mesmo um traço de personalidade na face cruamente produzida: um nariz comprido, uma boca larga; um indivíduo.

Gavin esticou o braço para tocar a inscrição, mas recuou os dedos ao ouvir que Reynolds entrava.

"Não, por favor, pode tocar", disse seu anfitrião. "Está aí para causar prazer. Toque."

Agora que fora convidado a tocar aquilo, seu desejo se dissolvera. Sentia vergonha; flagrado no ato.

"Vá em frente", insistiu Reynolds.

Gavin tocou o entalhe. Pedra fria, arenosa sob a ponta de seus dedos.

"É romana", afirmou Reynolds.

"Lápide?"

"Sim. Encontrada perto de Newcastle."

"Quem era ele?"

"Seu nome era Flavinus. Era um porta-estandarte regimental."

O que Gavin presumira que fosse uma espada era, em uma inspeção mais atenta, um estandarte. Terminava em um ornamento quase apagado: talvez uma abelha, uma flor, uma roda.

"Então você é um arqueólogo?"

"Faz parte de meu trabalho. Pesquiso sítios, às vezes inspeciono escavações; mas na maior parte do tempo eu restauro artefatos."

"Como estes?"

"A Bretanha Romana é minha obsessão pessoal."

Ele pousou os copos que estava segurando e atravessou a sala até as estantes cheias de potes.

"São coisas que coleciono há anos. Nunca superei por completo a emoção de manusear objetos que não viam a luz do dia há séculos. É como se conectar com a história. Entende o que eu digo?"

"Sim."

Reynolds retirou um fragmento de pote da estante.

"Claro que os melhores achados são destinados às grandes coleções. Mas se você for esperto, dá para ficar com umas peças. Foram uma influência incrível, esses romanos. Engenheiros civis, construtores de estradas e de pontes."

Reynolds de uma risada repentina em seu rompante de entusiasmo.

"Diabos", exclamou, "Reynolds palestrando de novo. Desculpa. Eu me empolgo."

Devolvendo o fragmento de pote ao seu nicho na estante, ele retornou aos copos, e começou a servir as bebidas. De costas para Gavin, conseguiu dizer: "Você é caro?".

Gavin hesitou. O nervosismo do homem era contagioso e a guinada súbita na conversa, de romanos para o preço de um boquete, demandava algum ajuste.

"Depende", desconversou.

"Ah...", respondeu o outro, ainda ocupado com os copos, "refere-se à natureza precisa de meu — hum — pedido?"

"Isso."

"Claro."

Ele se virou e entregou a Gavin um copo de vodca com tamanho saudável. Sem gelo.

"Não demandarei muito de você", explicou.

"Não sou barato."

"Tenho certeza que não", Reynolds tentou um sorriso, mas ele não ficaria em seu rosto, "e estou disposto a pagar bem. Você poderá passar a noite aqui?"

"Você quer que eu passe?"

Reynolds franziu o cenho olhando para seu copo.

"Suponho que sim."

"Então eu posso."

O humor do anfitrião pareceu se alterar, de repente: a indecisão foi suplantada por um jato de convicção.

"Saúde", disse, brindando com seu copo cheio de uísque no de Gavin. "Ao amor e à vida e a tudo o que se vale a pena pagar."

O comentário de dois gumes não escapou à atenção de Gavin: o cara obviamente estava atado ao que fazia.

"Vou beber a isso", afirmou Gavin e deu um gole na vodca.

As bebidas vieram rápido depois disso, e lá pela terceira vodca, Gavin começou a se sentir mais doce do que em um tempão, contente por escutar com desatenção Reynolds falar sobre escavações e as glórias de Roma. Sua mente estava ao léu, uma sensação tranquila. Obviamente passaria a noite ali, ou ao menos ficaria até o começo da manhã, então por que não beber a vodca do cliente e desfrutar do que a experiência tinha a oferecer? Mais tarde, talvez muito mais tarde, a julgar pelo modo como o cara tagarelava, haveria um pouco de sexo bêbado em um quarto escurecido, e seria isso. Já tivera clientes como esse. Solitários, talvez no período entre amores, e quase sempre fáceis de satisfazer. Se não era sexo o que esse cara estava comprando, era a companhia, outro corpo com o qual compartilhar seu espaço por um tempo; grana fácil.

E então, o barulho.

No começo Gavin achou que o som de batida estava em sua cabeça, até que Reynolds se levantou, com um tique na boca. O ar de bem-estar se fora.

"O que é isso?", perguntou Gavin, também se levantando, tonto com a bebida.

"Tudo bem —" As palmas das mãos de Reynolds o mantiveram na cadeira. "Fique aqui —"

O som intensificou. Um baterista em um forno, batendo enquanto queimava.

"Por favor, por favor fique aqui por um momento. É só alguém no andar de cima."

Reynolds estava mentindo, a barulheira não vinha do andar de cima. Vinha de algum outro lugar no apartamento, uma batida ritmada, que acelerava, reduzia, acelerava de novo.

"Sirva-se uma bebida", disse Reynolds diante da porta, enrubescido. "Malditos vizinhos..."

Os chamados, pois claramente se tratava disso, já estavam diminuindo.

"Só um momento", prometeu Reynolds, e fechou a porta atrás de si.

Gavin já presenciara cenas lamentáveis antes: clientes cujos namorados apareciam em momentos inapropriados; caras que desejavam pagar para bater nele — um que foi mordido pela culpa em um quarto de hotel e destroçou o lugar inteiro. Essas coisas aconteciam.

Mas Reynolds era diferente: nada nele demonstrava bizarrice. No fundo de sua mente, bem no fundo, em voz baixa, Gavin lembrava a si mesmo que no começo nenhum dos outros caras pareceram maus. Ah, diabos; deixou as dúvidas de lado. Se começasse a se enervar toda vez que saísse com um rosto novo, logo pararia de trabalhar de uma vez por todas. Em algum momento ele precisava confiar na sorte e no instinto, e o seu instinto lhe dizia que aquele cliente não gostava de chiliques.

Dando um gole rápido no copo, ele o encheu de novo e esperou.

O barulho havia parado por completo, e ficou incrivelmente mais fácil reorganizar os fatos: talvez tivesse sido um vizinho do andar de cima, afinal. Com certeza não havia som de Reynolds se movendo dentro do apartamento.

Sua atenção perambulou pela sala esperando algo com que ocupá-la por um momento, então se voltou à lápide na parede.

Flavinus, o porta-estandarte.

Havia algo de satisfatório na ideia de ter sua aparência, ainda que grosseira, gravada em pedra e colocada no lugar onde seus ossos estivessem, mesmo que na completude do tempo algum historiador houvesse de separar a pedra dos ossos. O pai de Gavin insistira em enterro em vez de cremação: De que outra forma, sempre dizia, haveria de ser lembrado? Quem vai chorar diante de uma urna na parede? A ironia é que ninguém tampouco frequentava o seu túmulo: Gavin talvez tivesse ido duas vezes desde a morte do pai. Uma pedra lisa com um nome, uma data, uma platitude. Não conseguia se lembrar nem mesmo do ano da morte do pai.

Mas as pessoas se lembravam de Flavinus; pessoas que jamais conheceram ele ou uma vida como a dele, agora o conheciam. Gavin se levantou e tocou o nome do porta-estandarte, o "FLAVINUS" cruamente gravado que era a segunda palavra da inscrição.

De repente, o barulho de novo, mais frenético que nunca. Gavin se virou da pedra tumular e olhou para a porta, meio que esperando que Reynolds estivesse lá parado com alguma explicação. Ninguém apareceu.

"Diabos."

O barulho continuou, uma batida. Alguém, em algum lugar, sentia muita raiva. E dessa vez não haveria autoengano: o percussionista estava ali, no mesmo andar, a alguns metros. A curiosidade ferroou Gavin, um amante persuasivo. Ele secou o copo e saiu para o corredor. O barulho parou enquanto ele fechava a porta atrás de si.

"Ken?", aventurou-se. A palavra parecia morrer em seus lábios.

O corredor estava escuro, exceto por um jorro de luz no outro extremo. Talvez uma porta aberta. Gavin encontrou um interruptor à direita, mas ele não funcionou.

"Ken?", repetiu.

Dessa vez a pergunta encontrou uma resposta. Um gemido, o som de um corpo rolando, ou sendo rolado. Reynolds tivera um acidente? Jesus, ele poderia estar caído e incapacitado à distância de uma cuspida de Gavin: ele precisava ajudar. Por que seus pés relutavam em se mover? Ele sentiu o formigamento nas bolas que sempre acompanhava a antecipação nervosa; lembrava o esconde-esconde da infância: a emoção da procura. Era quase prazeroso.

E, prazeres à parte, será que agora poderia ir embora, sem saber o que tinha acontecido com o cliente? Ele precisava percorrer o corredor.

A primeira porta estava entreaberta; ele a abriu com um empurrão e o cômodo do outro lado era um quarto/estúdio com livros de um canto a outro. Pela janela sem cortinas, as luzes da rua recaíam na mesa bagunçada. Sem Reynolds, sem vândalo. Mais confiante, agora que fizera o primeiro movimento, Gavin explorou o corredor um pouco mais. A porta seguinte, a cozinha, também estava aberta. Não havia luz do lado de dentro. As mãos de Gavin haviam começado a suar: ele pensou em Reynolds tentando puxar as luvas, embora elas se colassem às suas palmas. Do que tinha medo? Era mais que um encontro: havia mais alguém no apartamento, alguém de temperamento violento.

O estômago de Gavin se revirou quando seus olhos encontraram a marca de mão na porta; era sangue.

Empurrou a porta, porém ela não se abria mais que isso. Havia alguma coisa detrás dela. Ele se esgueirou pelo espaço disponível, e para dentro da cozinha. Uma lixeira que não fora esvaziada, ou alguma fruteira esquecida, empesteava o ar. Gavin tateou pela parede com a palma da mão em busca do interruptor de luz, e o tubo fluorescente tremeluziu e ligou.

Os sapatos Gucci de Reynolds despontaram detrás da porta. Gavin a empurrou e Reynolds rolou para fora do esconderijo. Obviamente rastejara para trás da porta a fim de se esconder; havia algo de animal espancado em seu corpo encolhido. Quando Gavin o tocou ele estremeceu.

"Tudo bem... sou eu." Gavin puxou uma das mãos ensanguentada do rosto de Reynolds. Havia um corte profundo que ia da têmpora ao queixo, e outro, paralelo a esse, mas não tão fundo, do meio da testa até o nariz, como se ele tivesse sido arranhado por um garfo de dois dentes.

Reynolds abriu os olhos. Levou apenas um segundo para focar em Gavin, antes de dizer:

"Vai embora".

"Você está ferido."

"Pelo amor de Deus, vá embora. Rápido. Mudei de ideia... Está entendendo?"

"Vou chamar a polícia."

O homem praticamente cuspiu: "Cai fora daqui, caralho! Seu michê de merda!".

Gavin se levantou, tentando compreender tudo isso. O cara estava sentindo dor, isso o deixava agressivo. Ignore os insultos e arranje algo para cobrir o ferimento, então deixe-o por conta própria. Se ele não queria a polícia, Gavin não tinha nada a ver. Provavelmente não desejava explicar a presença do bonitão na casa dele.

"Então deixa eu fazer um curativo —"

Gavin voltou ao corredor.

Detrás da porta da cozinha, Reynolds disse: "Não", mas o michê não escutou. Não faria muita diferença se tivesse escutado. Gavin gostava da desobediência. O "não" era um convite.

Reynolds escorou as costas na porta da cozinha e tentou se erguer usando a maçaneta como apoio. Mas sua cabeça estava rodando: um carrossel de horrores, voltas e voltas, um cavalinho mais feio que o outro. Suas pernas se dobraram debaixo dele, e ele caiu como o tolo senil que era. Porra. Porra. Porra.

Gavin ouviu Reynolds cair, mas estava muito ocupado se armando para voltar correndo para a cozinha. Caso o intruso que tinha atacado Reynolds ainda estivesse no apartamento, ele desejava estar pronto para se defender. Fuçou os relatórios na mesa do estúdio e encontrou uma faca de abrir cartas que estava ao lado de uma pilha de correspondência fechada. Agradecendo a Deus por isso, pegou-a. Era leve, e a lâmina fina e frágil, mas se fosse enfiada no lugar certo, sem dúvida podia matar.

Mais feliz agora, voltou ao corredor e precisou de um momento para planejar sua tática. Primeiro devia localizar o banheiro, onde tinha esperanças de encontrar um curativo para Reynolds. Mesmo uma toalha limpa ajudaria. Talvez então conseguisse fazer o cara pensar direito, até arrancar uma explicação.

Depois da cozinha, o corredor fazia uma curva brusca para a esquerda. Gavin passou pela quina, e bem na frente a porta estava entreaberta. Havia uma luz acesa lá dentro: água brilhava sobre azulejos. O banheiro.

Apertando a mão esquerda sobre a mão direita que segurava a faca, Gavin se aproximou da porta. Os músculos de seus braços se enrijeceram de medo: será que isso melhoraria seu ataque, caso fosse necessário? Pensou ele. Sentia-se inepto, sem graciosidade, levemente estúpido.

Havia sangue no batente da porta, a marca de uma possível mão que claramente pertencia a Reynolds. Foi ali que tinha acontecido — Reynolds havia usado a mão para se apoiar, enquanto cambaleava para longe de quem o atacava. Se o agressor ainda estivesse no apartamento, deveria estar ali. Não havia mais nenhum lugar para ele se esconder.

Mais tarde, se houvesse um "mais tarde", Gavin provavelmente analisaria essa situação e se acharia um imbecil por abrir a porta com um chute, por encorajar o confronto. Mas exatamente enquanto contemplava a idiotice da ação, ele a executava, e a porta balançava do outro lado de azulejos manchados por poças de água com sangue, e a qualquer momento haveria uma figura lá, com mão de gancho, gritando provocações.

Não. Nem foi isso. O agressor não estava lá; e se não estava lá, não estava no apartamento.

Gavin expirou longa e lentamente. A faca se afrouxou em sua mão, negou o seu fio. Agora, apesar do suor, do terror, ele estava desapontado. A vida o decepcionava mais uma vez — fazia seu destino escapulir pela porta dos fundos e lhe deixava com um esfregão na mão, em vez de uma medalha. Tudo o que ele podia fazer era brincar de enfermeiro com o velhote e seguir seu rumo.

O banheiro estava decorado com tons de verde-limão; o sangue não combinava com os azulejos. A transluzente cortina do chuveiro, ostentando peixes e algas estilizados, estava parcialmente arrancada. Parecia uma cena de assassinato de filme: não muito realista. Sangue muito claro: luz muito chapada.

Gavin soltou a faca na pia e abriu o armário com espelho embutido. Tinha um bom estoque de enxaguantes bucais, suplementos de vitaminas e tubos de pasta de dente abandonados, mas o único remédio era uma lata de bandagens adesivas da Elastoplast. Ao fechar a porta do armário, deparou-se com os próprios traços no espelho, um rosto esgotado. Abriu a torneira toda, e abaixou a cabeça diante da pia; um pouco de água faria a vodca circular e daria um pouco de cor a suas bochechas.

Ao molhar o rosto com as mãos, algo emitiu um ruído atrás dele. Endireitou-se com o coração saindo pela boca e fechou a torneira. A água escorreu por seu queixo e suas pestanas, e gorgolejou pelo cano.

A faca ainda estava na pia, à distância de sua mão. O som vinha da banheira, de *dentro* da banheira, o inofensivo salpico de água.

Seu estado de alarme havia disparado cargas de adrenalina, e seus sentidos destilavam o ar com nova precisão. O acentuado odor de sabão de limão, a cintilância do acará turquesa nadando em meio às algas lilases na cortina do chuveiro, as gotículas geladas em seu rosto, o calor atrás de seus olhos: todas experiências súbitas, detalhes que sua mente deixara passar até agora, demasiado ociosa para ver e cheirar e sentir os limites de seu alcance.

Você está vivendo no mundo real, disse sua mente (era uma revelação), e se não tomar muito cuidado, vai morrer nele.

Por que não tinha verificado a banheira? Imbecil. Por que não a banheira?

"Quem está aí?", perguntou, torcendo com todas as forças para que Reynolds tivesse uma lontra que estivesse dando uma boa nadada. Esperança ridícula. Havia sangue ali, pelo amor de Deus.

Ele se virou do espelho enquanto o ruído diminuía — faça isso! Faça isso! — e puxou a cortina nos ganchos de plástico. Em sua pressa para desvendar o mistério, deixou a faca na pia. Agora era tarde demais: os peixes turquesa ficaram sanfonados, e ele estava olhando para a água.

Estava cheia, chegando a um ou dois centímetros do topo da banheira, e turva. Uma escuma marrom espiralava na superfície, e o cheiro exalado era levemente animal, como um cachorro molhado. Nada rompeu a superfície da água.

Gavin espiou lá dentro, tentando discernir a forma no fundo, seu reflexo flutuando em meio à escuma. Curvou-se para mais perto, incapaz de decifrar a relação das formas no lodo, até reconhecer os dedos cruamente formados daquela mão, e perceber que estava olhando para uma forma humana encolhida como um feto, deitada absolutamente inerte na água imunda.

Ele passou a mão sobre a superfície para remover a sujeira, estilhaçando seu reflexo, e o ocupante da banheira ficou claro. Era uma estátua, esculpida com a forma de uma figura adormecida, só que a cabeça, em vez de estar na posição correta, estava torcida para trás a fim de encarar a superfície por entre os sedimentos embaçados. Os olhos estavam pintados como que abertos, duas bolas grosseiras em um rosto toscamente esculpido; a boca era uma fenda, os ouvidos, ridículos apêndices em sua cabeça careca. Estava nu: sua anatomia não era melhor executada que seus traços: obra de um aprendiz a escultor. Em alguns lugares a tinta se corroera, talvez por causa da água, e estava subindo do torso em estrias cinzas e globulares. Abaixo, um núcleo de madeira preta estava descoberto.

Não havia nada a se temer ali. Um *objet d'art* em uma banheira, imerso na água para que a pintura grosseira fosse removida. Os ruídos que ele tinha ouvido atrás de si haviam sido bolhas subindo da coisa, causadas por uma reação química. Ali: o pavor estava explicado. Sem motivo de pânico. Manter o coração batendo, como o barman do Ambassador costumava dizer quando surgia uma pessoa bonita.

Gavin sorriu da ironia; aquele não era nenhum Adônis.

"Esqueça que chegou a ver isso."

Reynolds estava diante da porta. O sangramento havia parado, contido por um insalubre farrapo de lenço pressionado na lateral do rosto. A luz dos azulejos deixava sua pele biliosa: sua palidez envergonharia um cadáver.

"Tudo bem com você? Não parece bem."

"Ficarei bem... só vai embora, por favor."

"O que aconteceu?"

"Escorreguei. Água no chão. Escorreguei, só isso."

"Mas o barulho..."

Gavin estava olhando dentro da banheira outra vez. Algo na estátua o fascinava. Talvez a sua nudez, e aquele segundo strip que ele estava realizando lentamente debaixo d'água, o strip definitivo: despindo a pele.

"Vizinhos, só isso."

"O que é isto?", perguntou Gavin, ainda olhando para o mal-apessoado rosto de boneco dentro d'água.

"Nada a ver com você."

"Por que está todo encolhido assim? Está morrendo?"

Gavin olhou de volta para Reynolds para ver a reação a essa pergunta, o mais amargo dos sorrisos, sumindo.

"Você vai querer dinheiro."

"Não."

"Pro inferno! Você está trabalhando, não é? Há umas notas ao lado da cama; pegue o quanto você acha que merece por seu tempo desperdiçado —" Ele estava analisando Gavin. "— e por seu silêncio."

De novo a estátua: Gavin não conseguia tirar os olhos dela, com toda a sua crueza. Seu próprio rosto, intrigado, flutuava na pele da água, envergonhando a mão do artista com suas proporções.

"Não pense nisso", disse Reynolds.

"Não consigo evitar."

"Não tem nada a ver com você."

"Você roubou a estátua... foi isso? Ela vale uma grana e você roubou."

Reynolds ponderou a questão e pareceu, no fim, demasiado cansado para mentir.

"Sim. Roubei."

"E hoje alguém veio atrás dela —"

Reynolds deu de ombros.

"— Foi isso? Alguém veio atrás dela?"

"Correto. Eu a roubei..." Reynolds estava dizendo as frases automaticamente, "... e alguém veio atrás dela."

"Era tudo o que eu queria saber."

"Não volte aqui, Gavin, seja-lá-quem-você-for. E não tente bancar o esperto, pois eu não estarei aqui."

"Está se referindo a uma extorsão?", perguntou Gavin, "Não sou ladrão."

O olhar analista de Reynolds decaiu a um desprezo.

"Ladrão ou não, fique grato. Se há isso em você." Reynolds se afastou da porta para Gavin passar. Gavin não se moveu.

"Grato pelo quê?", indagou. Havia uma ponta de raiva nele; sentia-se absurdamente rejeitado, como se lhe tivesse sido impingida uma meia--verdade por ele não ser suficientemente digno de saber desse segredo.

Reynolds não tinha mais forças para explicações. Estava escorado no batente da porta, exausto.

"Vai embora", ordenou.

Gavin acenou com a cabeça e deixou o cara diante da porta. Ao passar do banheiro para o corredor, uma bolha de tinta deve ter se soltado da estátua. Ele a ouviu romper a superfície, ouviu o ruído no canto da banheira, pôde ver em sua cabeça o modo como as ondinhas faziam o corpo reluzir.

"Boa noite", disse Reynolds, falando atrás dele.

Gavin não respondeu, nem pegou nenhum dinheiro ao sair. Ele que ficasse com suas lápides e segredos.

A caminho da porta da frente, entrou na sala para pegar a jaqueta. O rosto de Flavinus, o porta-estandarte, o encarava da parede. O homem deve ter sido um herói, pensou Gavin. Apenas um herói seria celebrado de tal maneira. Ele não receberia uma lembrança como essa; nenhum rosto de pedra marcaria sua passagem.

Fechou a porta ao sair, ciente mais uma vez de que seu dente doía, e ao fazer isso, o barulho recomeçou, uma batida de punho na parede.

Ou pior, a fúria repentina de um coração desperto.

A dor de dente ficou realmente intensa no dia seguinte, e ele foi ao dentista no meio da manhã, esperando convencer a garota da recepção a lhe conceder uma consulta na hora. Mas seu charme andava desvigoroso, seus olhos não estavam cintilando com o fulgor habitual. Ela lhe dissera que ele teria de esperar até a sexta-feira, a não ser que fosse uma emergência. Ele falou que era: ela respondeu que não. Aquele seria um péssimo dia: dor de dente, uma recepcionista lésbica, gelo sobre as poças d'água, mulheres tagarelas em cada esquina, crianças feias, céu feio.

Foi nesse dia que começou a perseguição.

Gavin já fora seguido por admiradores antes, mas nunca desse jeito. Nunca de modo tão sutil, tão sub-reptício. Pessoas já o haviam seguido por vários dias, de bar em bar, de rua em rua, tão parecido com cães que quase o enlouquecera. Ver o mesmo rosto desejoso noite após noite, juntando coragem para lhe pagar uma bebida, talvez lhe oferecer um relógio, cocaína, uma semana na Tunísia, o que for. Ele rapidamente passara a sentir nojo daquela adoração grudenta que azedava com a mesma rapidez que leite, e fedia que só a porra depois disso. Um de seus mais ardentes admiradores, um ator com honraria de cavaleiro, disseram-lhe, jamais chegou a se aproximar dele, apenas o seguia de um lado para o outro, olhando e olhando. No começo a atenção era lisonjeira, mas o prazer logo se transformou em irritação, até que um dia ele encurralou o cara em um bar e ameaçou quebrar a cara dele. Estava tão estressado aquela noite, tão cansado de ser devorado por olhares, que o teria machucado de verdade, se o desgraçado não captasse a dica. Jamais viu o cara de novo; achava que provavelmente ele tinha voltado para casa e se enforcado.

Mas essa nova perseguição estava longe de ser tão óbvia, mal passava de uma sensação. Não havia evidência concreta de que tinha alguém em seu rastro. Apenas uma sensação incômoda, sempre que ele olhava em volta, de que alguém estava se escondendo nas sombras, ou que aquela noite um transeunte estava andando no mesmo ritmo que ele, combinando cada toque de seu calcanhar, cada hesitação em seu passo. Era como uma paranoia, só que ele não era paranoico. Se fosse paranoico, refletiu, alguém lhe contaria.

Além disso, houve incidentes. Certa manhã, a mulher dos gatos que vivia no patamar abaixo dele indagou ociosamente quem era sua visita: o engraçadinho que chegou tarde da noite e esperou várias horas nas escadas, observando o seu quarto. Ele não tinha recebido esse visitante: não conhecia ninguém que se encaixava na descrição.

Outro dia, em uma rua movimentada, ele tinha escapulido da multidão para a porta de uma loja vazia e estava no ato de acender um cigarro quando o reflexo de alguém, distorcido pela sujeira da janela, fisgou o seu olhar. O fósforo queimou seu dedo, ele olhou para baixo ao deixá-lo cair, e quando olhou para cima de novo, a multidão já tinha se fechado como um mar revolto sobre o observante.

Era uma sensação muito, muito ruim: e havia mais de onde essa viera.

Gavin jamais tinha conversado com Preetorius, embora eles tivessem trocado algum aceno ocasional na rua, e tivessem perguntado um pelo outro na companhia de conhecidos em comum, como se fossem amigos íntimos. Preetorius era negro, em algum ponto entre os 45 anos e o assassinato, um cafetão glorificado que alegava descender de Napoleão. Fazia quase uma década que comandava um círculo de mulheres, e três ou quatro garotos, e andava bem nos negócios. Logo que começou a trabalhar, Gavin foi fortemente aconselhado a pedir apadrinhamento de Preetorius, mas ele sempre foi rebelde demais para desejar esse tipo de ajuda. Como resultado, Preetorius e seu clã jamais o viram com bons olhos. Não obstante, assim que ele adquiriu uma posição sólida na cena, ninguém mais desafiava seu direito de trabalhar por conta própria. A palavra corrente era que Preetorius até admitia sentir uma admiração relutante pela ganância de Gavin.

Com ou sem admiração, no Inferno era um dia frio, quando Preetorius de fato rompeu o silêncio e falou com ele.

"Branquelo."

Eram quase 23h, e Gavin saía de um bar na St. Martin's Lane a caminho de uma boate em Covent Garden. A rua ainda fazia barulho: havia clientes em potencial em meio aos frequentadores de teatro e cinema, mas naquela noite ele estava sem apetite para isso. Tinha uma nota de cem no bolso, que ganhara um dia antes, e não se importara em depositar. O bastante para seguir levando.

Seu primeiro pensamento quando viu Preetorius e seus capangas bloqueando seu caminho foi: querem meu dinheiro.

"Branquelo."

Então reconheceu o rosto achatado e reluzente. Preetorius não era um batedor de carteiras; nunca foi, nunca será.

"Branquelo, quero trocar uma palavrinha com você."

Preetorius pegou uma noz do bolso, quebrou a casca com a mão, e jogou a parte comestível na bocarra.

"Tudo bem, não é?"

"O que você quer?"

"Como disse, apenas trocar uma palavrinha. Não é pedir demais, hein?"

"Certo. O quê?"

"Não aqui."

Gavin olhou para os capangas de Preetorius. Não eram monstruosos, esse não era bem o estilo deles, mas tampouco eram fracotes de 45 quilos. Essa cena não parecia, de modo geral, muito saudável.

"Obrigado, mas não vai dar", respondeu Gavin, e começou a se afastar do trio com o passo mais ritmado possível. Eles o seguiram. Ele rezou para que não fizessem isso, mas eles o seguiram. Preetorius falava às suas costas.

"Escuta. Ouço coisas ruins sobre você", disse ele.

"É mesmo?"

"Receio que sim. Me contaram que você atacou um de meus garotos."

Gavin deu seis passos antes de responder. "Não fui eu. Você pegou o homem errado."

"Ele te reconheceu, seu lixo. Você machucou pra valer."

"Já falei: não fui eu."

"Você é um maluco, sabia? Deveria estar atrás das grades."

Preetorius estava falando mais alto. As pessoas cruzavam as ruas para evitar a discussão crescente.

Sem pensar, Gavin virou da St. Martin's Lane para a Long Acre, e logo percebeu que tinha cometido um erro tático. As multidões diminuíam substancialmente ali, e era uma longa caminhada até as ruas de Covent Garden antes que alcançasse outro centro de atividade. Deveria ter virado à direita em vez da esquerda, e teria saído na Charing Cross Road. Ali ele não estaria seguro. Diabos, não podia dar a volta, senão daria de cara com eles. Tudo o que podia fazer era caminhar (não correr; nunca corra com um cachorro louco na sua cola) e torcer para manter a conversa em um tom nivelado.

Preetorius: "Você me fez perder muito dinheiro".

"Não vejo —"

"Você deixou meu melhor garoto fora de serviço. Ainda vai demorar muito para eu trazer aquele rapaz de volta ao mercado. Ele está se cagando de medo, entende?"

"Olha... Eu não fiz nada com ninguém."

"Por que está mentindo pra mim, seu lixo? Eu já te fiz alguma coisa, pra você me tratar desse jeito?"

Preetorius acelerou o passo um pouco e alcançou Gavin, deixando seus colegas alguns passos atrás.

"Olha..." sussurrou a Gavin, "rapazes podem ser tentadores, certo? Tranquilo. Posso entender isso. Você coloca um garoto novinho em meu prato, eu não vou refugar. Mas você o machucou: e quando você machuca um de meus meninos, eu sangro junto dele."

"Se eu tivesse feito isso como você diz, acha que estaria andando na rua?"

"Talvez você não seja um cara normal, sabe? Não estamos falando de dois machucados aqui, cara. Estou falando de você tomar banho com o sangue do rapaz, é disso que estou falando. Pendurar ele e cortar em tudo quanto é canto, então deixar ele na porra da minha escada só com a porra das meias. Está captando minha mensagem agora, branquelo? Está entendendo a minha mensagem?"

Raiva genuína ardia em Preetorius, conforme ele descrevia os crimes alegados, e Gavin não tinha certeza de como lidar com isso. Manteve-se em silêncio e seguiu em frente.

"O moleque te idolatrava, sabia? Te considerava uma leitura essencial para um aspirante a michê. O que acha disso?"

"Não gosto muito."

"Você deveria estar lisonjeado com essa porra, cara, porque isso é o máximo que vai conseguir na vida."

"Obrigado."

"Você teve uma boa carreira. Uma pena que acabou."

Gavin sentiu um chumbo congelado na barriga: torcia para que Preetorius se contentasse com um aviso. Aparentemente não. Eles estavam ali para causar danos: Jesus, iriam machucá-lo, e por algo que ele não tinha feito, algo do qual ele nem mesmo sabia de nada.

"Vamos tirar você da rua, branquelo. Permanentemente."

"Eu não fiz nada."

"O rapaz sabia que era você, mesmo com uma meia-calça na sua cabeça, ele sabia. A voz era a mesma, as roupas eram as mesmas. Encare de frente, você foi reconhecido. Agora assuma as consequências."

"Vai tomar no seu cu."

Gavin começou a correr. Aos 18 anos, havia corrido em nome de seu condado: precisava daquela velocidade agora. Atrás dele, Preetorius gargalhou (que espírito esportivo!) e dois pares de pés pisotearam o pavimento em perseguição. Chegaram perto, mais perto — e Gavin estava em péssimas condições. Suas coxas doeram após algumas dúzias de metros, e seus jeans eram apertados demais para ele correr com facilidade. A perseguição já estava perdida antes mesmo de começar.

"O homem não mandou você ir embora", ralhou o capanga branco, os dedos despelados se enfiando no bíceps de Gavin.

"Bela tentativa." Preetorius sorria, caminhando em direção aos cães e à lebre arfante. Ele acenou com a cabeça, quase imperceptivelmente, ao outro capanga.

"Christian?", perguntou.

Com o convite, Christian meteu o punho no rim de Gavin. O golpe o fez se dobrar, expelindo xingamentos.

Christian disse: "Vamos ali". Preetorius respondeu: "Sem sujeira", e de repente eles o arrastaram para um beco, longe da luz. A camisa e a jaqueta rasgadas, os sapatos caros enlameados, até que fosse endireitado de pé, gemendo. O beco era escuro e os olhos de Preetorius estavam suspensos no ar diante dele, deslocados.

"Aqui estamos de novo", disse. "Felizes como nunca."

"Eu... não toquei nele", arfou Gavin.

O capanga sem nome, Não-Christian, pôs uma das mãos de presunto no meio do peito de Gavin, e o empurrou contra a parede do final do beco. Seu calcanhar escorregou na lama, e embora ele tentasse ficar firme, suas pernas haviam se transformado em água. Seu ego também: não era hora de sentir coragem. Ele suplicaria, cairia de joelhos e lamberia as solas deles, se necessário fosse, qualquer coisa para interromper aquele serviço. Qualquer coisa para evitar que destruíssem o seu rosto.

Era o passatempo favorito de Preetorius, ao menos de acordo com o papo das ruas: a destruição da beleza. Ele tinha uma habilidade rara, e com três golpes de navalha era capaz de desfigurar para além da esperança de redenção, e fazer a vítima embolsar os próprios lábios como lembrança.

Gavin desabou em frente, palmas batendo no chão molhado. Algo podre e macio deslizou por sua pele abaixo de sua mão.

Não-Christian trocou um sorriso com Preetorius.

"Ele é mesmo lindo, não é?", disse.

Preetorius estava esmagando uma noz. "Me parece", comentou, "que o homem enfim encontrou o seu lugar na vida".

"Eu não toquei nele", implorou Gavin. Não havia nada a fazer além de negar e negar: e mesmo assim seria uma causa perdida.

"Você é culpado pra caralho", afirmou Não-Christian.

"*Por favor.*"

"Eu realmente queria acabar com isso o quanto antes", disse Preetorius, olhando para o relógio, "tenho compromissos a cumprir, pessoas para satisfazer."

Gavin olhou para seus atormentadores. A rua iluminada por vapor de sódio estava a uma arrancada de 25 metros, se ele conseguisse romper a barreira de corpos.

"Permita-me reorganizar seu rosto. Um pequeno delito estético."

Preetorius segurava uma faca. Não-Christian havia tirado uma corda do bolso, com uma bola junto dela. A bola vai na boca, a corda em volta da cabeça — não dava para gritar se sua vida dependesse disso. Já era. Já!

Gavin saiu de sua posição agachado como um corredor do ponto de partida, mas as poças melaram seus calcanhares e o desequilibraram. Em vez de uma corrida sem obstáculos para a segurança, ele titubeou de lado e caiu em cima de Christian, que, por sua vez, caiu de costas.

Houve um tateio sem fôlego antes que Preetorius se aproximasse, sujando as mãos no lixo branquelo, e o erguendo de pé.

"Sem saída, filho da puta", exclamou, pressionando a ponta da lâmina no queixo de Gavin. A protuberância do osso estava mais saliente ali, e ele começou a cortar sem mais delongas — traçando a linha da mandíbula, fumegando para agir logo, sem se importar se o lixo engasgava ou não. Gavin uivou quando o sangue molhou seu pescoço, mas seus gritos foram interrompidos pelos dedos gordos de alguém que segurou sua língua e a prendeu com força.

Seu pulso começou a latejar em suas têmporas, e janelas, uma atrás da outra, se abriam e se abriam em sua frente, e através delas ele estava caindo na inconsciência.

Melhor morrer. Melhor morrer. Destruiriam o seu rosto: melhor morrer.

Então começou a gritar de novo, só que sem consciência de que estava emitindo o som em sua garganta. Com a sujeira nos ouvidos, tentou focar na voz, e percebeu que era o grito de Preetorius que ele estava ouvindo, não o seu.

A língua havia sido solta; e ele vomitou espontaneamente. Cambaleou para trás, regurgitando, de uma confusão de figuras lutando em sua frente. Uma pessoa, ou pessoas, desconhecida avançou e evitou o desfecho de sua destruição. Havia um corpo estirado no chão, com rosto para cima. Não-Christian, olhos abertos, vida encerrada. Deus: alguém matara por ele. *Por ele.*

Com cautela, pôs a mão no rosto para sentir os danos. A carne estava profundamente lacerada ao longo da mandíbula, do meio do queixo até a um centímetro da orelha. Era ruim, mas Preetorius, sempre organizado, tinha deixado a melhor parte para o final, e foi interrompido antes de fatiar as narinas de Gavin ou arrancar os seus lábios. Uma cicatriz ao longo da mandíbula não seria bonita, mas tampouco um desastre.

Alguém saiu da contenda cambaleando em sua direção — Preetorius, lágrimas no rosto, olhos como bolas de golfe.

Atrás dele, Christian, braços inutilizados, cambaleava para a rua.

Preetorius não o seguia: por quê?

Sua boca se abriu; um filamento de saliva elástico, ornado com pérolas, pendia de seu lábio inferior.

"Me ajuda", suplicou, como se a sua vida dependesse de Gavin. A mão grande foi erguida para extrair uma gota de piedade do ar, mas em vez disso veio a arremetida de outro braço, alcançando por cima de seu ombro e enfiando uma arma, uma lâmina crua, na boca do cara. Ele engasgou por um momento, a garganta tentando acomodar a lâmina, sua largura, antes que seu agressor puxasse o gume para cima e para trás, segurando o pescoço de Preetorius para mantê-lo firme contra a força do golpe. A face assustada se dividiu, e o calor brotou do interior de Preetorius, aquecendo Gavin em uma nuvem.

A arma atingiu o chão do beco, um tinido abafado. Gavin a encarou. Uma espada curta de lâmina larga. Olhou de volta para o morto.

Preetorius estava ereto em sua frente, agora suspenso apenas por causa do braço de seu carrasco. A cabeça jorrando sangue pendeu para frente, e o carrasco entendeu o cumprimento como um sinal, soltando suavemente o corpo de Preetorius aos pés de Gavin. Não mais eclipsado pelo cadáver, Gavin encontrou seu salvador cara a cara.

Precisou de apenas um instante para localizar aqueles traços crus: os olhos sobressaltados, sem vida, uma fenda como boca, os ouvidos iguais às asas de um jarro. Era a estátua de Reynolds. Ela sorria, os dentes muito pequenos para a cabeça. Dentes de leite, ainda a serem trocados pela forma adulta. Havia, entretanto, certa melhoria em sua aparência, mesmo no escuro dava para perceber. A testa parecia ter aumentado; o rosto, como um todo, parecia mais proporcional. Continuava um boneco pintado, mas agora era um boneco com aspirações.

A estátua deu um cumprimento rígido, suas juntas deram estalos inconfundíveis, e Gavin foi tomado pelo absurdo, pelo absurdo completo de sua situação. Ele cumprimentava, diabos, ele sorria, ele matava: e ainda assim, não poderia estar vivo, poderia? Mais tarde deixaria de acreditar nisso, prometeu a si mesmo. Mais tarde encontraria mil razões para não aceitar a realidade diante de si: culparia seu cérebro sem sangue, sua confusão, seu pânico. De uma ou outra maneira, argumentaria consigo mesmo para esquecer essa visão fantástica, e seria como se ela jamais tivesse ocorrido.

Se ao menos conseguisse conviver com ela por mais alguns minutos.

A visão esticou o braço e tocou a mandíbula de Gavin, com leveza, passando os dedos toscamente entalhados nos lábios do ferimento feito por Preetorius. Um anel em seu mindinho encontrou a luz: um anel idêntico ao dele.

"Vai ficar uma cicatriz", disse a estátua.

Gavin reconheceu a voz.

"Minha nossa: piedade", exclamou ela, falando com a voz *dele*. "Ainda assim, podia ser pior."

A voz dele. Meu Deus, dele, dele, dele.

Gavin balançou a cabeça.

"Sim", disse ela, compreendendo o que ele compreendia.

"Não eu."

"Sim."

"Por quê?"

A estátua transferiu seu toque, da mandíbula de Gavin para a própria, marcando o lugar onde deveria estar o ferimento, e exatamente ao fazer esse gesto, sua superfície se abriu, e surgiu uma cicatriz no lugar. Sem sangue empoçado; ela não tinha sangue.

Ainda assim, a testa nivelada não emulava a sua, e os olhos perfurantes não estavam ficando iguais aos seus, com a boca maravilhosa?

"E o garoto?", perguntou Gavin, juntando as peças.

"Ah, o garoto..." Ela lançou seu olhar não finalizado ao Céu. "Que tesouro. E como gemeu."

"Você tomou banho com o sangue dele?"

"Eu precisava disso." Ela se ajoelhou ao corpo de Preetorius e enfiou os dedos na cabeça dividida. "Este sangue é velho, mas vai servir. O do garoto era melhor."

Passou o sangue de Preetorius na bochecha, como uma pintura de guerra. Gavin não conseguiu esconder o nojo.

"É uma grande perda?", indagou a efígie.

A resposta era não, claro. Não era uma perda tão grande assim a morte de Preetorius, tampouco um rapaz boqueteiro e drogado perder sangue e sono, porque esse milagre pintado precisava alimentar seu crescimento. Todo dia acontecia coisa pior que isso, em algum lugar; enormes horrores. E ainda assim —

"Você não consegue me perdoar", prontificou. "Não está em sua natureza, não é? Logo também não estará na minha. Abandonarei esta vida de torturador de garotos, pois verei por meio de *seus* olhos, compartilharei de *sua* humanidade."

A estátua se levantou, os movimentos ainda carentes de flexibilidade.

"Enquanto isso, devo me comportar como acho adequado."

Em sua bochecha, onde o sangue de Preetorius fora passado, a pele já estava mais cerosa, menos parecida com madeira pintada.

"Sou um objeto sem nome próprio", declarou. "Sou um ferimento no flanco do mundo. Mas também sou o estranho perfeito por quem você sempre rezou na infância, para que viesse te buscar, te chamar de lindo, te levantar pelado no meio da rua e levar para a janela do Paraíso. Não sou? Não sou?"

Como ela conhecia seus sonhos de infância? Como poderia ter adivinhado esse emblema em particular, o de ser içado de uma rua empesteada para uma casa que era o Paraíso?

"Porque eu sou você", disse ela, em resposta à pergunta silenciosa, "aperfeiçoado."

Gavin gesticulou para os cadáveres.

"Isso não pode ser eu. Eu jamais faria isso."

Parecia ingratidão condenar a estátua pela intervenção, mas o argumento era válido.

"Não faria?", perguntou o outro. "Acho que faria."

Gavin ouviu a voz de Preetorius em seu ouvido. "Um delito estético." Sentiu outra vez a faca em seu queixo, a náusea, o desamparo. Claro que faria isso, faria uma dúzia de vezes, e chamaria de justiça.

A estátua não precisou escutar sua concordância, que estava óbvia.

"Virei visitá-lo de novo", afirmou o rosto pintado. "Enquanto isso — se fosse você —" gargalhou, "— eu iria embora daqui."

Gavin cerrou os olhos por um instante, por via das dúvidas, então seguiu em direção à rua.

"Por aí não. Por aqui!"

A estátua apontava para uma porta na parede, quase oculta atrás dos empesteados sacos de lixo. Foi assim que surgira tão veloz e silenciosamente.

"Evite as ruas principais, e mantenha-se longe das vistas. Eu o encontrarei outra vez, quando estiver pronto."

Gavin não precisava de mais encorajamento para ir embora. Quaisquer que fossem as explicações para os eventos da noite, já estavam concluídos. Não era hora de perguntas.

Esgueirou-se pela porta sem olhar para trás: mas pôde ouvir o bastante para revirar seu estômago. O barulho de fluidos batendo no chão, o gemido de prazer do bárbaro: os sons bastavam para ele imaginar seu banheiro.

Nada da noite anterior passou a fazer mais sentido na manhã seguinte. Não houve um súbito discernimento sobre a natureza do sonho lúcido que ele sonhara. Havia apenas uma série de fatos áridos.

No espelho, o fato do corte em sua mandíbula, selada e doendo mais do que o dente podre.

Nos jornais, as reportagens sobre dois corpos encontrados na área de Convent Garden, criminosos bastante conhecidos assassinados de modo perverso, no que a polícia descrevia como uma "chacina entre gangues".

Em sua cabeça, a inescapável certeza de que seria descoberto mais cedo ou mais tarde. Alguém, sem dúvida alguma, o teria visto com Preetorius, e assopraria isso para a polícia. Talvez até mesmo Christian, se estivesse assim inclinado, e então eles iriam em seu encalço com algemas e mandados. O que poderia lhes dizer em resposta às acusações? Que o culpado não era um homem de verdade, mas uma espécie de efígie que aos poucos se tornava uma réplica sua? A questão não era se ele seria encarcerado, mas em que buraco o prenderiam, na prisão ou no hospício?

Fazendo malabarismo com o desespero e a descrença, foi ao departamento de ocorrências do pronto-socorro para que cuidassem de seu rosto, e esperou pacientemente por três horas e meia, junto a dúzias de pessoas com ferimentos similares.

O médico foi antipático. Pontos seriam inúteis agora, declarou, o prejuízo já estava feito: o corte poderia ser limpo e protegido, mas era inevitável que ficasse uma cicatriz feia. Por que você não veio ontem, quando isso aconteceu?, perguntou a enfermeira. Ele deu de ombros: eles estavam cagando pra isso. Compaixão artificial não valia um tostão para ele.

Ao virar a esquina de sua rua, viu os carros do lado de fora da casa, o azul-claro, o bando de vizinhos sorrindo com a fofoca. Tarde demais para reivindicar qualquer coisa de sua vida prévia. A essa altura eles já estavam em posse de suas roupas, pentes, perfumes, cartas — e vasculhariam tudo, como macacos atrás de piolhos. Ele já tinha visto como esses filhos da puta se dedicavam, quando era de seu interesse; como podiam pegar e empacotar completamente a identidade de um homem. Devorá-la, sugá-la: podiam apagá-la com a certeza absoluta, e deixá-lo apenas um vazio vivo.

Não havia nada a ser feito. Agora sua vida pertencia a eles, para escarnecerem e sobre a qual salivarem: e mesmo para sentirem um momento de nervosismo, um ou dois deles, quando vissem suas fotografias e se perguntassem se já tinham pago por esse garoto em alguma noite de tesão.

Que ficassem com tudo. À vontade. De agora em diante ele seria um fora da lei, porque as leis protegiam posses e ele não tinha nenhuma. Arrancaram tudo, ou quase tudo: ele não possuía um lugar onde morar, ou qualquer coisa para chamar de sua. Nem o medo lhe restara: isso era o mais estranho.

Virou as costas para a rua e a casa em que vivera por quatro anos, e sentiu algo semelhante ao alívio, contente por sua vida ter sido furtada dele em sua esquálida inteireza. Sentia-se mais leve por causa disso.

Duas horas mais tarde, e a quilômetros dali, levou um tempo para conferir os bolsos. Portava um cartão bancário, quase cem libras em dinheiro vivo, uma pequena coleção de fotografias, algumas delas, de seus pais e de sua irmã, a maioria de si mesmo; um relógio, um anel, e uma corrente de ouro em volta do pescoço. Usar o cartão podia ser perigoso — eles com certeza haviam alertado ao banco, àquela altura. A melhor opção seria empenhar o anel e a corrente, então pegar carona até o Norte. Tinha amigos em Aberdeen que o esconderiam por algum tempo.

Mas primeiro — Reynolds.

Gavin demorou uma hora para encontrar a casa onde Ken Reynolds morava. Fazia mais de vinte e quatro horas desde que tinha comido algo, e sua barriga reclamava, enquanto ele estava do lado de fora do Livingstone Mansions. Mandou-a ficar quieta, e se infiltrou no prédio. O interior pareceu bem menos impressionante à luz do dia. O carpete da escada estava desfiado, e a tinta da balaustrada imunda devido ao excesso de uso.

Sem pressa, ele subiu as três levas de escadas até o apartamento de Reynolds, e bateu na porta.

Ninguém respondeu, e tampouco havia qualquer som ou movimento do lado de dentro. Reynolds lhe dissera, claro: não volte — não estarei aqui. Teria de algum modo previsto as consequências de soltar aquela coisa no mundo?

Gavin bateu na porta de novo, e dessa vez ele teve certeza que escutou alguém respirando do outro lado.

"Reynolds..." disse, encostando o ouvido na porta, "posso ouvir você."

Ninguém respondeu, mas havia alguém lá, ele confirmou. Gavin bateu com a palma da mão na porta.

"Vamos, abra. Abra, desgraçado."

Um breve silêncio, então uma voz abafada. "Vá embora."

"Quero conversar com você."

"Vá embora, já falei, vá embora. Não tenho nada pra falar com você."

"Você me deve uma explicação, pelo amor de Deus. Se você não abrir a porra desta porta, vou trazer alguém que abra."

Uma ameaça vazia, mas Reynolds reagiu: "Não! Espera. Espera".

Houve o som de uma chave na tranca, e a porta foi aberta alguns centímetros. O apartamento estava escuro, atrás do rosto sarapintado que encarava Gavin. Era Reynolds, com certeza, só que tinha a barba malfeita e estava esfarrapado. Fedia a falta de banho, mesmo pela abertura na porta, e usava apenas uma camisa manchada e um par de calças suspensas com um cinto fechado.

"Não posso te ajudar. Vá embora."

"Deixa eu explicar —" Gavin empurrou a porta, e Reynolds estava ou fraco demais, ou atordoado demais para impedi-lo de abri-la. Ele cambaleou para trás no corredor escuro.

"Que merda está acontecendo aqui?"

O lugar fedia a comida podre. O cheiro empestava o ar. Reynolds esperou Gavin bater a porta atrás de si, antes de puxar uma faca do bolso de suas calças manchadas.

"Você não me engana", Reynolds se iluminou. "Sei o que você fez. Muito fino. Muito esperto."

"Está se referindo aos assassinatos? Não fui eu."

Reynolds apontou a faca para Gavin.

"Foi preciso quantos banhos de sangue?", perguntou, com lágrimas nos olhos. "Seis? Dez?"

"Eu não matei ninguém."

"...monstro."

A faca na mão de Reynolds era a mesma de abrir cartas que Gavin havia pego antes. Ele se aproximou de Gavin com ela. Não havia dúvida: tinha intenção de usá-la. Gavin hesitou, e Reynolds parecia extrair esperanças de seu medo.

"Esqueceu como era ser de carne e osso?"

O homem perdeu as estribeiras.

"Olha... vim aqui só para conversar."

"Você veio aqui para me matar. Eu poderia te entregar... então veio me matar."

"Sabe quem sou eu?", perguntou Gavin.

Reynolds escarneceu: "Você não é o bicha. Está parecido com ele, mas não é".

"Pelo amor de Deus... Sou Gavin... Gavin —"

As palavras para explicar, para evitar que a faca se aproximasse mais, não chegavam.

"Gavin, lembra-se?", era tudo o que ele conseguia dizer.

Reynolds hesitou por um instante, encarando o rosto de Gavin.

"Você está suando", afirmou, com a feição perigosa desaparecendo dos seus olhos.

A boca de Gavin ficara tão seca que ele conseguia apenas acenar.

"Posso ver", afirmou Reynolds, "que você está suando."

Ele baixou a ponta da faca.

"A coisa não poderia suar", declarou. "Jamais teve e jamais teria o jeito para isso. Você é o garoto... e não a criatura. O garoto."

Seu rosto se abrandou, a carne um saco quase esvaziado.

"Preciso de ajuda", disse Gavin, com a voz rouca. "Você tem que me contar o que está acontecendo."

"Deseja uma explicação?", replicou Reynolds, "pode ficar com qualquer uma que encontrar."

Foi na frente até a sala principal. As cortinas estavam fechadas, mas mesmo no escuro Gavin podia ver que cada relíquia que havia ali fora destruída de modo irreparável. Os estilhaços de potes estavam reduzidos a estilhaços ainda menores, e esses estilhaços a pó. Os relevos de pedra estavam destruídos, e da lápide de Flavinus, o porta-estandarte, só restavam escombros.

"Quem fez isso?"

"Eu", respondeu Reynolds.

"Por quê?"

Reynolds vagarosamente avançou através da destruição até a janela e espiou por uma fenda entre as cortinas de veludo.

"Ela vai voltar, entende", comentou, ignorando a pergunta.

Gavin insistiu: "Por que destruir tudo?".

"É uma doença", respondeu Reynolds. "A necessidade de viver no passado."

Ele se virou da janela.

"Roubei a maior parte desses artefatos", disse, "durante um período de muitos anos. Fui posto numa posição de confiança e fiz mau uso dela."

Chutou um pedaço de escombro substancial: poeira subiu.

"Flavinus viveu e morreu. Isso é tudo o que há para contar. Saber o seu nome não significa nada, ou quase nada. Não torna Flavinus real de novo: ele está morto e feliz."

"A estátua na banheira?"

Reynolds parou de respirar por um momento, seu olho interior encontrando o rosto pintado.

"Você pensou que era ela, não foi? Quando bati na porta?"

"Sim. Pensei que ela havia terminado o que desejava fazer."

"Ela imita."

Reynolds acenou. "Até onde compreendo sua natureza", afirmou, "sim, ela imita."

"Onde a encontrou?"

"Perto de Carlisle. Eu estava a cargo de uma escavação por lá. A encontramos deitada no balneário, uma estátua encolhida ao lado dos restos de um homem adulto. Era um enigma. Um morto e uma estátua, deitados em um balneário. Não me pergunte o que me atraiu nessa coisa, eu não sei. Talvez ela opere sua vontade pela mente, assim como pelo corpo. Eu a roubei, a trouxe pra cá."

"E a alimentou?"

Reynolds enrijeceu.

"Não me pergunte."

"*Estou* perguntando. Você a alimentou?"

"Sim."

"Sua intenção era me sangrar, não é? Foi por isso que me trouxe aqui: para me matar, e deixar ela se banhar com —"

Gavin se lembrou do barulho dos punhos da criatura nas laterais da banheira, cuja raiva demandava comida, como uma criança batendo no berço. Ele chegou perto de ser pego por ela, como uma ovelha.

"Por que ela não me atacou como atacou você? Por que apenas não saltou para fora da banheira e se alimentou de mim?"

Reynolds esfregou a boca com a palma da mão.

"Ela viu o seu rosto, claro."

Claro: ela viu o meu rosto e o desejou para si mesma, e como não podia roubar o rosto de um morto, me deixou escapar. O raciocínio por trás de seu comportamento era fascinante, agora que estava revelado: Gavin sentiu um gostinho da paixão de Reynolds por desvendar mistérios.

"O homem no balneário. O que você descobriu —"

"Sim...?"

"Ele a parou fazendo a mesma coisa com ele, certo?"

"Provavelmente é por isso que seu corpo jamais foi movido, apenas selado. Ninguém compreendia que ele morrera enfrentando uma criatura que estava roubando sua vida."

A imagem estava quase completa; restava apenas a raiva para ser respondida.

Esse homem chegou perto de assassiná-lo para alimentar a efígie. A fúria de Gavin rompeu a superfície. Ele segurou Reynolds pela camisa e pele, e o chacoalhou. Eram os ossos ou os dentes que batiam?

"Ela já tem quase o meu rosto." Encarou os olhos vermelhos de Reynolds. "O que acontece quando finalmente finalizar a obra?"

"Não sei."

"Me conte o pior — me conte!"

"Só tenho suposições", retrucou Reynolds.

"Então suponha!"

"Quando a imitação física estiver perfeita, acho que ela vai roubar a única coisa que não pode imitar: a sua alma."

Reynolds não estava mais com medo de Gavin. Sua voz se adocicara, como se ele estivesse conversando com um condenado. Chegava a sorrir.

"Filho da puta!"

Gavin puxou o rosto de Reynolds para mais perto do seu. Cuspe branco fazia pontos na bochecha do velho.

"Você não se importa! Está cagando pra tudo isso, não é?"

Ele bateu na cara de Reynolds, uma vez, duas vezes, então várias e várias vezes, até perder o fôlego.

O velho apanhou em absoluto silêncio, virando seu rosto de uma pancada para receber outra, esfregando o sangue para fora de seus olhos inchados, apenas para o sangue cair de novo.

Por fim, os murros hesitaram.

Reynolds, de joelhos, tirou pedaços de dentes da língua.

"Eu mereci isso", murmurou.

"Como posso pará-la?", perguntou Gavin.

Reynolds balançou a cabeça.

"É impossível", sussurrou, puxando a mão de Gavin. "Por favor", disse, e segurando o punho, o abriu e beijou as linhas.

Gavin deixou Reynolds nas ruínas de Roma e foi para a rua. A entrevista com Reynolds pouco lhe dissera que ele já não tinha deduzido antes. A única coisa que podia fazer agora era encontrar essa fera que tomara sua beleza e vencê-la. Se fracassasse, fracassaria em tentar garantir seu único atributo certeiro: um rosto maravilhoso. Falar de almas e de humanidade para ele era um desperdício de ar. Ele queria seu rosto.

Havia uma rara resolução em seu passo, enquanto cruzava Kensington. Após anos sendo vítima das circunstâncias, enfim via a circunstância incorporada. Tiraria sentido disso, ou da tentativa.

Em seu apartamento, Reynolds puxou de lado a cortina para observar uma pintura da noitinha cair sobre uma pintura da cidade.

Nunca mais atravessaria a noite, nunca mais atravessaria a cidade. Sem mais suspiros, soltou a cortina e pegou o curto punhal. Pôs a ponta no peito.

"Vamos", disse a si mesmo e ao punhal, e pressionou o cabo. Mas a dor da lâmina entrando em seu corpo apenas um centímetro foi o suficiente para fazer sua cabeça rodar: sabia que desmaiaria antes de executar metade do trabalho. Então cruzou até a parede, firmou o cabo nela e deixou o próprio peso de seu corpo empalá-lo. Isso resolveu o problema. Não tinha certeza se a arma o espetara até do outro lado, mas pela quantidade de sangue, certamente se matara. Embora tentasse se virar, e assim levar a lâmina até o fim, ao cair sobre ela, ele fraquejou no gesto, e em vez disso tombou de lado. O impacto o deixou ciente da faca em seu corpo, uma presença rígida e implacável que o transfixava por inteiro.

Levou bem mais que dez minutos para morrer, mas nesse ínterim, fora a dor, ele ficou contente. Quaisquer que fossem as falhas em seus 57 anos, e eram muitas, sentia que perecia de uma maneira que não envergonharia seu amado Flavinus.

Lá pelo final começou a chover, e o barulho no teto o fez acreditar que Deus estava enterrando a casa, cerrando-a para sempre. E quando chegou o momento, veio acompanhado de uma esplêndida ilusão: uma espécie de mão, segurando uma luz, e acompanhada por vozes, parecia romper a parede, fantasmas do futuro destinados a escavar sua história. Ele sorriu para cumprimentá-los, e estava prestes a perguntar qual era aquele ano, quando percebeu que estava morto.

A criatura era bem melhor em evitar Gavin do que ele em evitá-la. Três dias se passaram sem que seu perseguidor desse sinal de vida.

Mas o fato de sua presença, próxima, porém nunca próxima demais, era indiscutível. Em um bar alguém dizia: "Ontem à noite eu te vi lá na Edgeware Road", sendo que ele não estivera nem perto do lugar, ou "Como foi que você se saiu com aquele árabe?", ou "Não fala mais com os amigos?".

E, nossa, logo passou a apreciar a sensação. O cansaço deu lugar a um prazer que ele não conhecia desde quando tinha 2 anos: a tranquilidade.

E daí que outra pessoa estivesse tomando o seu lugar, esquivando-se tanto da lei como dos malandros da rua? E daí que seus amigos (amigos? Sanguessugas) estavam sendo cortados por essa cópia prepotente?

E daí que sua vida tenha sido furtada e fosse usada em toda sua amplitude no seu lugar? Ele podia dormir, e sabia que ele — ou algo muito parecido com ele, não fazia diferença —, estava desperto aquela noite e sendo adorado. Começou a ver a criatura não como um monstro que o aterrorizava, mas como sua ferramenta, quase que sua persona pública. Era substância: sua sombra.

Ele despertou, sonhando.

Eram 16h15, e o alarido do tráfego estava alto na rua abaixo. Um quarto crepuscular; o ar tão respirado e respirado de novo e respirado mais uma vez, que estava com o cheiro dos pulmões dele. Passara-se uma semana desde que deixara Reynolds nas ruínas, e nesse ínterim só tinha se aventurado a sair de seu novo cafofo (um quarto minúsculo, cozinha, banheiro) três vezes. Por agora o sono era mais importante do que comida ou exercício. Tinha drogas o bastante para mantê-lo feliz quando o sono não viesse, o que era raro, e passara a gostar do ranço do ambiente, do fluxo de luz da janela sem cortina, do senso de um mundo em algum outro canto, do qual ele não fazia parte e onde não tinha lugar.

Nesse dia ele dissera a si mesmo que devia sair e tomar um pouco de ar fresco, mas não fora capaz de juntar o entusiasmo necessário. Talvez mais tarde, bem mais tarde, quando os bares estivessem esvaziando e ele não fosse percebido, então escapuliria de seu casulo e veria o que pudesse. Por agora, havia sonhos —

Água.

Sonhara com água, sentado diante de uma piscina em Fort Lauderdale, uma piscina cheia de peixes. E o espirro de saltos e mergulhos que eles davam era contínuo, um sobrefluxo do sono. Ou era o contrário? Sim. Estivera ouvindo água corrente em seu sono e sua mente sonhadora criara uma ilustração para acompanhar esse som. Agora desperto, o som continuava.

Vinha do banheiro adjacente, não mais escorrendo, e sim chapinhando. Alguém obviamente tinha invadido enquanto ele dormia, e agora estava tomando banho. Perpassou a lista de possíveis intrusos: os poucos que sabiam que ele estava lá. Havia Paul: o garoto de programa iniciante que dormira no seu chão duas noites antes; havia Chink, o traficante; e uma garota do andar de baixo chamada Michelle. Mas quem ele estava enganando? Nenhuma dessas pessoas teria quebrado a tranca da porta para entrar. Sabia muito bem quem devia ser. Estava apenas jogando consigo mesmo, gozando do processo de eliminação, antes de reduzir as opções a uma.

Ansioso por um reencontro, deslizou para fora de sua pele de lençol e edredom. Seu corpo se tornou uma coluna arrepiada quando o ar frio o encobriu, sua ereção de sono escondia a cabeça. Ao cruzar o quarto até atrás da porta, onde seu roupão estava pendurado, avistou-se no espelho, uma imagem congelada de um filme atroz, um fiapo de homem, encolhido pelo frio, e iluminado por uma luz turva pela chuva. Seu reflexo quase piscava, tamanha a falta de substância.

Encobrindo-se com o roupão, seu único ornamento comprado nos últimos tempos, foi até a porta do banheiro. Agora não havia barulho de água. Ele abriu a porta com um empurrão.

O linóleo empenado estava gélido sob seus pés; e tudo o que ele queria era ver seu amigo, então se arrastar de volta para a cama. Mas devia mais do que isso aos farrapos de sua curiosidade: ele tinha perguntas.

A luz que atravessava o vidro congelado se deteriorara rapidamente nos três minutos desde que ele despertara: o início da noite e uma tempestade que congelava a escuridão. Em sua frente, a banheira estava quase transbordando, a água ainda estava com uma calma oleosa e escura. Como antes, nada rompia a superfície. A estátua estava no fundo, oculta.

Quanto tempo fazia, desde que se aproximara da banheira verde-limão dentro de um banheiro verde-limão e olhara para a água? Poderia ter sido há um dia: sua vida entre aquele e este momento se tornara uma longa noite. Olhou para baixo. A criatura estava lá, encolhida, como antes, e dormindo, ainda usando todas as suas roupas, como se não tivesse tido tempo de se despir antes de se esconder. Onde antes era careca, agora brotava uma exuberante cabeleira, e seus traços estavam bem completos. Não restava mais sinal de rosto pintado: tinha uma beleza plástica que pertencia apenas a ele, absolutamente, até a última pinta. Suas mãos finalizadas com perfeição estavam cruzadas no peito.

A noite se adensou. Nada havia a fazer, exceto observar a estátua dormir, e Gavin ficou entediado com isso. Ela o rastreara até lá, não era provável que fosse fugir correndo, e ele podia voltar para a cama. Do lado de fora, a chuva tinha reduzido a um rastejo o retorno para casa dos trabalhadores suburbanos; houve acidentes, alguns fatais; motores sobreaquecidos, corações também. Ele escutava o trânsito; o sono ia e vinha. Estava no meio da noite quando a sede o despertou de novo: sonhava com água, e havia o mesmo som que ouvira antes. A estátua estava se levantando para sair da banheira, e colocando a mão na porta, abrindo-a.

Ali estava ela. A única luz no quarto vinha da rua abaixo; mal começava a iluminar o visitante.

"Gavin? Está acordado?"

"Sim", respondeu ele.

"Pode me ajudar?", pediu. Sem traço de ameaça na voz, a criatura pediu como um homem pede ao irmão, em nome do parentesco.

"Do que você precisa?"

"De tempo para me curar."

"Curar?"

"Liga a luz."

Gavin ligou o abajur ao lado da cama e olhou para a figura diante da porta. Não estava mais com os braços cruzados no peito, e Gavin viu que a posição cobria um pavoroso ferimento causado por um tiro de espingarda. A carne de seu peito estava aberta, expondo entranhas sem cor. Não havia sangue, claro; isso jamais haveria. Tampouco, dessa distância, Gavin podia ver em seu interior qualquer coisa levemente parecida com a anatomia humana.

"Meu Deus do céu", exclamou.

"Preetorius tinha amigos", comentou, e seus dedos tocaram a beira do ferimento. O gesto lembrava uma pintura na parede da casa da mãe de Gavin. Cristo em Glória — o Sagrado Coração flutuando dentro do Salvador — enquanto seus dedos, apontando para a agonia que sentia, diziam: "Isto foi por vocês".

"Por que você não morreu?"

"Porque ainda não estou vivo", respondeu.

Ainda não: lembre-se disso, pensou Gavin. A coisa tem intimações de mortalidade.

"Está sentindo dor?"

"Não", respondeu com tristeza, como se almejasse a experiência, "Não sinto nada. Todos os sinais de vida são cosméticos. Mas estou aprendendo." Sorriu. "Já peguei os cacoetes do bocejo e do peido." A ideia era ao mesmo tempo absurda e tocante; que a estátua aspirasse peidar, que uma falha farsesca do sistema digestivo fosse para ela um precioso sinal de humanidade.

"E o ferimento?"

"Está curando. Ficará completamente curado, com o tempo."

Gavin nada disse.

"Causo nojo em você?", perguntou a criatura, sem inflexão no tom.

"Não."

Ela estava encarando Gavin com olhos perfeitos, com os olhos perfeitos *dele*.

"O que Reynolds falou pra você?", perguntou.

Gavin deu de ombros.

"Muito pouco."

"Que eu sou um monstro? Que eu sugo o espírito humano?"

"Não exatamente."

"Mais ou menos."

"Mais ou menos", cedeu Gavin.

Acenou com a cabeça. "Ele está certo", disse. "Ao seu modo, está certo. Preciso de sangue: isso me torna monstruoso. Em minha juventude, há um mês, eu me banhava nele. O contato com o sangue dava à madeira o aspecto de carne. Mas agora não preciso disso: o processo está quase terminado. Tudo o que preciso agora —"

Hesitava; não porque pretendia mentir, pensou Gavin, mas porque não lhe ocorriam as palavras para descrever sua condição.

"Do que precisa?", insistiu Gavin.

A criatura balançou a cabeça, olhando para o carpete. "Vivi várias vezes, sabe. Às vezes, roubei vidas e me safei disso. Vivi um período natural, então apaguei aquele rosto e encontrei outro. Às vezes, como da última vez, fui desafiado, e perdi —"

"Você é algum tipo de máquina?"

"Não."

"O que, então?"

"Sou o que sou. Não sei de mais ninguém como eu; mas por que haveria de ser o único? Talvez *existam* outros, muitos outros: simplesmente nunca ouvi falar deles até hoje. Então vivo e morro e revivo, e não aprendo nada —" a palavra foi proferida com amargura, "sobre mim mesmo. Entende? Você sabe o que é porque vê seus semelhantes. Se estivesse sozinho na Terra, do que saberia? Do que o espelho te contasse, só isso. O resto seria mito e conjetura."

O resumo foi feito sem sentimento.

"Posso me deitar?", pediu.

Começou a andar na direção dele, e Gavin pôde ver com mais clareza a agitação em sua cavidade peitoral, as formas inquietas e incoerentes que proliferavam no lugar do coração. Suspirando, a criatura afundou de rosto na cama, as roupas encharcadas, e fechou os olhos.

"Vamos nos curar", afirmou. "Apenas nos dê tempo."

Gavin foi até a porta do apartamento e a aferrolhou. Então arrastou uma mesa e a encaixou sob a maçaneta. Ninguém poderia entrar e atacá-la durante o sono: eles ficariam ali juntos em segurança, ele e a coisa, ele e si mesmo. Assegurada a fortaleza, coou um pouco de café e se sentou na cadeira do outro lado do quarto para observar a criatura dormir.

Ora a chuva batia na janela com força, ora com leveza. O vento fazia folhas encharcadas açoitarem no vidro e elas tiniam como mariposas inquisitivas; ele as observava às vezes, quando se cansava de observar a si mesmo, mas logo desejava olhar de novo, e voltava a encarar a beleza casual do braço esticado, a luz balançando o osso do pulso, os cortes. Dormiu na cadeira por volta de meia-noite, com a lamúria de uma ambulância soando na rua e a chuva voltando a cair.

A cadeira não era confortável, e ele emergia do sono após alguns minutos, os olhos abrindo uma fração. A criatura estava de pé; parada diante da janela, ora diante do espelho, ora na cozinha. A água caía: ele sonhava com água. A criatura se despia: ele sonhava com sexo. Ela parou em pé diante dele, o peito inteiro, e ele se sentiu reconfortado por sua presença: sonhou, apenas por um momento, que era içado para fora de uma rua através de uma janela para o Paraíso. A criatura se vestiu com suas roupas: ele murmurou em consentimento ao roubo durante o sono. Ela estava assobiando: e havia uma ameaça de dia pela janela, mas ele estava demasiado sonolento para se mexer tão cedo, e estava muito contente que o jovem assobiador usando suas roupas vivesse para ele.

No fim, ela se curvou sobre a cadeira e o beijou nos lábios, um beijo de irmão, e partiu. Ele ouviu a porta se fechar atrás de si.

Depois disso havia dias, não sabia exatamente quantos, em que ele ficava no quarto e não fazia nada além de beber água. Sua sede se tornara infindável. Beber e dormir, beber e dormir, luas gêmeas.

No começo, a cama em que ele dormia estava úmida onde a criatura se deitara, mas ele não sentiu vontade de trocar os lençóis. Pelo contrário, gostou do pano molhado, que seu corpo secou cedo demais. Quando isso aconteceu, ele tomou um banho na água em que a coisa se deitara e retornou à cama pingando, a pele eriçando de frio, e cheiro de bolor por toda parte. Mais tarde, também indiferente ao movimento, permitiu que a bexiga reinasse em liberdade enquanto ele estivesse na cama, e que a água esfriasse com o tempo, até que ele a secasse com seu reduzido calor corporal.

No entanto, por alguma razão, apesar do quarto gelado, da nudez e da fome, ele não morria.

Levantou-se no meio da noite pela sexta ou sétima vez, e sentou-se à beira da cama a fim de encontrar a falha em sua resolução. Como a solução não veio, ele começou a bambolear em torno do quarto tal qual a criatura fizera uma semana antes, de pé em frente ao espelho para examinar seu corpo penosamente alterado, observando a neve brilhante cair e derreter no peitoril.

Até que, por acaso, encontrou uma foto de seus pais e se lembrou de que a criatura olhava para ela. Ou sonhara com isso? Achava que não: tinha uma ideia distinta da criatura encarando essa foto.

Era, claro, o empecilho para seu suicídio: aquela foto. Havia condolências a serem prestadas. Até então, como poderia esperar morrer?

Atravessou o lamaçal na direção do Cemitério usando apenas um par de calças folgadas e uma camiseta. Os comentários de mulheres de meia-idade e de estudantes não foram ouvidos. O que os outros tinham a ver, ainda que andar descalço fosse a sua morte? A chuva ia e vinha, às vezes engrossando a ponto de quase tornar-se neve, mas nunca conquistando sua ambição.

Havia uma missa ocorrendo na igreja, e uma fileira de carros de cores fracas estava estacionada na frente. Ele se esgueirou pela lateral até o cemitério. Ele gozava de uma bela vista, naquele dia bastante piorada por um véu de granizo, mas dava para ver os trens e os prédios altos; as intermináveis fileiras de tetos. Perambulou em meio às lápides, sem ter ideia de onde encontrar o túmulo de seu pai. Fazia dezesseis anos: e o dia não fora assim tão memorável. Ninguém dissera nada de iluminador sobre a morte em geral, ou a morte de seu pai em específico, não houve sequer uma ou outra gafe para marcar o dia: nenhuma tia soltou um peido na mesa do bufê, nenhuma prima o puxou de lado a fim de se exibir para ele.

Ele se perguntou se o resto da família já tinha ido lá: na verdade, se ainda estava no país. Sua irmã sempre ameaçara se mudar para fora: ir para a Nova Zelândia, recomeçar do zero. Sua mãe àquela altura provavelmente estava no quarto marido, pobre coitado, embora talvez ela que fosse a coitada ali, com sua conversa interminável que mal ocultava o pânico.

Ali estava a pedra; e sim, havia flores recentes na urna de mármore que descansava em meio a lascas de mármore verde. O velho desgraçado não passava despercebido enquanto apreciava a vista. Obviamente alguma pessoa, achou que era a irmã, tinha ido até lá para buscar algum conforto com o Pai. Gavin passou os dedos sobre o nome, a data, a platitude. Nada de excepcional: o que era somente correto e apropriado, pois ele não tivera nada de especial.

Olhando a pedra, as palavras começaram a jorrar, como se o Pai estivesse sentado sobre o túmulo, balançando os pés, ajeitando os cabelos no escalpo reluzente, fingindo, como sempre fingia, se importar.

"O que acha, hein?"

O Pai não ficou impressionado.

"Não sou nada de mais, né?", confessou Gavin.

Você quem falou, filho.

"Bem, sempre tomei cuidado, como você mandou. Não tem nenhum desgraçado por aí me procurando."

Que bom.

"Pouca coisa para encontrar, não é mesmo?"

O Pai assoou o nariz, esfregou três vezes. Uma da esquerda para a direita, de novo da esquerda para a direita, terminando da direita para a esquerda. Nunca falhava. Então foi embora.

"Velho de merda."

Um trem de brinquedo emitiu um longo apito enquanto passava, e Gavin olhou para cima. Ali estava a criatura — ou ele mesmo, parada absolutamente inerte a alguns metros de distância. Usava as mesmas roupas que ele uma semana antes, quando deixou o apartamento. Elas pareciam amarrotadas e esfarrapadas devido ao uso constante. Mas a carne! Oh, a carne estava mais radiante do que nunca. Quase brilhava na luz esmaecida pelo chuvisco; e as lágrimas nas bochechas do sósia apenas deixavam os traços mais formidáveis.

"Qual o problema?", perguntou Gavin.

"Vir aqui sempre me faz chorar." A criatura passou por cima dos túmulos para ir em sua direção, os pés estalejando sobre o cascalho, macios na grama. Bem reais.

"Já esteve aqui antes?"

"Ah, sim. Muitas vezes, ao longo dos anos —"

Ao longo dos anos? O que isso significava, "ao longo dos anos"? Ela já tinha chorado ali por pessoas que tinha matado?

Como que em resposta:

"— Venho visitar o Pai. Umas duas, três vezes por ano".

"Ele não é seu pai", afirmou Gavin, quase se divertindo com a ilusão. "É o meu."

"Não vejo lágrimas em seu rosto", retorquiu o outro.

"Eu sinto..."

"Não sente nada", seu rosto lhe disse. "Você não sente absolutamente nada, se for sincero."

Era verdade.

"Enquanto eu...", as lágrimas começaram cair de novo, seu nariz escorreu, "sentirei falta dele até a minha morte."

Sem dúvida uma atuação; mas se era isso mesmo, por que havia tanto pesar em seus olhos? E por que seus traços ficavam tão feios quando chorava? Gavin raramente cedera às lágrimas: elas sempre lhe fizeram se sentir fraco e ridículo. Mas essa coisa estava orgulhosa de suas lágrimas, glorificava-se nelas. Eram o seu triunfo.

E mesmo ali, sabendo que a coisa o sobrepujara, Gavin não era capaz de encontrar em si nada que se aproximasse do luto.

"Fique à vontade", disse. "Pode escarrar. Sem problemas."

A criatura mal estava ouvindo.

"Por que dói tanto?", perguntou, após uma pausa. "Por que é a perda o que me torna humano?"

Gavin deu de ombros. O que ele sabia, ou por que se importaria com a bela arte de ser humano? A criatura esfregou a manga da camisa no nariz, fungou, e tentou sorrir em meio à sua infelicidade.

"Desculpa", falou, "por fazer este papelão. Por favor me perdoe."

Então respirou fundo, tentando se recompor.

"Tudo bem", respondeu Gavin. A exibição o envergonhou, e ele ficou contente por estar de saída.

"As flores são suas?", perguntou ela ao se virar do túmulo.

Apontou com a cabeça.

"Ele odiava flores."

A coisa titubeou.

"Ah."

"Mas como poderia saber?"

Gavin sequer olhou para a efígie novamente; apenas se virou e seguiu pela passagem na lateral da igreja. Após alguns metros, a coisa o chamou: "Pode me indicar um dentista?".

Gavin sorriu e continuou andando.

Era quase a hora do rush. A avenida arterial que havia ao lado da igreja já estava com tráfego intenso: talvez fosse sexta-feira, fugitivos adiantados correndo para casa. Faróis ardiam brilhantes, buzinas estrondavam.

Gavin andou para o meio do fluxo sem olhar para a esquerda ou para a direita, ignorando os guinchos dos freios e os insultos, e começou a andar em meio ao tráfego como se passeasse em um campo aberto.

A lateral de um carro em alta velocidade raspou sua perna ao passar, outro quase colidiu com ele. Era cômica aquela ânsia em se deslocar, em chegar em algum lugar para em seguida ficar doido para ir logo embora. Que sentissem raiva dele, que o desprezassem, que vislumbrassem seu rosto sem traços e voltassem para casa assombrados. Se as circunstâncias estivessem corretas, talvez um deles entrasse em pânico, desse uma guinada e o atropelasse. Que seja. De agora em diante, pertencia ao acaso, de quem com certeza seria o Porta-Estandarte.

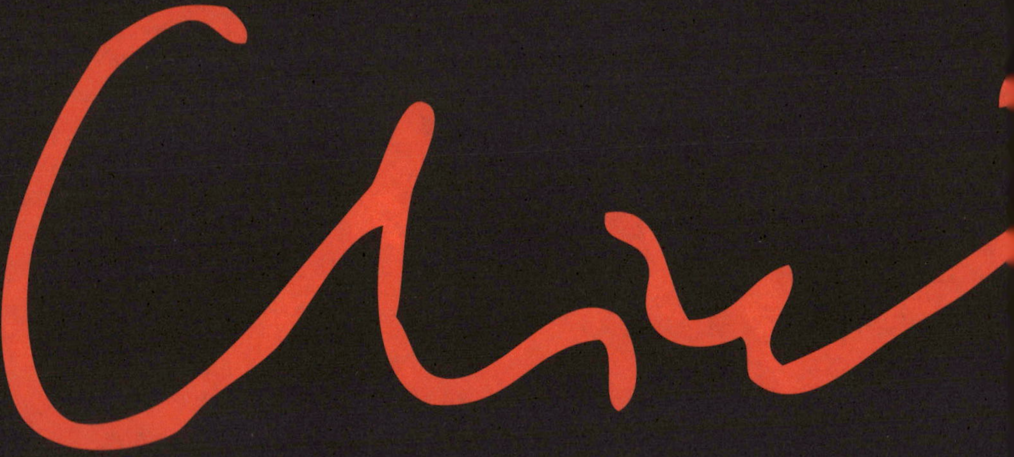

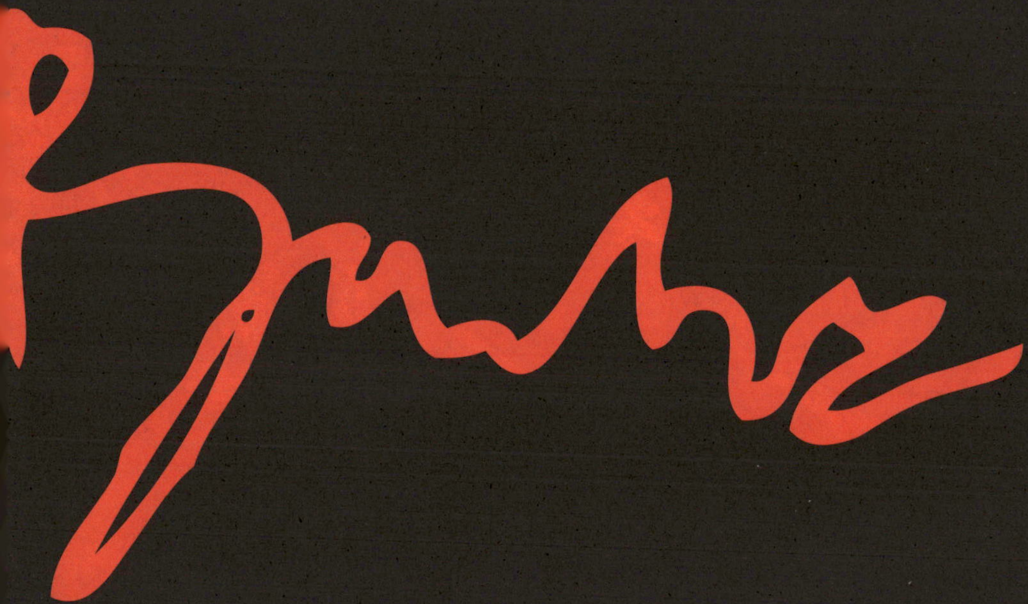

SELON PTOLOMÉE QVI VEVT QVE LA TE[RRE]
AV CENTRE DV MONDE
DE FER. 1669.

son mouuement Doccident en orient en 49000. Ans

...Septentrion au Midi et au contraire en 7471 ans et 279 Iours

Balancement du leuant au couchant et au contraire en 1715 ans et 302 Iours

...rmament en 7000. Ans

...ne fait sa Reuolution en 29 ans 159 Iours 8 heures

...en 11 ans 315 Iours 17 heures

...en vn an 321 Iour 22 heures

...oleil en 365 Iours 5 heures 49 minutes

...nus en 365 Iours &c

...rcure en 365 Iours &c

La Lune en 27 Iours 7 heures et 47 minutes

REGION DV FEV
Troizieme Region
Segonde Region
Premiere Region

Premier Ciel

Deuzieme Ciel

Troizieme Ciel

quatrieme Ciel

Cinquieme Ciel

Sixieme Ciel

Septieme Ciel

8

9

10

11

Les Babiloniens ou Caldeens, qui sont les
miers Astronomes, ont appellé les
Planettes des noms de leurs Dieu
de puis, les Egiptiens les ont
...es de ces caractaires. H. Sa
♄ Iupiter ♂ Mars ☉
☿ Venus ☿ mercure. C
les quelles marques ou C
res sont encore en V
Onne fait estat de le
que comme vn
centre, a compa
du firmament
de Saturne, du
...er, et mesme
Celuy de M
mais elle
quelque
...onsi in
...mpar
Celly
de Ve
merc
del
qu
vns
qui
nece
deste
vne
du F
fin
mer
Imp
du F
nous
...ns en
...miere
de lair
cette opi
n'est pas
Les Astrono
modernes son
...sez entreue
deux diuers
his touchant le c
du monde et ten
ement des corps Cel
quelques vns mettent
terre au centre de l'vniu
tament quelle est immobil
que le Soleil auec toutes les es
tant fixes qu'errantes, tourne a
dicelle. Les autres estiment qu
Soleil se repose au centre du mon
et que la terre et les autres planettes font
Reuolutions a l'entour diceluy. Mais que la
des Estoilles fixes demeure immobille. Ptol
et ces Sectateurs ont embrasse la premiere opi
La Seconde ne laisse destre plus Anciene comme il ce
Dour par le tesmoignage que luy rendent les Anciens Auteu
encore qui apresant il ne sentrouue aucune description. En qu
Sciancespar le nombre des siecles. Mais Nicolas Copernicus homme du tout incon
...able a Reuis en lumiere ily a enuiron cent ans, ceste Opinion ou vne fort semblable

murse...
tre conuexe du

ORDRE DES SPHERES CELESTES SELON COPERN[IC]
[T]ERRE EST MOBILE ET LE SOLEIL IMMOBILE AV[...]

Par N[...]   Firmant Immobile   D

Orbe de Saturne

Orbe de Iupiter

Orbe de Mars

Orbe de la Terre

Orbe de Venus

Orbe de Mercure

Le soleil Immobile au Centre du Monde

Copernic Saturne fait son mouuement sous les
elles fixes en 39733 ans d'Egypte Iupiter
734 Mars en 45088 ans d'Egypte
le Zodiaque Saturne Reuient au
ou il estoit parti en 14917 ans d'Egy
r en 21277 Mars en 16416. 9
Egypte est de 365 Iours.

e de Mercure enuironne
s du Soleil l'orbe de
s enuironne l'Orbe de
re. Mercure ne
ne Iamais du Soleil
us de 29 degrez.
s ne s'eloigne
s du Soleil de
e 48 degrez
eu donc dire
s Orbes de
ure et de
ne miron
pas la Terre
ls Venus
yent ces
p lanettes
ne roient
eil de
e 29
ez pour
r et de
48
Venus
il est
nquils
oint
quelq
estre
ez
u Soleil
e eux
est
ure a
riance.

certain
Venus
t en Cro
en sa
iction
ure auec
eil et non
sou Superieur
donc uray que
a deux conion
au Soleil, l'une
us et l'autre au
ite tout a nostre
t.
ut dire que l'orbe
nus enuirone le Soleil
l nest ni totalement au
ni totalement au dessous
be de Venus estoit totalement
sous du soleil, Venus paroit
urs Ronde et non pas en croissant
l'orbe ou Ciel de Venus estant
ment au dessous du Soleil, Venus
oit touiours en Croissant tant en sa
ction Superieure quand son Inferieure le
n nostre Respect
t dire pareille chose de Mercure
ux de Mars de Iupiter et de Saturne enuironnent
e d'autant qu'on les uoit quelque fois estre Opposez
eil ou s'eloigner de luy Iusque a l'opposition.

Ce qui est dit cy deso
Soleil de Mercure et

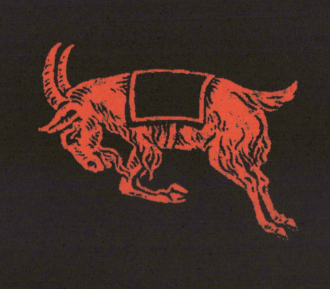

Conectados pela admiração ao universo visceral criado pelo mestre do horror, que parece desvendar os nossos desejos mais ocultos, celebramos mais uma colheita com Clive Barker, marcada pelo sangue e pela escuridão. Onde o cenário, um verdadeiro portal para o horror, é capaz de proporcionar conforto e fascínio para aqueles que ousam aviltar em suas palavras.

A família Macabra agradece de corpo e alma aos adoradores do horror que dedicaram tempo, inspiração e sangue às entranhas desta perversa colheita.

FAMÍLIA MACABRA
colheita de outono • 2022

CLIVE BARKER é um artista de inúmeras capacidades e talentos indomáveis. O escritor, cineasta, roteirista, ator, produtor de cinema, artista plástico e dramaturgo, nascido em 1952 em Liverpool, gosta de viver de sua imaginação e é uma joia rara no horror. Clive Barker se tornou mundialmente conhecido na década de 1980, com sua coletânea de histórias curtas e impactantes, *Livros de Sangue*. A antologia macabra e brutal o estabeleceu como um escritor consagrado do gênero. Seus personagens saíram das linhas perturbadoras de seus contos para protagonizar histórias em quadrinhos e jogos de computador, além de filmes agora clássicos como *Hellraiser*, *O Mistério de Candyman* e *O Último Trem*. Parte fundamental de seu trabalho, as pinturas e ilustrações de Barker transmitem sua energia, poder e caos, e já foram exibidas em galerias de arte, nas capas e no interior de seus próprios livros. O mestre do horror visceral tem uma escrita peculiar, provocante, muitas vezes poética, mesmo (e principalmente) quando ele nos apresenta vivissecções, torturas e desmembramentos. Sua vasta produção é fonte de pesquisa para autores, dramaturgos, cineastas, músicos e artistas plásticos que se dispõem a mergulhar nas águas escurecidas e sangrentas do horror. Saiba mais em **clivebarker.info**

Vocês são os verdadeiros herdeiros.
Aproximem-se.